10|18
12, avenue d'Italie — Paris XIIIe

*Du même auteur
dans la collection 10/18*

L'étrangleur de Cater Street, n° 2852
Le mystère de Callander Square, n° 2853

LE CRIME
DE PARAGON WALK

PAR

ANNE PERRY

Traduit de l'anglais
par Roxane Azimi

10|18

INÉDIT

*« Grands Détectives »
dirigé par Jean-Claude Zylberstein*

Si vous désirez être régulièrement tenu au courant
de nos publications, écrivez-nous :

Éditions 10/18
c/o 01 Consultants (titre n° 2877)
35, rue du Sergent Bauchat
75012 Paris

Titre original :
Paragon Walk

© Anne Perry, 1981
© Union générale d'Éditions, 1997
pour la traduction française
ISBN 2-264-02346-5

A ma mère

1

L'inspecteur Pitt regarda la jeune fille, et un indicible sentiment de tristesse s'empara de lui. Bien qu'il ne l'eût pas connue de son vivant, il connaissait et chérissait tout ce qu'elle avait perdu à présent.

Frêle, les cheveux châtain clair, dix-sept printemps, c'était encore une enfant. Couchée sur la table blanche de la morgue, elle semblait si fragile qu'il eut l'impression qu'elle se briserait s'il la touchait. Ses bras — elle avait dû se débattre — étaient couverts de bleus.

Richement vêtue de soie bleu lavande, elle portait une chaîne en or avec des perles autour du cou... le tout largement au-dessus des moyens de Pitt. L'ensemble était joli, bien qu'insignifiant face à la mort, et pourtant Dieu sait qu'il aurait voulu pouvoir l'offrir à Charlotte.

A la pensée de Charlotte, bien au chaud et en sécurité à la maison, son estomac se noua. Quelqu'un avait-il aimé cette jeune fille comme il aimait Charlotte ? Y avait-il en ce moment même un homme pour qui douceur, pureté et clarté n'avaient plus de sens ? Pour qui les rires s'étaient tus avec les coups portés à ce corps délicat ?

Il se força à la regarder de nouveau, mais en évitant la plaie dans la poitrine, le flot de sang maintenant coagulé et épais. Le visage blanc dénué d'expression ne reflétait ni surprise ni terreur. Il était juste légèrement pincé.

Elle habitait Paragon Walk, où elle avait dû mener une vie de luxe, de raffinement et sans nul doute d'oisiveté. Il n'avait rien de commun avec elle. Il travaillait depuis le jour où il avait quitté le domaine qui employait son père avec, pour tout bagage, une valise en carton contenant un peigne et une chemise de rechange et l'instruction partagée avec le fils de la maison. Il avait vu la pauvreté et la détresse qui sévissaient aux portes des beaux quartiers de Londres, une réalité que cette jeune fille ne soupçonnait même pas.

Il grimaça, se rappelant avec une pointe d'humour la réaction horrifiée de Charlotte devant ses récits; lui était à l'époque un simple policier, chargé d'enquêter sur les meurtres de Cater Street[1], et elle, l'une des filles de la famille Ellison. Ses parents avaient été atterrés à l'idée même de le recevoir chez eux : il ne faisait pas partie des gens fréquentables. Il avait fallu du courage à Charlotte pour l'épouser; à cette pensée, une nouvelle vague de chaleur l'envahit, et ses doigts se crispèrent sur le bord de la table.

Il contempla le visage de la jeune morte, révolté par ce gâchis, par la somme des découvertes qu'elle ne ferait jamais, par toutes ces occasions définitivement perdues.

Il se détourna.

— Hier soir, à la nuit tombée, dit sombrement

---

1. *L'Étrangleur de Cater Street*, 10/18, n° 2852.

l'agent de police à côté de lui. Sale histoire. Vous connaissez Paragon Walk, monsieur? C'est un coin très chic, comme tout le quartier, d'ailleurs.

— Oui, répondit Pitt distraitement.

Bien sûr qu'il connaissait : Paragon Walk faisait partie de son district. Ce nom lui était d'autant plus familier, omit-il de préciser, que la sœur de Charlotte y avait sa résidence londonienne. Si Charlotte avait fait une mésalliance, Emily, elle, avait épousé un homme d'un rang supérieur au sien et était maintenant Lady Ashworth.

— Qui l'aurait cru, hein, poursuivit l'agent, dans un endroit pareil?

Il fit claquer sa langue en signe de réprobation.

— On se demande où on va, entre le général Gordon qui se fait tuer en janvier par une espèce de derviche, et maintenant, des violeurs en liberté dans une rue comme Paragon Walk. C'est un scandale, je dis... une pauvre petite comme elle. Elle a l'air aussi innocente qu'un agneau, pas vrai? ajouta-t-il, la fixant d'un œil morne.

Pitt fit volte-face.

— Vous avez parlé de viol?

— Oui, monsieur. On ne vous l'a pas dit, au poste?

— Non, Forbes, on ne m'a rien dit de tel, riposta-t-il plus sèchement qu'il ne l'aurait voulu, pour cacher son désarroi. Il a seulement été question d'assassinat.

— Ma foi, elle a été assassinée aussi, observa Forbes, logique. La pauvre.

Il renifla.

— Vous allez directement à Paragon Walk, j'imagine, maintenant qu'il fait jour, pour causer à tous ces braves gens?

— Absolument.

Pitt tourna les talons. Il n'avait plus rien à faire ici. L'arme du crime ne faisait pas l'ombre d'un doute : une lame longue et tranchante, large d'au moins un pouce. Il n'y avait qu'une seule blessure, et elle avait dû être fatale.

— Bien.

Forbes gravit l'escalier derrière lui, ses bottes résonnant lourdement sur les marches en pierre.

Une fois dehors, Pitt respira l'air d'été. Les arbres étaient couverts de feuilles et, à huit heures du matin, il faisait déjà bon. Un cab passa dans un cliquetis de sabots ; un garçon de course suivait son chemin en sifflotant.

— Allons-y à pied, dit Pitt, allongeant le pas, la veste grande ouverte, le chapeau perché au sommet de la tête.

Forbes fut obligé de trottiner pour le suivre ; bien avant d'arriver à Paragon Walk, il était déjà à bout de souffle et priait avec ferveur pour qu'on lui assigne une autre mission, avec n'importe qui, excepté Pitt.

Paragon Walk était une promenade dans le style Régence, suprêmement élégante, donnant sur un parc ouvert avec parterres de fleurs et arbres ornementaux. Elle ondulait en douceur sur un kilomètre environ. Ce matin-là, tout était blanc et silencieux : il n'y avait pas le moindre valet, pas le moindre aide-jardinier en vue. La nouvelle du drame s'était déjà propagée, évidemment ; il devait y avoir des messes basses dans les cuisines et à l'office, et un échange embarrassé de platitudes à l'étage du dessus.

— Fanny Nash, dit Forbes, reprenant son souffle pour la première fois tandis que Pitt s'arrêtait.

— Pardon ?

— Fanny Nash, monsieur, répéta Forbes. C'est son nom.

— Ah oui !

L'espace d'un instant, la tristesse revint. Hier, à la même heure, elle était en vie, derrière sa fenêtre à l'architecture classique, réfléchissant probablement à ce qu'elle allait mettre ; elle disait à la femme de chambre quelle toilette elle devait lui sortir, planifiait sa journée, les visites, les potins à échanger, les secrets à garder. C'était le début de la saison londonienne. Quels rêves avaient peuplé son imagination tout récemment encore ?

— Numéro quatre, pantela Forbes à ses côtés.

Intérieurement, Pitt maudit son pragmatisme, même si c'était injuste. Ce monde-là était totalement étranger à Forbes, plus étranger que les ruelles obscures de Paris ou de Bordeaux. Il avait l'habitude des femmes qui portaient de simples robes en laine et travaillaient du matin au soir, des familles nombreuses entassées dans quelques pièces surchargées de meubles, où régnaient des odeurs de cuisine et où l'on partageait dans l'intimité fautes et plaisirs. Il était incapable de considérer ces gens-là sous le même jour, derrière leurs soieries et leurs conventions rigides. Privés de la discipline du travail, ils s'étaient inventé la discipline de l'étiquette et lui obéissaient tout aussi aveuglément. Mais ça, Forbes ne pouvait le comprendre.

En tant que policier, Pitt savait que l'usage lui commandait de se présenter à l'entrée de service, mais il n'était guère d'humeur à se plier à une règle qu'il avait refusée toute sa vie.

Le valet qui ouvrit la porte d'entrée avait la mine

lugubre et figée. Il contempla Pitt avec une aversion non déguisée, même si son attitude hautaine se trouva quelque peu atténuée par le fait que Pitt le dépassait d'une bonne tête.

— Inspecteur Pitt, police, dit ce dernier laconiquement. Puis-je parler à Mr. et Mrs. Nash ?

Sans attendre la réponse, il s'apprêta à entrer, mais le valet ne bougea pas.

— Mr. Nash n'est pas là. Je vais voir si Mrs. Nash peut vous recevoir, répondit-il, l'air dégoûté, avant de reculer d'un demi-pas. Vous n'avez qu'à attendre dans le vestibule.

Pitt regarda autour de lui. La maison était plus vaste qu'elle ne le paraissait de l'extérieur. Il vit un grand escalier flanqué d'un palier de part et d'autre, et une demi-douzaine de portes donnant sur le vestibule. Ayant acquis quelques connaissances à force de rechercher des objets d'art volés, il estima que les tableaux aux murs étaient d'une valeur considérable, même s'il les trouvait trop stylisés à son goût. Il préférait l'école moderne, plus impressionniste, aux lignes floues, où le ciel et l'eau se fondaient en une brume lumineuse. Mais un portrait, dans le style de Burne-Jones, attira son attention, non pas à cause du peintre, mais du sujet lui-même, une femme d'une beauté exceptionnelle... fière, sensuelle, éblouissante.

— Bon sang de bonsoir !

Forbes retint sa respiration, ébahi, et Pitt comprit qu'il n'avait jamais mis les pieds dans une demeure semblable, à l'exception peut-être de l'office. Il eut peur que la balourdise de Forbes ne les mette tous deux dans l'embarras et ne le freine dans son interrogatoire.

— Si vous alliez cuisiner les domestiques, Forbes ? suggéra-t-il. Une bonne ou un valet étaient peut-être dehors à ce moment-là. C'est fou ce qu'on remarque sans s'en rendre compte.

Forbes était partagé. D'un côté, il avait envie de rester pour explorer cet univers inconnu, ne rien manquer, et, d'un autre, il brûlait de se réfugier dans un cadre plus familier pour accomplir une tâche qu'il connaissait sur le bout du doigt. Son hésitation fut de courte durée et aboutit à une conclusion naturelle.

— Bien, monsieur ! J'y vais de ce pas. Je pourrais peut-être essayer quelques autres maisons aussi. Comme vous dites, on ne sait pas qui a vu quoi, tant qu'on n'a pas vérifié, hein ?

Quand le valet revint, il conduisit Pitt dans le petit salon et le laissa. Cinq minutes plus tard, Jessamyn Nash fit son apparition. Pitt la reconnut immédiatement : c'était la femme du portrait. Mêmes grands yeux au regard direct, même bouche, même chevelure éclatante, épaisse et soyeuse comme un champ d'été. Bien qu'elle fût habillée en noir, elle rayonnait tout autant. Elle se tenait très droite, le menton en l'air.

— Bonjour, Mr. Pitt. Que désirez-vous me demander ?

— Bonjour, madame. Navré de vous déranger dans d'aussi tragiques circonstances...

— J'en comprends très bien la nécessité. Inutile de me l'expliquer.

Elle traversa la pièce avec une grâce exquise, mais ne s'assit pas et ne l'invita pas à s'asseoir non plus.

— Bien entendu, il faut découvrir ce qui est arrivé à Fanny, la pauvre enfant.

Son visage se figea l'espace d'un bref instant.

— Car ce n'était qu'une enfant, vous savez, très innocente, très... jeune.

C'était aussi l'impression qu'il avait eue, celle d'une extrême jeunesse.

— Je suis désolé, fit-il doucement.

— Merci.

Impossible de dire à sa voix si elle le savait sincère ou bien si elle avait pris ses paroles pour de la simple courtoisie, une banale formule d'usage. Il aurait voulu l'en assurer, mais elle se moquait bien des sentiments d'un policier.

— Racontez-moi ce qui s'est passé.

Il la regarda de dos comme elle se tenait devant la fenêtre. Elle était svelte, les épaules délicatement arrondies sous la soie. Le timbre de sa voix, lorsqu'elle répondit, était totalement inexpressif : on eût dit qu'elle répétait un discours appris par cœur.

— J'étais à la maison hier soir. Fanny habitait chez nous : c'était la demi-sœur de mon mari, mais je suppose que vous le savez déjà. Elle n'avait que dix-sept ans. Elle était fiancée à Algernon Burnon, mais le mariage ne devait avoir lieu que dans trois ans au plus tôt, une fois qu'elle aurait eu vingt ans.

Pitt ne l'interrompit pas. Il le faisait rarement : la moindre remarque, même incongrue sur le moment, pouvait avoir un sens ou trahir ne serait-ce qu'une émotion. Et il voulait en savoir le plus possible sur Fanny Nash. Il voulait savoir comment les autres la percevaient, ce qu'elle représentait pour eux.

— ... cela peut paraître long, disait Jessamyn, mais Fanny était très jeune. Elle a grandi seule, vous comprenez. Mon beau-père s'était remarié. Fanny a... avait... vingt ans de moins que mon mari. C'était l'éternelle enfant. Elle n'était pas simplette, remarquez.

Elle hésita, et il s'aperçut qu'elle jouait avec une figurine en porcelaine sur la table, la tournant et la retournant entre ses longs doigts.

— Juste...

Elle chercha le mot.

— ... ingénue... innocente.

— Et elle devait vivre chez vous et votre mari jusqu'à son mariage ?

— Oui.

— Pourquoi ça ?

Elle pivota, surprise. Ses yeux bleus étaient impassibles, sans aucune trace de larmes.

— Sa mère est morte. Naturellement, nous lui avons offert un foyer.

Elle esquissa un petit sourire glacial.

— Les jeunes filles de bonne famille ne vivent pas seules, Mr... Désolée, j'ai oublié votre nom.

— Pitt, madame, répondit-il tout aussi froidement.

Froissé, il s'étonna d'éprouver le même sentiment d'humiliation depuis tant d'années. Mais pas question de le montrer. Il sourit intérieurement. Charlotte aurait pris la mouche tout de suite : elle aurait riposté par la première repartie cinglante qui lui serait venue à l'esprit.

— J'aurais cru qu'elle serait restée avec son père.

A la pensée amusée de Charlotte, son expression avait dû s'adoucir. Elle s'imagina à tort qu'il ricanait, et ses joues se colorèrent délicatement.

— Elle préférait habiter chez nous, déclara-t-elle d'un ton tranchant. C'est évident. Une jeune fille n'entame pas la saison sans une compagnie féminine appropriée, quelqu'un de sa famille si possible, qui puisse la conseiller et veiller sur elle. J'étais heureuse de le faire. Êtes-vous sûr que c'est pertinent, Mr... Pitt ? Ne cherchez-vous pas simplement à satisfaire votre curiosité ? Je suppose que notre mode de vie vous est pratiquement inconnu.

Une réponse acerbe lui monta aux lèvres, mais la colère était irrévocable, et, pour le moment, il ne pouvait se permettre de s'attirer l'inimitié de Jessamyn Nash.

Il fit la moue.

— C'est peut-être bien hors sujet. Je vous en prie, continuez votre récit de la soirée d'hier.

Elle prit une inspiration comme pour parler, puis parut se raviser. S'approchant du manteau de cheminée encombré de photographies, elle enchaîna de la même voix atone :

— Elle avait passé une journée parfaitement normale. Elle n'avait pas de tâches domestiques à accomplir, évidemment... je m'occupe de tout. Le matin, elle a écrit des lettres, consulté son agenda et vu sa couturière. Elle a déjeuné ici, à la maison, après quoi elle a pris la voiture pour faire ses visites. Elle m'avait bien dit qui elle allait voir, mais j'ai oublié. On a toujours affaire à la même catégorie de gens et, du moment que l'on sait qui on est soi-même, ça n'a pas beaucoup d'importance. Vous pourrez peut-être le savoir par le cocher. Nous avons dîné à la maison. Lady Pomeroy était là : elle est tout à fait assommante, mais une obligation familiale... vous ne comprendriez pas.

Pitt réussit à se maîtriser sans se départir de son expression d'intérêt poli.

— Fanny est partie de bonne heure, continuat-elle. Elle n'était pas encore formée aux mondanités. Parfois, j'avais l'impression qu'elle était bien trop jeune pour la saison ! J'ai essayé de l'éduquer, mais elle était d'une candeur ! Il lui manquait la plus élémentaire faculté d'invention. Le moindre faux-fuyant lui était un supplice. Elle avait quelque commission à faire, porter un livre à Lady Cumming-Gould. Du moins, c'est ce qu'elle a dit.

— D'après vous, ce n'était pas vrai ? s'enquit-il.

Une lueur fugace traversa son regard, mais Pitt fut incapable de la décrypter. Charlotte, elle, aurait su l'interpréter, mais elle n'était pas là.

— A mon avis, c'était la stricte vérité, répondit Jessamyn. Comme j'ai tenté de vous l'expliquer, Mr... euh...

Elle agita la main, irritée.

— La pauvre Fanny n'était pas douée pour la tromperie. Elle était aussi naïve qu'une enfant.

Pitt ne trouvait pas les enfants particulièrement naïfs : dépourvus de tact, oui... mais la plupart de ceux qu'il avait rencontrés possédaient la ruse innée d'une hermine et étaient aussi coriaces en affaires qu'un usurier, malgré, pour certains d'entre eux, une contenance résolument angélique. C'était la troisième fois que Jessamyn faisait allusion à l'immaturité de Fanny.

— Eh bien, je peux toujours poser la question à Lady Cumming-Gould.

Et il la gratifia d'un sourire aussi candide, espérait-il, que celui de Fanny.

Elle lui tourna brusquement le dos, haussant une épaule gracile, comme si son visage lui avait rappelé qui il était et qu'il fallait donc le remettre à sa place.

— Lady Pomeroy était partie, et j'étais toute seule quand...

Sa voix vacilla; pour la première fois, elle parut perdre son assurance.

— ... quand Fanny est rentrée.

Elle fit un effort pour ne pas hoqueter, en vain. Elle fut obligée de chercher un mouchoir à tâtons, et sa maladresse l'aida à se ressaisir.

— Fanny est entrée et s'est écroulée dans mes bras. Je me demande où la pauvre enfant a trouvé la force de se traîner jusqu'ici. C'est ahurissant. Elle est morte l'instant d'après.

— Je suis désolé.

Elle le regarda, la mine inexpressive, presque comme si elle dormait. Puis elle passa la main sur sa lourde jupe de taffetas, peut-être en souvenir du sang de la veille.

— A-t-elle dit quelque chose? questionna-t-il doucement. Quoi que ce soit...

— Non, Mr. Pitt. Elle était déjà à l'agonie quand elle est arrivée ici.

Il jeta un coup d'œil sur les portes-fenêtres.

— Est-ce par là qu'elle est entrée?

C'était le seul moyen de ne pas tomber sur le valet; néanmoins, il jugea naturel de le demander.

Elle frissonna imperceptiblement.

— Oui.

Il s'en approcha et regarda dehors. La pelouse était petite, un simple carré bordé de lauriers, avec un chemin herbeux par-derrière. Un mur séparait le jardin de celui d'à côté. Le temps de mener l'enquête, il connaîtrait sûrement le moindre recoin de chacune de ces maisons... à moins qu'il n'y eût quelque solution simple et pathétique, mais pour l'instant il n'en voyait pas. Il se tourna vers Jessamyn.

— Votre jardin communique-t-il avec ceux de vos voisins, par une grille ou une porte dans ce mur ?

Elle le considéra sans ciller.

— Oui, mais je doute qu'elle soit passée par là. Elle revenait de chez Lady Cumming-Gould.

Il enverrait Forbes inspecter tous les jardins pour voir s'il y avait des traces de sang. Une blessure pareille avait forcément laissé des taches. Peut-être même y aurait-il des plantes cassées ou des empreintes de pas dans l'herbe ou sur le gravier.

— Et où habite Lady Cumming-Gould ?

— Chez Lord et Lady Ashworth. C'est une tante, je crois ; elle est venue les voir pendant la saison.

Chez Lord et Lady Ashworth... ainsi donc, Fanny Nash s'était rendue chez Emily le soir de son assassinat. Les souvenirs affluèrent, de Charlotte et Emily telles qu'il les avait connues au début, en enquêtant sur l'étrangleur de Cater Street. Tout le monde avait peur ; on se regardait d'un œil neuf entre amis, voire entre membres d'une même famille. Des soupçons étaient nés, qui autrement n'auraient jamais vu le jour. De vieilles relations avaient chancelé et cédé sous leur poids. Et voilà que la violence, les secrets sordides et scabreux étaient de retour, peut-être même à l'intérieur de cette maison. Les cauchemars resurgissaient, les questions glaçantes que l'on redoutait même d'envisager, et pourtant qu'on ne pouvait éluder.

— Tous les jardins sont-ils ainsi reliés entre eux ? s'enquit-il prudemment, chassant le brouillard et la terreur de Cater Street de son esprit. Aurait-elle pu rentrer de cette façon-là ? La soirée avait été agréable, une belle soirée d'été.

Elle le regarda d'un air quelque peu surpris.

— Ça m'étonnerait fort, Mr. Pitt. Elle portait une robe de dîner, pas une paire de culottes ! Pour sortir et rentrer, elle est passée par la rue. C'est là qu'elle a dû tomber sur un détraqué.

Une idée absurde l'effleura : il faillit lui demander combien de détraqués habitaient dans Paragon Walk, mais peut-être ignorait-elle qu'il y avait des cochers se prélassant dans l'attente de leurs maîtres invités à une réception à un bout de la rue, et un agent de police qui effectuait sa ronde à l'autre.

Il se dandina d'un pied sur l'autre et se redressa légèrement.

— Eh bien, il ne me reste plus qu'à aller voir Lady Cumming-Gould. Merci, Mrs. Nash. J'espère que l'affaire sera rapidement éclaircie et que nous ne vous importunerons pas longtemps.

— Je l'espère aussi, acquiesça-t-elle d'un air compassé. Bonne journée à vous.

Chez les Ashworth, il fut introduit dans le grand salon par un majordome en proie à un dilemme d'ordre protocolaire. Il avait affaire à quelqu'un qui se réclamait de la police, quelqu'un d'indésirable donc, qui ne devait pas oublier que sa présence était tolérée seulement, pénible nécessité due au drame de la veille. Mais par ailleurs, incroyablement, il était aussi le beau-frère de Lady Ashworth ! Voilà à quoi ça vous menait, une mésalliance ! Finalement, le majordome opta pour une courtoisie peinée et s'en fut chercher Lord Ashworth. Pitt s'amusait trop de le voir ainsi au supplice pour songer à s'en offusquer.

La porte s'ouvrit, non pas sur George, mais sur Emily elle-même. Elle possédait un charme fou, il l'avait oublié, mais en même temps elle était foncièrement différente de Charlotte. Blonde et menue, elle offrait l'image même de l'élégance et du raffinement. Alors que Charlotte s'affirmait d'une franchise redoutable, Emily était bien trop pragmatique pour parler sans réfléchir et pouvait se montrer machiavélique à l'occasion, pour la bonne cause, naturellement. Convaincue que la haute société en était une excellente, elle s'avérait capable de mentir sans sourciller.

Elle entra et referma la porte, les yeux rivés sur lui.

— Bonjour, Thomas, dit-elle faiblement. Vous venez pour la pauvre Fanny, j'imagine. Je n'osais espérer qu'on vous confie l'affaire. Justement, j'essayais de rassembler mes souvenirs pour pouvoir vous aider, comme à Callander Square[1], fit-elle en s'animant momentanément. Charlotte et moi, on s'en est plutôt bien tirées, à l'époque.

Elle baissa la voix et plissa le visage, l'air malheureux.

— Mais ce n'était pas pareil. Pour commencer, on ne connaissait personne là-bas. Et ceux qui sont morts l'étaient déjà avant même qu'on en ait entendu parler. On a moins de peine quand on n'a pas connu les gens de leur vivant, soupira-t-elle. Je vous en prie, Thomas, asseyez-vous. Ne restez pas planté là, tout dépenaillé. Ne pouvez-vous pas au moins boutonner votre veste ? Il faut que je parle à Charlotte. Elle vous laisse sortir sans...

Elle l'examina de pied en cap et renonça à son projet.

Pitt se passa les mains dans les cheveux et ne fit qu'aggraver les choses.

1. *Le Mystère de Callander Square*, 10/18, n° 2853.

— Vous connaissiez bien Fanny Nash? demanda-t-il, s'installant sur le canapé.

Il semblait se répandre sur les coussins, tout en bras et basques.

— Non. Et, j'ai honte de l'avouer maintenant, je ne l'aimais pas beaucoup.

Elle esquissa une petite moue contrite.

— Elle était assez... ennuyeuse. Jessamyn est très divertissante. Dans l'ensemble, j'ai du mal à la supporter mais je m'amuse à chercher quel tour de cochon je pourrais bien lui jouer.

Il sourit. A bien des égards, elle lui rappelait tant Charlotte qu'il ne put réprimer un élan d'affection envers elle.

— Mais Fanny était trop jeune, acheva-t-il à sa place. Trop naïve.

— Tout à fait. Elle en était presque insipide.

Son expression s'altéra, se chargea de pitié et d'embarras : un instant, elle avait oublié que Fanny était morte, et dans quelles conditions.

— Thomas, c'était la dernière personne au monde à mériter un sort aussi abominable! C'est sûrement l'œuvre d'un malade mental. Il faut que vous l'arrêtiez, pour Fanny... et pour notre bien à tous!

Toutes sortes de réponses lui vinrent à l'esprit, réponses rassurantes à propos d'étrangers et de vagabonds depuis longtemps repartis, et toutes moururent sur ses lèvres. Il était fort possible que l'assassin habite ou travaille dans Paragon Walk. Ni l'agent en faction à une extrémité ni les domestiques qui attendaient à l'autre n'avaient vu passer personne. Or il était difficile de s'aventurer dans un quartier comme celui-ci sans se faire remarquer.

D'un autre côté, ce pouvait être un cocher ou un valet de la réception, désœuvré et sous l'emprise de la boisson, qui aurait laissé une impulsion stupide — parce que Fanny s'apprêtait à crier peut-être — dégénérer en un crime sordide et sanglant.

Cependant, ce n'était pas tant le crime lui-même, c'était l'enquête subséquente qui lui faisait peur, peur que ce ne fût pas un serviteur, mais un riverain qui cachait sa nature bestiale sous une façade policée. Une enquête policière ne démasquait pas seulement les crimes majeurs, mais un tas de fautes vénielles, de duperies et de mesquineries qui pouvaient faire très mal.

Mais inutile d'en parler à Emily. Malgré son titre et son assurance, elle était toujours aussi vulnérable qu'à Cater Street, quand elle avait vu son père, effrayé, se faire arracher son masque.

— Vous le retrouverez, n'est-ce pas ?

Elle rompit le silence, coupant court à ses réflexions, exigeant une réponse. Debout au milieu de la pièce, elle ne le quittait pas des yeux.

— En principe, oui.

Il ne pouvait pas lui dire mieux, en restant honnête. De toute façon, il ne voyait pas l'intérêt de mentir à Emily. Comme la plupart des gens réalistes et ambitieux, elle était d'une perspicacité effarante. Versée elle-même dans l'art du mensonge poli, elle lisait dans les intentions d'autrui comme à livre ouvert.

Il en revint à l'objet de sa visite.

— Elle est passée vous voir hier soir, n'est-ce pas ?

— Fanny ? fit-elle, les yeux agrandis. Oui. Elle est venue rendre un livre, je crois, à tante Vespasia. Désirez-vous lui parler ?

Il bondit sur l'occasion.

— Oui, s'il vous plaît. Vous devriez peut-être rester. Si jamais elle défaille, vous serez là pour la réconforter.

Il se représentait une parente âgée, d'une extraction très noble, et en conséquence sujette aux vapeurs.

Emily rit pour la première fois.

— Oh, mon Dieu! s'exclama-t-elle, la main sur la bouche. Vous ne connaissez pas tante Vespasia!

Ramassant ses jupes, elle se dirigea vers la porte.

— Mais je resterai, soyez tranquille. C'est exactement ce qu'il me faut!

George Ashworth était bel homme, avec un regard de braise et une superbe chevelure, mais il n'arrivait pas à la cheville de sa tante. Bien que septuagénaire, elle portait sur son visage les traces d'une beauté hors du commun : ossature énergique, pommettes hautes, nez long et droit. Ses cheveux d'un blanc bleuté étaient noués en chignon ; sa robe en soie était lilas foncé. S'arrêtant sur le pas de la porte, elle contempla Pitt durant plusieurs minutes, puis entra dans la pièce et leva son face-à-main afin de l'étudier de plus près.

— Je ne vois rien sans cet objet de malheur, grommela-t-elle, agacée.

Elle renifla tout doucement, comme un cheval bien élevé.

— Remarquable, souffla-t-elle. Ainsi, vous êtes policier ?

— Oui, madame.

Momentanément, même Pitt fut à court de mots. Par-dessus son épaule, il aperçut le visage hilare d'Emily.

— Que regardez-vous ? questionna Vespasia d'un ton sec. Je ne porte jamais de noir. Ça ne me va pas. Il faut toujours porter ce qui vous va, quoi qu'on en dise. J'ai bien essayé de l'expliquer à Emily, mais elle ne m'écoute pas. L'usage veut qu'elle s'habille en noir, alors elle s'habille en noir. C'est aussi bête que ça. On a tort de se laisser imposer quelque chose contre son gré.

Elle prit place sur le canapé d'en face et le regarda, arquant légèrement ses fins sourcils gris.

— Fanny est venue me voir le soir de son assassinat. Vous devez le savoir déjà : c'est pourquoi vous êtes là, non ?

Pitt déglutit, s'efforçant de se donner une contenance.

— Oui, madame. A quelle heure, je vous prie ?
— Aucune idée.
— Mais si, tante Vespasia, intervint Emily. C'était après dîner.

— Si je dis que je n'en ai aucune idée, Emily, c'est que c'est la vérité. Je ne regarde pas les pendules. Je n'aime pas ça. A mon âge, on ne se soucie plus guère de ces choses-là. Il faisait nuit, si ça peut vous aider.

— Énormément, je vous remercie.

Pitt se livra à un rapide calcul. Il devait être dix heures passées, à cette époque de l'année. Jessamyn Nash avait envoyé le valet chercher la police vers onze heures moins le quart.

— Pourquoi est-elle venue, madame ? demanda-t-il.

— Pour échapper à une invitée tout à fait assommante, fusa la réponse. Eliza Pomeroy. Je l'ai connue enfant : c'était déjà une plaie. Elle ne parle que des maux des autres. Qui ça intéresse-t-il? Comme si nos propres maux ne nous suffisaient pas!

— Elle vous a dit ça?

Vespasia se demanda s'il fallait s'armer de patience — puisqu'il était stupide — et décida que non. Il le lut clairement sur son visage.

— Ne soyez pas ridicule! repartit-elle. Cette petite a été élevée dans la modération, ni trop bien ni trop mal pour se montrer franche. Elle voulait me rendre un livre.

— Et ce livre, vous l'avez?

Il ignorait pourquoi il avait posé cette question, sinon par réflexe de vérifier chaque détail. C'était presque certainement sans conséquence.

— Je pense que oui, répondit-elle, surprise. Mais je ne prête jamais les livres que je tiens à récupérer, donc je ne sais pas vraiment. C'était une enfant honnête. Elle n'avait pas assez d'imagination pour mentir avec succès, et elle faisait partie de cette catégorie agréable de gens qui connaissent leurs propres limites. Elle s'en serait fort bien tirée, si elle avait vécu. Aucune prétention, aucune arrogance, la pauvrette.

L'humour, la légèreté fondirent aussi soudainement qu'un soleil d'hiver, laissant un froid dans la pièce.

Pitt se sentit obligé de parler, mais sa voix parut lointaine, bruit banal, insignifiant.

— A-t-elle manifesté l'intention d'aller voir quelqu'un d'autre?

Le même souffle glacial semblait avoir frôlé Vespasia.

— Non, répondit-elle gravement. Elle est restée ici le temps de justifier son absence. Si par hasard

Eliza Pomeroy était toujours chez les Nash, elle pouvait facilement s'excuser et aller se coucher sans enfreindre les règles de politesse. D'après ce qu'elle a dit avant de partir, j'ai compris qu'elle entendait rentrer directement.

— Elle est repartie peu après dix heures ? Combien de temps, à votre avis, a-t-elle passé ici ?

— Un peu plus d'une demi-heure. Elle est arrivée entre chien et loup et ressortie quand il faisait déjà nuit noire.

En gros, entre dix heures moins le quart et dix heures et quart, pensa-t-il. Elle avait dû se faire attaquer durant le court trajet dans Paragon Walk. Ces résidences-là étaient vastes, aux façades monumentales, avec des allées et des buissons, de quoi se cacher aisément... mais il n'y en avait que trois entre la maison d'Emily et la maison des Nash. Elle n'était restée que quelques minutes dehors, sauf si, au dernier moment, elle avait résolu de passer chez quelqu'un d'autre.

— Elle était fiancée à Algernon Burnon ?

Il examinait mentalement les possibilités.

— Excellent parti, acquiesça Vespasia. Un jeune homme agréable, et fortuné par-dessus le marché. Connu pour sa tempérance et ses bonnes manières, un peu rasoir peut-être. Bref, un choix très convenable.

Pitt se demanda intérieurement si, à dix-sept ans, une conduite aussi raisonnable pouvait séduire Fanny.

— Savez-vous, madame, dit-il tout haut, si elle avait d'autres admirateurs ?

Il espérait que cette formule distinguée ne masquait pas le véritable sens de sa question.

Elle le considéra avec un léger froncement de sourcils. Par-dessus son épaule, il vit Emily grimacer.

— Je ne vois personne, Mr. Pitt, dont les sentiments auraient pu précipiter le drame d'hier soir, si c'est bien ce à quoi vous faites allusion.

Emily ferma les yeux et se mordit la lèvre pour s'empêcher de rire.

Pitt était conscient d'être tombé précisément dans le piège du langage qu'il abhorrait, et les deux femmes s'en étaient aperçues. A présent, il devait éviter d'en faire trop pour se rattraper.

— Je vous remercie, Lady Cumming-Gould, dit-il en se levant. Si vous pensez à quelque chose qui puisse nous être utile, je suis sûr que vous nous le ferez savoir. Merci, Lady Ashworth.

Vespasia hocha la tête et sourit imperceptiblement, mais Emily fit le tour de la table qui se trouvait derrière le canapé et lui tendit les deux mains.

— Embrassez Charlotte pour moi. Je passerai la voir bientôt, mais pas avant que le pire de cette histoire ne soit fini. Ce ne sera peut-être pas long ?

— J'espère que non.

Il lui effleura la main, guère convaincu que ce serait rapide, ou facile. Une enquête criminelle n'était pas une partie de plaisir, et l'on en sortait rarement indemne.

Il rendit visite à plusieurs autres habitants de Paragon Walk et rencontra Algernon Burnon, Lord et Lady Dilbridge qui avaient organisé la réception, Mrs. Selena Montague, une ravissante veuve, et les demoiselles Horbury. A cinq heures et demie, quittant cette atmosphère digne et paisible, il regagna les locaux fonctionnels et usés du poste de police. A sept heures, il était devant sa propre porte. La façade de la maison était nette, étroite, mais il n'y avait ni allée ni arbres... rien qu'un perron astiqué et blanchi à la chaux et la grille en bois donnant sur l'arrière-cour.

Il ouvrit la porte avec sa clé et, aussitôt, la familière sensation de bien-être l'enveloppa telle une vague tiède. Il se surprit à sourire. Laideur et violence s'étaient évanouies.

— Charlotte?

Un fracas lui parvint de la cuisine, et son sourire s'élargit. Il longea le couloir et s'arrêta dans l'embrasure de la porte. A genoux sur le plancher lavé, Charlotte essayait d'attraper deux couvercles de casserole qui roulaient sous la table. Elle portait une robe ordinaire avec un tablier blanc, et ses éclatantes mèches acajou s'échappaient en désordre de son chignon. Elle leva les yeux, grimaça, voulut saisir les couvercles et les manqua. Se baissant, il les ramassa et lui tendit l'autre main. Elle la prit, et il la releva. Pendant qu'elle se blottissait contre lui, il laissa tomber les couvercles sur la table. C'était bon de la sentir, sentir la chaleur de son corps, sa bouche répondant à la sienne.

— Alors, c'était quoi aujourd'hui? demanda-t-elle au bout d'un moment.

Il repoussa les cheveux de son visage.

— Un meurtre, dit-il à voix basse. Et un viol.

— Oh...!

Le visage de Charlotte se crispa, à cause d'un mauvais souvenir peut-être.

— Je suis désolée.

Il eût été facile d'en rester là, sans préciser

qu'Emily connaissait la victime, qu'elle habitait dans sa rue, mais Charlotte finirait par le savoir, de toute façon. Ne serait-ce que par Emily. Il n'était pas exclu que l'affaire se règle rapidement... un valet soûl, par exemple.

Elle avait déjà perçu son hésitation.

— Qui est-ce ?

Elle s'était méprise sur la cause de sa réticence.

— Elle avait des enfants ?

Il songea à la petite Jemima qui dormait là-haut. Elle vit ses traits se détendre, une brève lueur de soulagement briller dans ses yeux.

— Qui est-ce, Thomas ?

— Une toute jeune fille...

Elle comprit que ce n'était pas tout.

— Vous voulez dire une enfant ?

— Non, non... elle avait dix-sept ans. Désolé, mon amour, elle vivait à Paragon Walk, à deux pas de chez Emily. J'ai vu Emily cet après-midi. Elle m'a chargé de vous embrasser.

Elle repensa à Cater Street, à la peur qui s'était insinuée dans leur existence, tel un poison lent et inexorable. Et elle exprima la première crainte qui lui vint à l'esprit :

— Vous ne croyez pas que George ait... qu'il y soit pour quelque chose ?

Son visage s'allongea.

— Ciel, non ! Bien sûr que non !

Elle retourna auprès du fourneau et piqua sauvagement les pommes de terre pour voir si elles étaient cuites. Deux d'entre elles tombèrent en morceaux. Elle aurait voulu les injurier, mais se retint de le faire devant son mari. S'il aimait à la considérer comme une jeune femme bien élevée, autant ne pas briser ses illusions. La cuisine était comme une course d'obstacles qu'il fallait franchir un à un. Et elle était encore suffisamment éprise de Pitt pour quêter son approbation. Sa mère lui avait appris à diriger une maison et à veiller à l'exécution des tâches domestiques, mais elle n'avait pas prévu que, de par son mariage, Charlotte en serait réduite à faire la cuisine elle-même. L'expérience n'était pas dépourvue de difficultés. Mais il fallait rendre justice à Pitt : il se moquait rarement d'elle et n'avait perdu patience qu'une seule fois.

— Votre dîner est presque prêt, annonça-t-elle, emportant la casserole vers l'évier. Emily va bien ?

— Elle en a l'air, répondit-il, se perchant sur le bord de la table. J'ai rencontré sa tante Vespasia. Vous la connaissez ?

— Non. On n'a pas de tante Vespasia dans la famille. Elle doit être du côté de George.

— Elle aurait dû être du vôtre, déclara-t-il avec un soudain sourire. Elle incarne exactement ce que vous risquez d'être à soixante-dix ou quatre-vingts ans.

De surprise, elle lâcha la casserole et se tourna vers lui. Les basques pendantes, il ressemblait à quelque énorme oiseau immobile.

— Et ça ne vous a pas consterné ? Je m'étonne même que vous soyez rentré à la maison !

— Elle est épatante, fit-il en riant. J'ai eu l'impression d'être un parfait imbécile. Elle affirme précisément ce qu'elle pense, sans sourciller.

— Pas moi ! se défendit-elle. Je dis tout, c'est plus fort que moi, mais après, je ne sais plus où me mettre.

— Ça vous passera quand vous aurez soixante-dix ans.

— Descendez de la table. J'en ai besoin pour poser les légumes.

Il se leva docilement.

— Qui d'autre avez-vous vu ? reprit-elle, une fois qu'ils se furent installés pour dîner dans la salle à manger. Emily m'a déjà parlé de ses voisins, mais je ne suis jamais allée là-bas.

— Vous tenez vraiment à le savoir ?

— Évidemment !

Quelle question saugrenue !

— Si quelqu'un a été violé et assassiné à deux pas de chez Emily, ça me concerne également. Ce n'est pas Jessamyn je-ne-sais-quoi, par hasard ?

— Non. Pourquoi ?

— Emily ne peut pas la sentir, mais elle lui manquerait si elle n'était plus là. Enfin, je ne devrais pas parler en ces termes de quelqu'un qui aurait pu être tué.

Il riait d'elle intérieurement, et elle s'en rendit compte.

— Et pourquoi donc ? demanda-t-il.

Elle ne le savait pas très bien, sinon que sa mère aurait dit la même chose. Elle préféra ne pas s'expliquer là-dessus. La meilleure défense, c'était encore l'attaque.

— Alors qui est-ce ? Pourquoi ne pas me le dire carrément ?

— C'est la belle-sœur de Jessamyn Nash, une jeune fille prénommée Fanny.

Tout à coup, le bon ton ne semblait plus de mise.

— Pauvre petite, dit-elle doucement. J'espère que ça a été rapide et qu'elle ne l'a pas vraiment senti.

— Ça m'étonnerait. Elle a été violée d'abord, puis poignardée. Elle a réussi à retourner chez elle pour mourir dans les bras de Jessamyn.

Prise d'une subite vague de nausée, Charlotte se figea, sa fourchette suspendue en l'air.

Il s'en aperçut.

— Pourquoi diable me demandez-vous ça en plein dîner? lança-t-il, exaspéré. Il y a des morts tous les jours, et vous n'y pouvez rien. Mangez.

Elle faillit rétorquer que ce n'était pas une consolation, quand elle comprit qu'il devait être bouleversé aussi. Il avait certainement vu le corps — cela faisait partie de son travail — et parlé à ses proches. Charlotte, elle, pouvait seulement l'imaginer, or il était possible de faire taire son imagination, mais pas sa mémoire.

Obéissante, elle porta la nourriture à sa bouche sans le quitter des yeux. Son visage était calme, et sa colère était retombée, mais ses épaules trahissaient sa tension, et il avait oublié de se servir la sauce qu'elle avait si soigneusement préparée. Était-ce la mort de cette jeune fille qui l'affectait à ce point-là... ou bien quelque chose d'infiniment plus grave, la crainte de découvrir une vérité sordide, le touchant de plus près, quelque chose qui concernerait George?

2

Le lendemain matin, Pitt se rendit tout d'abord au poste de police, où Forbes l'accueillit, la mine lugubre.

— Bonjour, Forbes, lança-t-il gaiement. Que se passe-t-il ?

— Y a le médecin légiste qui vous cherche, répondit Forbes en reniflant. Il a un message à propos du cadavre d'hier.

Pitt s'arrêta.

— Fanny Nash ? Quel message ?

— J'en sais rien. Y veut pas le dire.

— Eh bien, où est-il ?

Que diable pouvait-il avoir à lui signaler, hormis l'évidence ? Était-elle enceinte ? Il ne voyait pas autre chose.

— Il est allé boire une tasse de thé, dit Forbes en secouant la tête. On va retourner à Paragon Walk, hein ?

— Bien sûr !

Pitt lui sourit, et Forbes lui rendit son regard d'un air maussade.

— Vous en saurez un peu plus sur la vie des aristocrates. Il faudra interroger le personnel de la réception.

— Chez Lord et Lady Dilbridge ?

— Exactement. Bon, je dois aller voir ce médecin.

Pitt sortit du bureau et s'en fut dans la petite taverne au coin de la rue où il trouva le fringant médecin légiste devant une théière. Quand Pitt entra, il leva les yeux.

— Thé ? proposa-t-il.

Pitt s'assit.

— Peu importe le petit déjeuner. Qu'en est-il de Fanny Nash ?

— Ah...

Le médecin légiste but une grande gorgée de sa tasse.

— Drôle d'histoire. Ce n'est peut-être rien du tout, mais je préfère le mentionner. Elle a une cicatrice sur la fesse, la fesse gauche, assez bas. Ça a l'air relativement récent.

Pitt fronça les sourcils.

— Une cicatrice ? Et alors, ça signifie quoi ?

— Probablement pas grand-chose, fit le médecin en haussant les épaules. Mais elle est en forme de croix : un long trait barré d'un trait plus petit dans sa partie inférieure. Très régulière, la croix, mais le plus drôle, c'est que ce n'est pas une coupure.

Son regard brillant se posa sur Pitt.

— C'est une brûlure.

Pitt demeura parfaitement immobile.

— Une brûlure ? fit-il, incrédule. Comment diable aurait-elle pu se brûler de la sorte ?

— Aucune idée. D'ailleurs, entre nous, je préfère ne pas y penser.

Pitt quitta la taverne perplexe, ne sachant quelle importance accorder à cette découverte. Il s'agissait peut-être simplement d'un accident malencontreux et somme toute banal. En attendant, il fallait poursuivre la tâche fastidieuse consistant à établir l'emploi du temps des uns et des autres au moment du meurtre. Il avait déjà vu Algernon Burnon, le fiancé de Fanny, et l'avait trouvé pâle, mais suffisamment maître de lui, comme l'exigeaient les circonstances. Ce dernier affirmait avoir passé toute la soirée en compagnie d'une autre personne, qu'il refusait toutefois de nommer. Il laissa entendre que c'était une question d'honneur que Pitt ne comprendrait pas, bien qu'il eût la délicatesse de ne pas le formuler en ces termes. Pitt ne réussit pas à en savoir davantage et, pour l'instant, décida d'en rester là. Si le malheureux était en galante compagnie au moment même où sa promise subissait les derniers outrages, ce n'était pas maintenant qu'il allait l'avouer.

Lord et Lady Dilbridge avaient eu du monde depuis sept heures du soir : ils étaient donc hors de cause. Les demoiselles Horbury n'avaient aucun homme sous leur toit. L'unique serviteur de Selena Montague avait passé son temps soit à l'office, soit dans la pièce mise à sa disposition et qu'on voyait de la cuisine. Pitt n'avait donc plus que trois maisons à visiter, ainsi que la pénible obligation de retourner chez les Nash pour voir l'époux de Jessamyn, le demi-frère de la défunte. Pour finir, il lui fallait — à son extrême embarras — demander son alibi à George Ashworth. Plus que tout au monde, il espérait que George en avait un.

Il aurait préféré régler cette question tout de suite,

mais il savait que George ne serait pas disponible d'aussi bonne heure. Qui plus est, il caressait sottement l'espoir de tomber sur un indice capital avant d'en arriver là, un indice tellement brûlant et pointu qu'il n'aurait même pas besoin d'inquiéter George.

Il commença par la deuxième maison de Paragon Walk, juste après les Dilbridge. Au moins, il serait débarrassé de cette corvée-là. Les frères Nash étaient trois, et ceci était la résidence de l'aîné, Mr. Afton Nash ; lui et son épouse hébergeaient le plus jeune frère, Mr. Fulbert Nash, encore célibataire.

Le majordome le fit entrer avec une lassitude résignée. La famille n'avait pas fini son petit déjeuner, le prévint-il. Il serait obligé d'attendre. Pitt le remercia et, une fois la porte refermée, fit lentement le tour de la pièce. Le décor était conventionnel, luxueux, et pourtant il s'y sentait mal à l'aise. La bibliothèque contenait quantité de volumes reliés de cuir, alignés dans un ordre tellement impeccable qu'ils en semblaient inutilisés. Il passa le doigt sur les tranches supérieures pour voir s'il y avait de la poussière, mais tout était d'une propreté irréprochable... sûrement plus le fait de la gouvernante, pensa-t-il, que d'un quelconque lecteur. Sur le bureau se pressaient les habituelles photos de famille. Personne ne souriait, mais c'était normal : il fallait garder la pose si longtemps qu'il n'était plus possible de sourire. Une certaine douceur dans l'expression, voilà tout ce qu'on pouvait espérer, et ce n'était pas le cas ici.

Une broderie était accrochée au-dessus du manteau de la cheminée, un œil unique, fixe et implacable, et au-dessous, en point de croix, on lisait : « Dieu voit tout. »

Il frissonna et s'assit en lui tournant le dos.

Afton Nash entra et ferma la porte derrière lui. C'était un homme de haute taille, légèrement enveloppé, aux traits burinés. N'étaient-ce une certaine lourdeur et une bouche quelque peu pincée, ce visage-là aurait pu être beau. Curieusement, il n'était même pas agréable à regarder.

— J'ignore en quoi nous pouvons vous être utiles, Mr. Pitt, dit-il froidement. La pauvre enfant habitait chez mon frère Diggory et sa femme. Ce sont eux qui veillaient à son bien-être moral. Réflexion faite, nous aurions peut-être dû la prendre chez nous, mais sur le moment nous avons opté pour des dispositions plus adaptées à sa situation. Jessamyn accorde plus d'importance aux mondanités que nous : elle était donc la mieux placée pour introduire Fanny dans la société.

Pitt aurait dû s'habituer à ce réflexe de groupe défensif, aux protestations d'innocence, voire au déni de toute implication. Il s'y heurtait chaque fois, d'une manière ou d'une autre. Et cependant, il trouva cela particulièrement répugnant. Il revit le visage de la jeune fille que la vie n'avait pas encore marqué : à peine éclose et déjà anéantie. Or ici, dans cette pièce peu accueillante, son frère parlait de « bien-être moral » et cherchait à se dégager de toute responsabilité.

— On ne prend pas de « dispositions » contre un meurtre, s'entendit-il répondre sèchement.

— Ah, mais on peut en prendre contre le viol, déclara Afton d'un ton grinçant. Les jeunes filles de mœurs vertueuses ne s'exposent pas à un tel sort.

— Auriez-vous quelque raison de croire que votre sœur n'était pas de mœurs vertueuses ?

s'enquit Pitt, même si au fond de lui il connaissait déjà la réponse.

Se retournant, Afton le dévisagea avec une moue de dégoût.

— Elle a été violée d'abord et tuée ensuite, inspecteur. Vous le savez aussi bien que moi. Épargnez-moi vos coquetteries. C'est écœurant. Vous feriez mieux de parler à mon frère Diggory. Il a des goûts bizarres. Je croyais qu'il n'irait pas jusqu'à les transmettre à sa sœur, mais je peux me tromper. Peut-être un de ses amis les moins fréquentables se trouvait-il dans les parages ce soir-là ? Vous allez tout mettre en œuvre, j'imagine, pour établir qui était là précisément ?

— Bien sûr, acquiesça Pitt, tout aussi hautain. Nous tâcherons de retracer les faits et gestes de chacun.

Afton haussa imperceptiblement les sourcils.

— Les habitants de Paragon Walk ne présentent aucun intérêt pour vous... sauf les domestiques peut-être, et encore. Pour ma part, je suis très exigeant avec les serviteurs que j'emploie ; quant aux servantes, je leur interdis de fréquenter des hommes.

Pitt plaignit les servantes, et la vie morne, sans joie, qui était la leur.

— On peut être totalement extérieur à l'affaire, et cependant avoir remarqué un fait significatif. Pour nous, le moindre détail compte.

Afton grogna, irrité de n'y avoir pas réfléchi lui-même, et chassa une miette inexistante de sa manche.

— Eh bien, j'étais chez moi ce soir-là. J'ai passé presque toute la soirée dans la salle de billard, avec mon frère Fulbert. Je n'ai rien vu, rien entendu.

Pitt ne pouvait se permettre d'abandonner aussi facilement. Il ne fallait surtout pas trahir l'antipathie que cet homme lui inspirait. Il devait se battre.

— Peut-être avez-vous remarqué quelque chose, ces dernières semaines... insista-t-il.

— Si tel était le cas, inspecteur, ne pensez-vous pas que j'aurais réagi sur-le-champ ?

Le nez charnu d'Afton frémit légèrement.

— Mis à part le désagrément que représente pour nous tous ici pareil incident, Fanny était ma sœur !

— Très certainement, monsieur... mais avec le recul ? acheva Pitt.

Afton réfléchit à nouveau.

— Pas à mon souvenir, répliqua-t-il, prudent. Mais si quoi que ce soit me revenait, je vous en informerais. Autre chose ?

— Oui, s'il vous plaît. J'aimerais parler au reste de la famille.

— S'ils avaient vu quelque chose, ils m'en auraient fait part, répliqua Afton avec impatience.

— Néanmoins, je tiens à les voir.

Afton le toisa. Comme il était grand, ils s'affrontèrent du regard, les yeux dans les yeux. Pitt refusait de céder.

— C'est inévitable, je présume, concéda Afton finalement, l'air morose. Je ne veux pas montrer le mauvais exemple. Le devoir avant tout. Mais je vous prierai d'user de tact, autant que faire se peut, avec mon épouse.

— Merci, monsieur. Je ferai mon possible pour ne pas la perturber.

Phoebe Nash était tout l'opposé de Jessamyn. A supposer même qu'elle fût naguère habitée d'une étincelle, celle-ci était éteinte depuis longtemps. Sa robe était d'un noir défraîchi; son visage pâle, dépourvu de fard. En temps ordinaire, elle aurait eu l'air avenante, mais pour l'heure elle ressemblait trop à l'image type du deuil : yeux rougis, nez enflé, coiffure ordonnée, mais sans une once d'élégance.

Elle refusa de s'asseoir et resta debout devant lui, les mains convulsivement serrées.

— Je ne crois pas pouvoir vous aider, inspecteur. Je n'étais même pas à la maison, ce soir-là. Je me trouvais chez une parente âgée, qui était souffrante. Je peux vous donner son nom, si vous le désirez.

— Je n'ai aucune raison de mettre votre parole en doute, madame.

Il lui sourit en prenant garde toutefois de ne pas manifester une gaieté indue en présence de la mort. Elle lui inspirait un poignant sentiment de pitié. Il avait envie de la mettre à l'aise et ne savait pas comment. Elle était de ces femmes qu'il ne comprenait pas. Toutes ses émotions étaient intériorisées, sévèrement bridées : seule la distinction comptait.

— Je me demandais si par hasard Miss Nash ne s'était pas confiée à vous, commença-t-il. Comme vous êtes sa belle-sœur, elle aurait pu vous dire si quelqu'un la poursuivait de ses assiduités ou si l'on s'était permis une réflexion insultante à son endroit. Ou alors si elle avait rencontré un inconnu dans le quartier ? ajouta-t-il, décidé à continuer. Ou vous-même, peut-être ?

Ses mains se crispèrent, et elle le dévisagea, atterrée.

— Bonté gracieuse ! Vous ne pensez tout de même pas qu'il rôde toujours par ici ?

Il hésita : d'un côté, il voulait la rassurer, car la peur au moins était un sentiment familier, mais, de l'autre, il savait qu'il était stupide de mentir. Il opta pour une vérité anodine :

— S'il s'agit d'un vagabond, il a sûrement poursuivi son chemin. Seul un imbécile resterait dans un endroit qui grouille de policiers lancés à ses trousses.

Elle se détendit visiblement et se permit même de s'asseoir sur le bord d'un fauteuil ventru.

— Dieu soit loué ! Grâce à vous, je me sens déjà beaucoup mieux. Évidemment, j'aurais dû y penser moi-même.

Soudain, elle fronça ses sourcils blonds.

— Mais je ne me souviens pas avoir croisé un étranger dans la rue, du moins pas dans ce style-là. Autrement, j'aurais envoyé un valet pour le chasser.

Il ne sèmerait que terreur et confusion s'il essayait de lui expliquer que les violeurs ne se distinguaient pas forcément dans la foule. Un crime avait souvent tendance à surprendre, comme s'il ne s'agissait pas d'un acte matériel né d'un trop-plein d'égoïsme, de cupidité ou de haine, des fourberies ayant dépassé les bornes. Elle s'attendait à ce qu'il fût reconnaissable, différent, rien à voir avec son entourage habituel.

Il serait pénible et inutile de vouloir la détromper. Pitt se demanda pourquoi, après tant d'années, il s'en souciait encore et, qui plus est, pourquoi cela l'affectait.

— Peut-être Miss Nash vous a-t-elle fait des confidences ? Si quelqu'un l'a contrariée ou s'est permis des privautés à son égard ?

Elle ne se donna même pas la peine de réfléchir.

— Certainement pas ! Si cela s'était produit, j'en aurais parlé à mon mari, et il aurait pris des mesures !

Ses doigts trituraient un mouchoir sur ses genoux, dont elle avait déjà déchiré la dentelle.

Pitt imaginait facilement les « mesures » en question. Cependant, il ne voulait pas capituler, pas encore.

— Elle n'a exprimé aucune crainte, mentionné aucune nouvelle connaissance ?

— Non, dit-elle, secouant la tête avec véhémence.

Il soupira et se leva. Il n'y avait rien d'autre à en tirer. Il sentait que s'il l'effrayait en lui disant la vérité, elle l'occulterait purement et simplement ; la peur aveugle l'emporterait sur la raison et la mémoire.

— Merci, madame. Navré d'avoir dû vous contrarier.

Elle sourit avec effort.

— C'était sûrement nécessaire, inspecteur, ou vous ne l'auriez pas fait. Vous désirez sans doute voir mon beau-frère, Mr. Fulbert Nash ? Malheureusement, il n'y a pas passé la nuit ici. Si vous repassez dans l'après-midi, il sera peut-être rentré.

— C'est entendu, merci. Ah, fit-il, se rappelant la curieuse marque relevée par le médecin légiste, savez-vous par hasard si Miss Nash a eu un accident récemment, où elle se serait brûlée ?

Il préférait ne pas citer l'endroit de la brûlure : elle en serait profondément gênée.

— Brûlée ? répéta-t-elle faiblement. Non, je ne vois pas. Je ne suis pas au courant. Peut-être... qu'elle s'est...

Elle toussota.

— ... intéressée à la cuisine ? Il faudrait demander à ma belle-sœur. Je... je n'en ai pas la moindre idée.

Sa réaction laissa Pitt perplexe. Elle avait l'air positivement horrifiée. Était-ce parce qu'elle connaissait l'emplacement de la blessure et que d'en parler avec un homme qui, de surcroît, lui était très inférieur dans la hiérarchie sociale la mettait au supplice ? Il ne la comprenait pas suffisamment pour en juger.

— Je vous remercie, madame, dit-il doucement. C'est probablement sans importance.

Et, avec force murmures de politesse, il fut reconduit par le valet dehors, dans la rue ensoleillée.

Pendant plusieurs minutes, il demeura immobile avant de décider de sa prochaine destination. Forbes était quelque part dans les parages à discuter avec les domestiques, gonflé d'importance à l'idée de participer à une enquête criminelle, et ravi de pouvoir enfin satisfaire une curiosité longtemps réprimée vis-à-vis d'un mode de vie qui jusque-là dépassait totalement le cadre de son expérience. Ce soir-là, il serait une mine de renseignements, pour la plupart inutiles, mais dans tout ce fatras d'habitudes quotidiennes, il y aurait peut-être une observation qui déboucherait sur une autre... et ainsi de suite. A cette pensée, il eut un grand sourire. Un aide-jardinier qui passait par là le dévisagea, stupéfait et quelque peu impressionné par cet homme qui, manifestement, n'était pas un gentleman et cependant se permettait de rester planté au milieu de la rue à sourire aux anges.

Finalement, il opta pour la résidence centrale appartenant à un certain Paul Alaric, où on lui dit très poliment que *Monsieur*[1] ne serait pas chez lui

---

1. En français dans le texte. *(N.d.T.)*

avant la tombée de la nuit, mais que si l'inspecteur voulait bien revenir à ce moment-là, *Monsieur* le recevrait certainement.

N'ayant pas encore réfléchi à ce qu'il allait dire à George, il remit cette entrevue-là à plus tard et essaya la maison suivante, celle d'un dénommé Hallam Cayley.

Mr. Cayley n'avait pas encore fini son petit déjeuner ; néanmoins, il l'invita à entrer et lui offrit une tasse de café très corsé, que Pitt refusa. Il préférait le thé de toute façon, et ce breuvage paraissait aussi visqueux que les eaux huileuses du port de Londres.

Cayley sourit de mauvaise grâce et se versa une autre tasse. C'était un homme séduisant d'une trentaine d'années ; malheureusement, son beau visage aux traits aquilins était gâché par une peau grêlée, et une bouche molle qui laissait deviner un tempérament colérique. Ce matin-là, il avait les yeux bouffis et légèrement injectés de sang. Pitt comprit que la veille il avait dû forcer sur la bouteille.

— Que puis-je pour vous, inspecteur ? commença Cayley, parlant le premier. Je ne sais rien du tout. J'ai passé la plus grande partie de la soirée chez les Dilbridge. N'importe qui vous le dira.

Le cœur de Pitt se serra. Tout le monde disposait-il donc d'un alibi ? Non, c'était absurde. D'ailleurs, c'était sans importance ; il s'agissait sûrement d'un domestique qui avait bu un coup de trop, s'était oublié et, quand la jeune fille s'était mise à crier, l'avait poignardée, affolé, pour la faire taire, peut-être même sans intention de tuer. Forbes trouverait probablement la réponse. Quant à lui, il interrogeait les maîtres simplement parce qu'il fallait le faire, ne fût-ce que pour la forme, pour qu'on sache que la police ne chômait pas... et plutôt lui que Forbes, avec ses maladresses verbales et sa curiosité par trop flagrante.

Il se força à revenir à ses questions.

— Vous rappelez-vous par hasard avec qui vous étiez aux environs de dix heures ?

— A vrai dire, je me suis disputé avec Barham Stephens.

Cayley se resservit du café et secoua la cafetière avec irritation lorsque sa tasse ne se remplit qu'à moitié. Il la reposa avec fracas, faisant trembler le couvercle.

— Le bougre prétendait qu'il ne perdait jamais aux cartes. J'ai horreur des mauvais perdants. Et je ne suis pas le seul.

Il fixa sombrement son assiette jonchée de miettes.

— Et cette dispute a eu lieu à dix heures ? demanda Pitt.

Cayley contemplait toujours son assiette.

— Non, un peu plus tôt, et ç'a été plus qu'une dispute. Ç'a été une sacrée bagarre, dit-il, levant vivement la tête. Enfin, vous n'appelleriez pas ça une bagarre, vous. Il n'y a pas eu d'éclats de voix. Stephens ne se conduit peut-être pas en gentleman, mais nous sommes tous deux suffisamment bien élevés pour ne pas nous quereller devant les dames. Je suis sorti faire un tour, histoire de me calmer.

— Dans le jardin ?

Cayley regarda à nouveau son assiette.

— Oui. Vous voulez savoir si j'ai vu quelque chose... La réponse est non. Il y avait des gens partout. Les Dilbridge ont des fréquentations bizarres. Mais vous avez la liste des invités, non ? Vous finirez par découvrir sans doute que c'était un valet engagé pour la soirée. Certaines personnes louent des équipages, vous savez, surtout si elles sont là seulement pour la saison.

L'air soudain grave, il dévisagea Pitt sans ciller.

— Honnêtement, je ne vois pas du tout qui aurait pu assassiner la pauvre Fanny.

Son visage se plissa douloureusement, animé d'un sentiment singulier, plus subtil qu'une simple pitié.

— Je connais la plupart des hommes qui habitent dans Paragon Walk. J'avoue que je ne les porte pas tous dans mon cœur, mais, franchement, je ne les crois pas non plus capables de tuer une femme, une enfant comme Fanny, d'un coup de couteau.

Il repoussa son assiette d'un air dégoûté.

— Ce pourrait être le Français... un drôle d'oiseau, celui-là, et le couteau, c'est bien un truc français. Mais ça me paraît peu probable.

— Comme la plupart des meurtres, dit Pitt doucement.

Puis il songea aux taudis crasseux, grouillants, qui s'agglutinaient juste derrière ces rues imposantes, où le crime était un moyen de survie, où les petits enfants apprenaient à voler sitôt qu'ils savaient marcher et où seuls les rusés ou les forts parvenaient à l'âge adulte. Mais à Paragon Walk, tout cela était déplacé. Ici, un crime était un événement choquant, insolite, et, bien entendu, ils cherchaient tous à le désavouer.

Cayley ne bougeait pas, rongé par quelque tourment intérieur.

Pitt attendit. Dehors, les roues d'une calèche crissèrent sur le gravier.

Finalement, Cayley leva les yeux.

— Qui, au nom du ciel, aurait fait ça à un petit être inoffensif comme Fanny? dit-il tout bas. Ça semble si fichtrement gratuit!

Pitt, qui n'avait pas de réponse à lui apporter, se leva.

— Je n'en sais rien, Mr. Cayley. Il se peut qu'elle ait reconnu le violeur et qu'il s'en soit rendu compte. Mais pourquoi il s'est attaqué à elle, ça, Dieu seul le sait!

D'un geste brutal, Cayley abattit son poing sur la table, pas bruyamment, mais avec une force stupéfiante.

— Ou le diable!

Il baissa la tête et ne releva pas les yeux, même quand Pitt sortit et referma la porte derrière lui.

Dehors, il faisait un temps clair et ensoleillé; les oiseaux gazouillaient dans le parc d'en face, et quelque part au détour du virage, on entendit cliqueter les sabots d'un cheval.

C'était la première fois qu'il voyait quelqu'un manifester ouvertement son chagrin, et même si c'était pénible, lui rappelant que l'énigme était banale et la tragédie, réelle — ils auraient beau savoir qui avait tué Fanny, comment et pourquoi, elle n'en serait pas moins morte —, il se sentit néanmoins purifié.

Il alla voir Diggory Nash. Après, en milieu d'après-midi, il ne put plus repousser sa visite chez Emily et George. Il n'avait rien appris qui pût lui éviter de poser la question fatidique. Diggory Nash ne lui avait rien apporté de positif non plus. Il était allé jouer, dit-il, dans une soirée privée, mais il se montra peu enclin à révéler les noms des autres joueurs. A ce stade-là, Pitt n'était pas prêt à insister.

Maintenant, il fallait qu'il aille voir George. Ne pas le faire serait tout aussi ostentatoire et donc aussi outrageant que n'importe quel interrogatoire.

Vespasia Cumming-Gould prenait le thé avec Emily et George quand Pitt fut annoncé. Emily inspira profondément et pria la femme de chambre de le faire entrer. Vespasia enveloppa sa nièce d'un regard critique. Franchement, la petite portait son corset beaucoup trop serré pour quelqu'un en période de grossesse. La vanité était une chose, mais elle se conjuguait mal avec la maternité : chaque femme devrait savoir ça ! A l'occasion, elle lui parlerait de ce que visiblement sa mère avait omis de lui expliquer. Ou bien la pauvre enfant était-elle tellement attachée à George, et tellement peu sûre de son affection qu'elle cherchait toujours à lui plaire ? Si elle avait été un peu mieux éduquée, elle aurait appris à composer avec les faiblesses des hommes. Et elle aurait réagi avec indifférence, ce qui eût été infiniment plus satisfaisant.

Voilà que maintenant cet inénarrable inspecteur de police arrivait au salon, tout en bras, jambes et basques, le cheveu en bataille... on aurait dit une tête-de-loup.

— Madame, dit Pitt courtoisement.

— Bonjour, inspecteur.

Elle tendit la main sans se lever. Se penchant, il l'effleura de ses lèvres. Geste ridicule de la part d'un policier qui, somme toute, ne valait guère mieux qu'un commerçant, mais il le fit sans aucune gaucherie, et même avec une curieuse sorte de grâce. Au fond, il n'était pas aussi désarticulé qu'il en avait l'air. Non, mais vraiment, quel drôle de phénomène !

— Asseyez-vous donc, Thomas, offrit Emily. Je vais demander qu'on nous apporte plus de thé.

Tout en parlant, elle actionna la sonnette.

— Que désirez-vous savoir, cette fois ? s'enquit Vespasia.

Il n'était tout de même pas là pour une simple visite de politesse ?

Pitt se tourna à demi vers elle. Malgré son aspect très quelconque, elle ne le trouvait pas désagréable. Son visage respirait une intelligence peu commune et un humour comme elle n'en connaissait à personne dans Paragon Walk, sauf peut-être à ce Français suprêmement élégant qui tournait la tête à toutes les femmes. Voyons, ce n'était pas pour ça qu'Emily se serrait la taille, hein ?

La réponse de Pitt interrompit le cours de ses pensées.

— Je n'ai pas pu voir Lord Ashworth précédemment, madame.

Mais oui, bien sûr. Évidemment que le bougre devait voir George. Le contraire paraîtrait bizarre.

— Tout à fait, acquiesça-t-elle. Vous voulez savoir, j'imagine, où il était ?

— Oui, s'il vous plaît.

Elle se retourna vers George, perché en biais sur le bras d'un fauteuil. Si seulement il s'asseyait correctement ! Mais il en était incapable depuis son enfance. Il ne tenait pas en place, même à cheval ; Dieu merci, il était excellent cavalier et ne tirait pas sur les rênes à tout bout de champ. Il le devait à sa mère. Son père était un sot.

— Alors? demanda-t-elle d'un ton tranchant. Où étais-tu, George? Tu n'étais pas là!

— J'étais sorti, tante Vespasia.

— Cela me semble évident, riposta-t-elle sèchement. Où étais-tu?

— A mon club.

Quelque chose dans la posture de George la mit mal à l'aise et la fit douter de sa réponse. Ce n'était pas vraiment un mensonge, sinon par omission. Elle le sut à sa façon de se tortiller. Son père s'était conduit pareillement lorsque, enfant, il s'était aventuré dans le garde-manger pour goûter au porto. Le fait que le majordome eût éclusé la majeure partie de la bouteille n'entrait pas en ligne de compte.

— Tu as plusieurs clubs, observa-t-elle vertement. Dans lequel étais-tu ce soir-là? Veux-tu que Mr. Pitt aille faire le tour de tous les clubs de Londres pour demander des renseignements à ton sujet?

Le visage de George se colora.

— Bien sûr que non, répondit-il avec irritation. J'ai passé presque toute la soirée au Whyte, je crois. De toute façon, j'étais avec Teddy Aspinall. Qui du reste ne devait pas avoir la notion de l'heure, pas plus que moi. Mais vous pouvez toujours lui poser la question, dit-il, se contorsionnant en direction de Pitt. Quoique je préfère que vous n'insistiez pas trop. Comme il était très imbibé, il ne doit pas se rappeler grand-chose, et c'est plutôt gênant pour lui. Sa femme est fille du duc de Carlisle, à cheval sur les principes. Ça ne lui facilite pas la vie.

Le vieux duc de Carlisle était mort, et Daisy Aspinall était aussi habituée aux beuveries de son époux qu'elle l'avait été à celles de son père. Toutefois, Vespasia s'abstint de le faire remarquer. Mais pourquoi George ne voulait-il pas que Pitt pose des questions ? Redoutait-il que Pitt laisse entendre qu'il était son beau-frère ? Incontestablement, George n'en serait pas ravi, mais on n'était pas responsable des excentricités de ses proches, du moment qu'ils n'en faisaient pas étalage. Jusqu'à présent, Emily avait fait preuve d'une discrétion exemplaire, dans la mesure où la loyauté vis-à-vis de sa sœur le lui permettait. Vespasia ne se cachait pas qu'elle éprouvait une curiosité grandissante pour cette sœur qu'elle n'avait jamais vue. Pourquoi Emily ne l'invitait-elle pas ? Puisqu'elles étaient sœurs, cette jeune personne avait dû recevoir une éducation acceptable, non ? Emily en tout cas savait se conduire comme une dame de la haute société. Seul quelqu'un comme Vespasia, avec son immense et subtile expérience, était capable de reconnaître qu'elle ne l'était pas... pas tout à fait.

Elle avait manqué une partie de la conversation. Plût au ciel qu'elle ne fût pas frappée de surdité ! Elle ne supporterait pas de devenir sourde. Ne pas entendre ce que disent les autres était pire que d'être enterrée vivante !

— ... heure vous êtes rentré chez vous ? acheva Pitt.

George fronça les sourcils. Elle se rappela cette même expression qu'il avait, enfant, quand il faisait ses additions. Il mâchonnait toujours le bout de ses crayons. Une manie dégoûtante. Elle avait suggéré à sa mère de les tremper dans de l'aloès, mais cette femme au cœur tendre avait refusé.

— Je crois que je n'ai pas regardé, répondit George finalement. A mon avis, ce devait être assez tard. Je n'ai pas dérangé Emily.

— Et votre valet ?

— Ah... oui, fit George, incertain. Je doute qu'il s'en souvienne. Il s'était endormi dans mon dressing. J'ai été obligé de le réveiller. Donc, il devait être drôlement tard, ajouta-t-il en s'animant. Désolé, je ne peux rien pour vous. Apparemment, j'étais à mille lieues d'ici au moment où c'est arrivé. Je n'ai strictement rien vu.

— Vous n'étiez pas invité chez les Dilbridge ? demanda Pitt, surpris. Ou bien avez-vous choisi de ne pas y aller ?

Vespasia le dévisagea. Quel personnage imprévisible ! Il était là, assis sur le canapé dont il envahissait plus de la moitié dans son désordre. Aucun de ses habits ne semblait être réellement à sa taille, la pauvreté sans doute. Entre les mains d'un bon tailleur et d'un barbier, il aurait eu l'air tout à fait présentable. Mais il émanait de lui une énergie contenue qui frisait l'indécence. On avait l'impression qu'il allait éclater de rire d'un instant à l'autre, au moment le plus inopportun. D'ailleurs, plus elle y pensait, plus elle le trouvait divertissant. Dommage qu'il fût là à cause d'un meurtre. En toute autre occasion, il eût représenté une diversion non négligeable aux maux d'Eliza Pomeroy, aux excès de Lord Dilbridge inventoriés par Grace Dilbridge, à la dernière robe de Jessamyn Nash, aux amours de Selena Montague ou au déclin général de la civilisation commenté par les demoiselles Horbury et Lady Tamworth. La seule autre distraction était la rivalité entre Jessamyn et Selena qui se disputaient les attentions du séduisant Français, jusque-là en vain. Sinon elle l'aurait su. Quel était l'intérêt d'une conquête si l'on ne pouvait pas en informer tout le monde, en privé de préférence, et dans la plus stricte confidence? Le succès sans l'envie était comme les escargots sans la sauce... or, n'importe quelle femme cultivée le savait : tout était dans la sauce!

— J'ai préféré ne pas y aller, dit George, plissant le front.

Lui non plus ne voyait pas l'objet de cette question.

— Ce n'était pas le genre de manifestation où j'aurais eu envie d'emmener Emily. Les Dilbridge ont des... des amis aux goûts décidément vulgaires.

— Ah bon? s'étonna Emily. Grace Dilbridge a l'air tellement effacée.

— Elle l'est, déclara Vespasia impatiemment. Elle ne dresse jamais la liste des convives. Non pas que ça l'indispose. Elle est de ces femmes qui aiment souffrir : elle en a fait une profession. Si Frederick se conduisait convenablement, elle n'aurait plus de sujets de conversation. C'est son unique raison d'être... faire la carpette.

— Mais c'est terrible! protesta Emily.

— Ça n'a rien de terrible. Elle y trouve son bonheur, mais c'est mortellement ennuyeux.

Vespasia se tourna vers Pitt.

— Indubitablement, c'est là que vous découvrirez votre assassin, soit parmi les invités de Frederick Dilbridge, soit parmi leurs serviteurs. Certains sinistres personnages sont capables de conduire admirablement un attelage, soupira-t-elle. Je me souviens d'un cocher de mon père qui buvait comme un trou et couchait avec toutes les filles du village, mais il conduisait divinement... le meilleur automédon du sud de l'Angleterre. Pour finir, il a été tué par le garde-chasse. On n'a jamais su si c'était un accident ou pas.

Emily lança un regard désemparé à Pitt : dans ses yeux, l'anxiété avait chassé le rire.

— C'est là que vous le trouverez, Thomas, dit-elle avec ferveur. Personne dans Paragon Walk n'aurait pu faire ça !

Il avait encore le temps d'aller voir Fulbert Nash, le dernier des trois frères, qu'il eut la chance d'intercepter chez lui peu avant cinq heures. Visiblement, à en juger par l'expression de Fulbert, il était attendu.

— Ainsi, vous êtes de la police.

Fulbert l'examina avec une curiosité non déguisée, comme on inspecte quelque nouvelle invention, mais sans vouloir l'acheter pour autant.

— Bonjour, monsieur, dit Pitt plus sèchement qu'il ne l'aurait souhaité.

— Oh, bonjour, inspecteur, répliqua Fulbert, imitant très légèrement son ton. A l'évidence, vous êtes là pour Fanny, la pauvre petite. Désirez-vous connaître l'histoire de sa vie ? Elle est pathétiquement brève. Fanny n'a rien fait de mémorable, et il n'y avait strictement aucune raison pour que ça change. Le seul événement extraordinaire de sa vie, c'est sa mort.

Sa désinvolture mit Pitt en colère, même s'il savait que souvent les gens dissimulaient une douleur qui leur était intolérable derrière une façade d'indifférence, voire de dérision.

— Pour l'instant, tout me porte à croire, monsieur, qu'elle a été victime d'un tragique hasard ; je n'ai donc pas à me pencher sur l'histoire de sa vie.

Peut-être me direz-vous où vous étiez ce soir-là, et si vous avez vu ou entendu quelque chose qui puisse nous aider ?

— J'étais ici, répondit Fulbert en haussant imperceptiblement les sourcils.

Il rappelait davantage Afton que Diggory : même air vaguement hautain, un visage qui aurait pu être beau, mais qui ne l'était pas. Diggory, pour sa part, avait les traits moins réguliers, mais il y avait du charme dans cette irrégularité, et de la personnalité dans les sourcils plus épais, plus sombres, comme une certaine chaleur.

— Toute la soirée, ajouta Fulbert.

— Seul ou avec quelqu'un ? demanda Pitt.

Fulbert sourit.

— Afton ne vous a pas dit que j'ai joué au billard avec lui ?

— C'est ce que vous avez fait, monsieur ?

— A vrai dire, non. Afton me dépasse d'une bonne tête, comme vous l'avez sûrement remarqué. Ça l'agace prodigieusement de ne pas arriver à me battre, et je n'ai pas franchement envie de subir sa mauvaise humeur.

— Pourquoi alors ne pas le laisser gagner ?

La réponse semblait évidente.

Les yeux bleu clair de Fulbert s'agrandirent, et il sourit. Il avait des dents petites et égales, trop petites pour une bouche d'homme.

— Parce que je triche, et il n'a jamais pu déterminer comment. C'est l'un des rares domaines où je réussis mieux que lui.

Pitt était un peu perdu. Il ne voyait aucun intérêt à s'affronter pour savoir qui tricherait le mieux. Mais d'un autre côté, il n'aimait pas jouer. Il n'avait pas eu le temps d'acquérir ce talent-là dans sa jeunesse, et maintenant il était trop tard.

— Êtes-vous resté dans la salle de billard toute la soirée, monsieur ?

— Non, je viens juste de vous le dire ! J'ai traîné dans la maison... dans la bibliothèque, là-haut, dans le cellier pour boire un verre ou deux de porto.

Il sourit à nouveau.

— Afton avait largement le temps d'en profiter pour se glisser dehors et violer la pauvre Fanny. Et comme elle était sa sœur, vous pouvez ajouter l'inceste à la liste des charges...

Il vit le visage de Pitt.

— Oh, j'ai heurté votre sensibilité ! J'avais oublié le puritanisme qui règne parmi les classes inférieures. Seuls les aristocrates et les gamins des rues ont leur franc-parler. Réflexion faite, nous sommes les seuls à pouvoir nous le permettre. Nous avons l'arrogance de penser que personne ne peut nous infléchir, et les gamins des rues n'ont rien à perdre. Vous voyez mon frère, cet affligeant parangon de vertu, se faufiler entre les boules de billard et violer sa sœur dans le jardin ? Elle n'a pas été poignardée avec une queue de billard, n'est-ce pas ?

— Non, Mr. Nash, répondit Pitt d'une voix claire et froide. Elle a été poignardée avec un couteau long et acéré, probablement à un seul tranchant.

Fulbert ferma les yeux, et Pitt se réjouit d'avoir enfin réussi à l'atteindre.

— C'est affreux, dit-il tout bas. Je ne suis pas sorti de la maison, si c'est ça que vous voulez savoir, et je n'ai rien vu ou entendu d'anormal. Mais si ça m'arrive, diantre, soyez certain que j'irai y voir de plus près! Vous partez, j'imagine, du postulat que c'est l'œuvre d'un détraqué? Savez-vous ce qu'est un postulat?

— Oui, monsieur, et, pour le moment, je me contente de réunir les preuves. Il est encore trop tôt pour postuler.

Il employa délibérément ce verbe pour montrer à Fulbert qu'il le connaissait.

Fulbert comprit et esquissa un sourire.

— Je vous fiche mon billet que c'est faux! Je vous parie que c'est l'un d'entre nous, quelque sordide petit secret qui aurait percé le vernis de la civilisation... et c'est le viol! Elle l'a vu, et il a dû la tuer. Regardez dans Paragon Walk, inspecteur, regardez-nous tous très, très attentivement. Passez-nous au tamis et au peigne fin, et voyez quels poux, quels parasites vous mettrez au jour!

Il pouffa de rire, amusé, et son regard brillant, direct, soutint le regard courroucé de Pitt.

— Croyez-moi, vous n'en reviendrez pas de ce que vous allez découvrir!

Tout l'après-midi, Charlotte attendit anxieusement le retour de Pitt. Depuis qu'elle avait mis Jemima au lit pour sa sieste, elle surveillait constamment la vieille horloge en bois foncé sur l'étagère de la salle à manger; elle s'en approchait même pour écouter le faible tic-tac afin de s'assurer qu'elle marchait encore. Elle savait parfaitement que c'était stupide : il ne rentrerait pas avant cinq heures au plus tôt, et plus vraisemblablement six heures.

La cause de son inquiétude, c'était Emily, évidemment. Emily attendait son premier enfant et, comme Charlotte ne s'en souvenait que trop bien, ces premiers mois de grossesse pouvaient être très éprouvants. Non seulement ce nouvel état inspirait une appréhension naturelle, mais il fallait se battre contre les nausées et les passages à vide tout à fait déraisonnables.

Elle n'était jamais allée à Paragon Walk. Emily l'avait invitée, bien sûr, mais Charlotte n'était pas convaincue que sa présence fût réellement souhaitable. Depuis leur prime jeunesse, à l'époque où Sarah était encore en vie et où elles habitaient Cater Street chez leurs parents, le manque de tact de Charlotte était un vrai handicap en société. Maman lui avait présenté nombre de partis convenables, mais, contrairement aux autres, Charlotte n'était pas ambitieuse au point de tenir sa langue et chercher à faire bonne impression. Emily l'aimait, certes, mais elle savait que Charlotte ne serait pas à l'aise chez elle. Elle n'avait ni les tenues appropriées, ni le temps de s'arracher à ses tâches ménagères. Elle n'était pas au fait des derniers potins mondains, et l'on eût tôt fait de s'apercevoir qu'elle menait une vie totalement à part.

A présent, elle aurait voulu y aller, pour s'assurer de ses propres yeux qu'Emily se portait bien et qu'elle n'avait pas peur à cause de cet horrible crime. Bien sûr, sa sœur pouvait toujours rester à la maison et ne sortir qu'en plein jour, accompagnée d'un domestique, mais ce n'était pas le plus terrifiant. Charlotte se refusait à se souvenir ou à y penser.

Il était six heures passées quand, finalement, elle entendit Pitt à la porte. Elle lâcha les pommes de terre qu'elle faisait égoutter dans l'évier et se précipita à sa rencontre, renversant au passage le sel et le poivre qui se trouvaient au bord de la table.

Elle lui sauta au cou.

— Comment va Emily ? Vous l'avez vue ? Avez-vous trouvé qui a tué cette fille ?

Il l'emprisonna dans une étreinte vigoureuse.

— Bien sûr que non. Je viens à peine de commencer. Oui, j'ai vu Emily, et elle m'a l'air en bonne forme.

— Oh ! fit-elle en se dégageant. Vous n'avez encore rien découvert ! Mais vous savez au moins que George n'a rien à voir là-dedans, n'est-ce pas ?

Il ouvrit la bouche pour répondre, mais elle lut l'indécision dans ses yeux avant qu'il ne trouve ses mots.

— Comment, vous ne le savez pas !

Cela sonnait comme une accusation. Elle s'en rendit compte au moment même où elle le disait et le regretta, mais elle n'avait pas de temps à perdre en excuses.

— Vous ne le savez pas ! Pourquoi n'avez-vous pas trouvé où il était ?

Il l'écarta avec douceur et s'assit à la table.

— Je le lui ai demandé, répondit-il. Je n'ai pas encore eu le temps de vérifier.

— Vérifier ?

Elle était juste derrière lui.

— Pour quoi faire ? Vous n'avez pas confiance en lui ?

Elle comprit soudain que c'était injuste. Il ne pouvait se permettre de miser sur la confiance, et de toute façon ce n'était pas la confiance dont elle avait besoin, pas plus qu'Emily.

— Je suis désolée.

Elle lui toucha l'épaule qu'elle sentit dure sous sa veste. Puis elle retourna auprès de l'évier et se pencha sur ses pommes de terre. Malgré ses efforts pour garder un ton neutre, sa voix lui parut ridiculement haut perchée.

— Où a-t-il dit qu'il était?
— A son club. La majeure partie de la soirée. Il ne se rappelle pas pendant combien de temps, ni dans quels autres clubs il a pu aller.

Elle continua machinalement à remplir le plat de pommes de terre, de chou finement haché et de poisson qu'elle avait pris soin de napper d'une sauce au fromage. C'était une recette qu'elle venait de réussir pour la première fois. Mais maintenant, elle contemplait toute cette perfection d'un œil distrait. C'était sans doute stupide d'avoir peur. George pouvait probablement prouver avec exactitude où il avait passé sa soirée; seulement elle avait entendu parler des clubs pour hommes, des jeux, des conversations, des gens qui buvaient ou s'endormaient carrément. Qui se souviendrait des personnes qui étaient là à telle heure, ou même tel soir? En quoi une soirée différait-elle des autres pour qu'on se la remémore avec précision?

Certes, elle était loin de penser que George avait pu commettre ce meurtre — c'était bien moins grave que ça —, mais elle connaissait de par son expérience les dégâts que pouvait causer ne fût-ce que la suspicion. Si George disait la vérité, il en voudrait à Emily de ne pas le croire immédiatement et sans condition. Et s'il s'était dérobé, s'il avait caché quelque chose, comme une amourette, une virée débridée, des excès dus à la boisson, alors il allait se sentir coupable. Un mensonge en appellerait un autre, et Emily, dans son désarroi, finirait peut-être par le soupçonner du crime lui-même. La vérité était parfois lourde d'innombrables bassesses. Et nul ne pouvait prévoir les souffrances engendrées par la mise au jour des mille petites duperies qui facilitaient l'existence et vous permettaient d'occulter ce que vous préfériez feindre d'ignorer.

— Charlotte !

La voix de Pitt résonna derrière elle. Elle se força à chasser ses craintes et servit le dîner, posant une assiette devant lui.

— Oui ? fit-elle innocemment.
— Ça suffit maintenant !

Inutile de chercher à le tromper, même en pensée. Il lisait trop clairement en elle. Elle s'assit avec sa propre assiette.

— Vous prouverez dès que possible que ce n'est pas George, n'est-ce pas ? demanda-t-elle.

Il tendit la main par-dessus la table pour toucher la sienne.

— Évidemment. Sitôt que j'en aurai l'occasion, sans donner l'impression de le soupçonner.

Cette idée ne l'avait même pas effleurée ! Mais oui, bien sûr... s'il commençait par George, ce serait encore pire. Emily penserait... Dieu seul savait ce qu'Emily allait penser.

— J'irai voir Emily.

Elle piqua une pomme de terre avec sa fourchette et la découpa vigoureusement, rapetissant inconsciemment les morceaux comme si elle dînait déjà à Paragon Walk.

— Elle n'arrête pas de m'inviter.

Elle se mit à réfléchir à ce qu'elle porterait pour la circonstance. Si elle y allait le matin, sa robe grise devrait suffire. La mousseline était de bonne qualité ; la coupe datait de l'année précédente, mais cela ne se voyait pas trop.

— Après tout, il faut bien que quelqu'un y aille, or maman est retenue par la maladie de grand-mère. Oui, je trouve que c'est une excellente idée.

Pitt ne répondit pas. Il savait qu'elle se parlait à elle-même.

3

Charlotte avait déjà tout organisé dans sa tête. Sitôt Pitt parti, elle rangea la cuisine et mit à Jemima l'une de ses plus belles robes, en coton, bordée de dentelle que Charlotte avait soigneusement récupérée sur l'un de ses vieux jupons. Lorsqu'elle fut prête, Charlotte la prit dans ses bras et traversa la rue chaude, poussiéreuse, pour se rendre dans la maison d'en face. Une bonne douzaine de voilages frémirent derrière les fenêtres, mais elle évita de tourner la tête pour ne pas montrer qu'elle s'en était aperçue. Calant Jemima contre son bras, elle frappa à la porte.

Celle-ci s'ouvrit presque instantanément : une petite femme décharnée vêtue d'une simple blouse de travail parut devant elle.

— Bonjour, Mrs. Smith, dit Charlotte en souriant. J'ai appris hier soir que ma sœur était souffrante, et je pense que je devrais aller la voir. Elle a peut-être besoin d'aide.

Elle ne voulait pas mentir au point de laisser croire qu'Emily n'avait personne pour s'occuper d'elle, comme ç'aurait pu être son propre cas, mais elle tenait néanmoins à créer une certaine impression d'urgence. Un combat intérieur se livrait en elle : elle avait vaguement honte, ici, devant ce seuil modeste, sachant qu'Emily pouvait sonner la femme de chambre si elle se sentait mal ou bien envoyer un valet chercher le médecin. Mais en même temps, il fallait insister sur l'importance de sa démarche.

— Auriez-vous la bonté de me garder Jemima aujourd'hui ?

Le visage de la femme s'illumina ; elle ouvrit les bras à l'enfant. Jemima hésita et eut un mouvement de recul, mais Charlotte n'avait pas de temps à perdre en larmes ou cajoleries. Elle l'embrassa rapidement et la remit à la voisine.

— Merci beaucoup. Je ne pense pas en avoir pour longtemps, mais si jamais son état empire, je risque de rentrer seulement dans l'après-midi.

— Vous inquiétez pas, mon chou.

Sans effort, la femme percha Jemima sur sa hanche anguleuse, comme elle l'avait fait avec d'innombrables ballots de linge et avec ses propres huit enfants, sauf les deux qui étaient morts avant même l'âge de s'asseoir.

— Je m'occuperai d'elle, j'y donnerai à manger. Allez donc voir votre sœur, la pauvre âme. J'espère que c'est pas grave. Moi, je dis que c'est la faute à cette chaleur. C'est pas normal, un temps comme ça.

— C'est vrai, acquiesça Charlotte précipitamment. Moi-même, je préfère l'automne.

— Ce temps-là, c'est chargé de miasmes. En tout cas, c'est ce qu'on dit. J'avais un frère, l'était marin. L'a vu des endroits, un véritable enfer. Allez voir votre sœur, mon petit. Je garderai Jemima jusqu'à votre retour.

Charlotte la gratifia d'un sourire éclatant. Elle

avait mis longtemps à se sentir à l'aise avec ces gens-là, tellement différents de ceux qu'elle avait connus avant son mariage. Évidemment, elle avait côtoyé des travailleurs, mais les seuls qu'elle eût approchés de près étaient les domestiques, qui faisaient pratiquement partie des meubles ; ils s'étaient adaptés au mode de vie de la famille, et l'on pouvait faire attention à eux ou les ignorer avec la même aisance. Rien de leur vie privée ne transparaissait au salon ou à l'étage. Naturellement, on connaissait leurs origines — elles figuraient sur leurs références —, mais il ne s'agissait que de noms et de réputations, pas de visages, et encore moins d'ambitions, de drames ou de sentiments.

A présent, elle devait s'adapter à eux, apprendre à cuisiner, à faire le ménage et les courses — avec parcimonie —, mais par-dessus tout, à demander et à rendre service. Les voisines étaient tout pendant les longues absences de Pitt : elles étaient rires, bruit de voix, aide quand elle ne s'en sortait pas, quand Jemima perçait ses dents et qu'elle ne savait pas quoi faire. Elle n'avait pas de bonne d'enfant, pas de nourrice, rien que la vieille Mrs. Smith avec ses remèdes de grand-mère et ses années d'expérience. Sa médiocrité, sa résignation passive face aux difficultés, à la soumission, exaspéraient Charlotte, mais en même temps sa patience l'apaisait, ainsi que son efficacité lors des petites crises quotidiennes que Charlotte n'avait pas appris à gérer.

Au début, toute la rue avait soupçonné Charlotte d'arrogance, de distance à la limite de la froideur : ces femmes ne se doutaient pas qu'elles l'intimidaient autant qu'elle les intimidait. L'ennui était qu'à leur manière elles étaient aussi collet monté que maman et ses amies : mêmes circonlocutions distinguées pour masquer une vérité blessante, même conscience aiguë des différences sociales dans leur pleine subtilité. Tout à fait involontairement, Charlotte les avait outragées par ses opinions, exprimées en toute innocence.

Il était bien loin, le salon de maman : les thés de l'après-midi, les visites de politesse, les potins échangés pour essayer d'en savoir plus sur les meilleurs partis, sur la situation mondaine ou financière des autres, toujours de façon détournée, bien sûr.

A présent, elle devait recouvrer au moins un semblant de gracieuseté, pour ne pas causer d'embarras à Emily.

Elle rentra à la hâte et mit la robe de mousseline grise à pois blancs. Elle l'avait achetée l'an passé avec l'argent du ménage qu'elle avait réussi à économiser, et le style en était si simple qu'elle en était presque indémodable. C'était justement la raison pour laquelle Charlotte l'avait choisie, et aussi pour ne pas parader trop ostensiblement devant le voisinage.

Il faisait déjà chaud à dix heures, quand elle descendit du cab dans Paragon Walk, remercia le cocher, régla la course et remonta lentement sur le gravier crissant jusqu'à la porte d'Emily. Elle était déterminée à ne pas écarquiller les yeux ; quelqu'un pourrait la voir. Il y avait toujours du monde alentour : une bonne qui, lassée de faire la poussière, rêvassait devant la fenêtre, un valet ou un cocher chargé d'une commission, un aide-jardinier.

La maison était grande ; comparée aux demeures de sa propre rue, elle avait l'air d'un véritable palais. Bien sûr, elle avait été conçue pour tout un bataillon de serviteurs, ainsi que le maître et la maîtresse, leurs enfants et les membres de leur famille qui choisissaient de monter à Londres pour la saison.

Elle frappa à la porte et eut soudain très peur de perdre Emily, de mener une vie tellement différente d'elle depuis Cater Street qu'elles en seraient devenues comme deux étrangères. Même l'épisode de Callander Square remontait à plus d'un an déjà. Le danger, l'horreur, voire une certaine excitation partagée les avaient rapprochées alors. Mais cela ne se passait pas chez Emily, parmi ses amis.

Elle avait eu tort de croire que la robe de mousseline grise ferait l'affaire; elle était terne, et l'on distinguait l'accroc près du bord, là où elle l'avait réparé. Elle ne pensait pas avoir les mains rouges, mais, dans le doute, elle garderait ses gants. Emily le remarquerait sûrement : Charlotte avait de belles mains, dont elle était fière à juste titre.

La femme de chambre ouvrit la porte et, à la vue de l'inconnue, la surprise se peignit sur ses traits.

— Madame?
— Bonjour.

Se redressant, Charlotte se força à sourire. Elle devait parler lentement : c'était idiot de se sentir gênée chez sa propre sœur, sœur cadette qui plus est.

— Bonjour, répéta-t-elle. Soyez aimable de prévenir Lady Ashworth que sa sœur, Mrs. Pitt, est là, voulez-vous?

La jeune femme la regarda avec des yeux ronds.
— Oh... oui, bien sûr, madame. Entrez, je vous en prie. Je suis certaine que Madame sera ravie de vous voir.

Charlotte la suivit à l'intérieur et n'attendit que quelques minutes au petit salon avant qu'Emily ne fît irruption dans la pièce.

— Oh, Charlotte ! Quel bonheur de te voir !

Elle se jeta à son cou, l'étreignit, puis recula. Son regard glissa sur la robe de mousseline et s'arrêta sur le visage de Charlotte.

— Tu as bonne mine. J'avais l'intention de venir te voir, mais tu es sûrement au courant de l'horreur qui est arrivée ici. Thomas a dû t'en parler. Dieu merci, cette fois, ça n'a rien à voir avec nous.

Elle frissonna et secoua la tête en signe de dénégation.

— Tu me trouves cynique ?

Elle regarda Charlotte, les yeux agrandis, l'air légèrement coupable.

Comme toujours, cette dernière répondit franchement.

— C'est possible, et pourtant, c'est la vérité, si l'on accepte de le reconnaître. En un sens, un crime, c'est excitant, à condition qu'il ne nous touche pas de trop près. On répète à satiété que c'est atroce, que le simple fait d'en parler nous rend positivement malades, mais, en même temps, on profite de la moindre occasion pour remettre le sujet sur le tapis.

Le visage d'Emily s'éclaira d'un sourire.

— Je suis si contente que tu sois là ! C'est peut-être irresponsable de ma part, mais j'adorerais connaître ton opinion sur nos voisins, même si après ça je les verrai forcément d'un autre œil. Ils sont tous si prudents que, quelquefois, je m'ennuie à pleurer. J'ai l'horrible impression que je ne suis plus capable d'être sincère avec moi-même !

Charlotte glissa son bras sous celui d'Emily, et toutes deux sortirent par les portes-fenêtres sur la pelouse à l'arrière de la maison. Le soleil brillait, aveuglant, dans un ciel sans nuages.

— Ça m'étonnerait, dit-elle. Tu as toujours su dissocier paroles et pensées. Moi pas, c'est pourquoi je suis un désastre en société.

Emily pouffa de rire, se souvenant, et pendant quelques minutes, elles évoquèrent ensemble les catastrophes du passé qui, si elles les avaient fait rougir sur le moment, les unissaient à présent par les liens du rire et de l'affection partagée.

Charlotte en avait oublié le but de sa visite quand une soudaine mention de Sarah, leur sœur aînée assassinée par l'étrangleur de Cater Street, lui fit penser au meurtre, à sa terreur omniprésente, oppressante, et à l'acide corrosif de la suspicion qu'il traînait dans son sillage. Elle n'avait jamais été subtile, et surtout pas avec Emily qui la connaissait si bien.

— Comment était Fanny Nash ?

Elle voulait l'opinion d'une femme. Thomas était intelligent, mais très souvent, l'essentiel — ce qu'une autre femme eût trouvé évident — échappait aux hommes. Combien de fois elle les avait vus se laisser prendre au jeu d'une jolie fille qui se prétendait fragile, alors que Charlotte la savait forte et dure comme de la pierre !

La gaieté déserta le visage d'Emily.

— Tu vas encore jouer les limiers ? s'enquit-elle avec méfiance.

Charlotte songea à Callander Square. A l'époque, Emily avait bien voulu mener son enquête. Elle avait même insisté là-dessus, et, par moments, ce fut comme une sorte d'aventure... avant l'effrayant, le sinistre dénouement.

— Non ! répondit-elle instantanément.

Puis :

— Ma foi, oui. Je ne peux pas ne pas m'y intéresser. Mais je n'ai pas l'intention de poser des questions à droite et à gauche, ça non! Ne sois pas bête, voyons. Ce serait tout à fait déplacé. Tu sais très bien que je ne te ferais pas ça. Il m'arrive de manquer de tact, soit, mais je ne suis pas stupide!

Emily capitula, sans doute parce qu'elle était curieuse elle aussi et que l'affaire n'avait pas encore pris une tournure définitivement sordide.

— Évidemment! Excuse-moi. En ce moment, j'ai les nerfs à vif.

Elle se colora imperceptiblement à cette allusion à son état : elle n'y était pas encore accoutumée, et, de toute façon, on ne parlait pas de ces choses-là.

— Fanny était assez quelconque, en fait. Tu veux la vérité, j'imagine? C'est la dernière personne au monde que j'aurais soupçonnée d'éveiller une telle passion chez quelqu'un. Il devait être complètement fou, le malheureux. Oh...!

Elle pinça les lèvres, surprise elle-même en flagrant délit de gaffe. Depuis son mariage, elle s'enorgueillissait d'être exempte de ce défaut-là. L'influence de Charlotte était certainement contagieuse.

— Naturellement, on n'a pas à le plaindre, se reprit-elle. Ce serait un tort. Sauf que, s'il est fou, ce n'est pas entièrement sa faute. Crois-tu que Thomas va l'arrêter?

Charlotte ne savait que répondre. Elle pouvait dire, certes, qu'elle n'en savait rien, mais ce n'était pas vraiment une réponse. Le sens véritable de la question d'Emily était : Thomas disposait-il d'un indice quelconque; était-ce quelqu'un du quartier ou non; pouvait-on considérer cette histoire comme un drame, mais totalement extérieur à leur propre univers, une brève intrusion appartenant désormais au passé, un incident survenu dans Paragon Walk, mais qui aurait pu se produire n'importe où, au gré des lubies d'un détraqué ?

— Il est trop tôt pour se prononcer, fit-elle, prudente. Si c'est un fou, il se promène sûrement ailleurs à l'heure qu'il est, et puisqu'il n'a eu aucune raison de choisir Fanny, sinon qu'elle était là, il sera difficile à identifier... même si on le retrouve.

Emily la regarda droit dans les yeux.

— Autrement dit, tu penses que ce n'était pas forcément un fou ?

Charlotte évita son regard.

— Emily, comment le saurais-je ? Tu dis que Fanny était très... quelconque, pas coquette pour un sou...

— Ah ça, sûrement pas. En fait, elle n'était pas si banale que ça. Mais vois-tu, Charlotte, plus je vieillis, plus je pense que la beauté n'est pas une question de traits ou de carnation, mais de comportement et d'image que l'on a de soi. Fanny se conduisait comme quelqu'un d'ordinaire. Alors que Jessamyn, si on la regarde objectivement, n'est pas si belle que ça ; seulement, elle se comporte comme si elle était la huitième merveille du monde. Du coup, tout le monde la voit comme telle. Elle y croit... et nous aussi, par la même occasion.

Ce jugement témoignait d'une grande sagacité de la part d'Emily. Charlotte regretta de ne pas l'avoir su plus tôt, lorsqu'elle était plus jeune et désespérément tributaire du regard d'autrui. Elle se souvenait avec une clarté douloureuse comme elle avait été malheureuse à quinze ans, alors que Sarah et Emily étaient si jolies et qu'elle se sentait tellement quelconque, tout en pieds et en coudes. Elle était déjà la plus grande, et elle continuait encore à grandir. Elle allait finir proprement géante ; aucun homme ne voudrait d'elle. Elle serait obligée de les regarder tous de haut ! Le jeune James Fortescue qu'elle trouvait tellement séduisant, elle le dépassait de cinq bons centimètres. Elle était incapable de desserrer les dents en sa présence et, pour finir, il avait fait la cour à Sarah.

— Tu ne m'écoutes pas ! lui reprocha Emily.

— Excuse-moi. Tu disais... ?

— Que Thomas a fait le tour de Paragon Walk et interrogé tous les hommes. Il a même demandé à George où il était.

— Naturellement, fit Charlotte, placide.

C'était la partie qu'elle redoutait depuis le début.

— Il est obligé de le faire. Imagine que George ait vu quelque chose qui ne l'a pas frappé sur le moment, mais compte tenu de ce qui s'est passé, il va peut-être s'apercevoir que c'est important.

Elle était contente de son explication. C'était spontané et en même temps totalement rationnel. Elle n'avait pas l'air de l'avoir inventé juste pour rassurer sa sœur.

— Peut-être, concéda Emily. En fait, George n'était pas là de la soirée. Il était en ville, à son club. Il ne nous est donc d'aucune utilité.

Charlotte fut dispensée de la nécessité de répondre par l'arrivée de la plus splendide vieille dame qu'elle eût jamais vue, impeccablement coiffée et droite comme un I. Malgré un nez un peu trop long et des paupières lourdes, elle avait conservé des traces incontestables de sa beauté d'antan, et surtout l'autorité que lui conférait la conscience de sa beauté.

Emily se remit debout avec plus de hâte que de dignité. Voilà bien longtemps que Charlotte ne l'avait pas vue perdre contenance, et son attitude était parlante. Elle espérait que ce n'était point la crainte qu'elle ne sache pas se tenir et porte ainsi préjudice à Emily.

— Tante Vespasia, dit Emily précipitamment, puis-je vous présenter ma sœur, Charlotte Pitt ?

Elle jeta un regard pénétrant à Charlotte.

— Ma grand-tante par alliance, Lady Cumming-Gould.

Charlotte n'avait pas besoin d'avertissement.

— Comment allez-vous, madame ?

Et elle inclina la tête très légèrement, juste ce qu'il fallait pour paraître courtoise sans frôler l'obséquiosité.

Vespasia lui tendit la main. Elle examina Charlotte de la tête aux pieds et, pour finir, la fixa de son œil brillant.

— Comment allez-vous, Mrs. Pitt ? répondit-elle posément. Emily m'a beaucoup parlé de vous. Je suis contente que vous soyez venue nous voir.

Elle n'ajouta pas « enfin », mais c'était implicite.

Charlotte doutait qu'Emily eût parlé d'elle du tout. C'eût été déraisonnable — or Emily était tout sauf déraisonnable —, mais elle pouvait difficilement le faire remarquer. Elle ne trouvait pas non plus de réponse appropriée. « Merci » semblait totalement imbécile.

— C'est gentil à vous de m'accueillir de la sorte, s'entendit-elle répliquer.

— J'espère que vous restez déjeuner ?

C'était une question.

— Mais bien sûr, intervint Emily rapidement, sans laisser à Charlotte le temps de s'enferrer. Naturellement qu'elle restera. Et cet après-midi, nous irons faire des visites.

Charlotte prit une inspiration pour invoquer quelque excuse. Elle ne pouvait décemment pas accompagner Emily chez ses connaissances de Paragon Walk, vêtue de mousseline grise. Momentanément furieuse contre Emily de l'avoir mise au pied du mur, elle la fusilla du regard.

Tante Vespasia s'éclaircit ostensiblement la voix.

— Et à qui au juste comptez-vous rendre visite ?

Emily regarda Charlotte et, comprenant son erreur, se rattrapa avec maestria.

— Je pensais à Selena Montague. Elle s'adore en rose parme, or cette couleur sied tellement mieux à Charlotte que je serais ravie de la montrer à Selena dans ma nouvelle robe de soie. Je n'aime pas Selena, ajouta-t-elle inutilement à l'intention de Charlotte. Et la robe t'ira à merveille. Cette stupide couturière s'est emmêlé les doigts et l'a faite beaucoup trop longue pour moi.

Tante Vespasia l'approuva d'un petit sourire.

— Je croyais que vous aviez une dent contre Jessamyn Nash, remarqua-t-elle négligemment.

— J'aime bien titiller Jessamyn, fit Emily avec un geste de la main. Ce n'est pas tout à fait pareil. Je ne me suis jamais demandé si elle m'était sympathique ou non.

— Et à qui va ta sympathie ? s'enquit Charlotte, désireuse d'en savoir plus sur le voisinage.

Maintenant que la question vestimentaire était réglée, elle repensait à Fanny Nash et à la peur que les autres semblaient avoir oubliée.

— Oh...

Emily réfléchit un instant.

— J'aime bien Phoebe Nash, la belle-sœur de Jessamyn... si seulement elle avait un peu plus confiance en elle. Et j'aime bien Albertine Dilbridge, bien que sa mère m'agace. J'aime bien Diggory Nash, mais je ne sais pas pourquoi. Je n'ai rien de particulier à porter à son actif.

On vint annoncer le déjeuner, et les trois femmes se dirigèrent vers la salle à manger. C'était peut-être la première fois de sa vie que Charlotte voyait un repas d'une aussi exquise simplicité. Il se composait uniquement de mets froids, mais si raffinés que leur préparation avait dû nécessiter des heures. Dans la chaleur suffocante, c'était déjà un délice de contempler les potages glacés, le saumon frais aux petits légumes froids, les glaces, les sorbets et les fruits. Elle en était à la moitié du repas, mangeant délicatement, comme si c'était son ordinaire, quand elle se rappela que Pitt devait sûrement mastiquer un épais sandwich avec, dans le meilleur des cas, une fine tranche de viande froide, ou alors du fromage sec et plâtreux. Elle reposa sa fourchette, faisant rouler les petits pois. Ni Emily ni Vespasia ne s'en aperçurent.

Il fallut une bonne demi-heure, l'œil critique d'Emily et au moins une douzaine d'épingles pour que Charlotte, enfin satisfaite, se juge présentable dans la robe de soie parme, et prête à affronter les habitants de Paragon Walk. A dire vrai, elle était plus que satisfaite. La soie était d'excellente qualité, et la couleur, remarquablement flatteuse. Son chatoiement, allié à la peau ambrée et à la chevelure éclatante de Charlotte, suffisait à l'emplir de vanité. Quel dommage que de devoir l'enlever pour la rendre à Emily en fin d'après-midi ! La mousseline grise avait perdu tout son attrait. Elle n'avait plus rien d'élégant : elle paraissait terne et terriblement démodée.

Tante Vespasia la complimenta avec une pointe d'ironie quand elle descendit, mais elle soutint sans ciller le regard de la vieille dame, en espérant qu'elle ne soupçonnait pas le nombre d'épingles qu'il avait fallu utiliser, ni que Charlotte avait dû relacer vigoureusement son corset pour pouvoir enfiler l'ancienne taille d'Emily.

Elle remercia Vespasia et suivit Emily dans l'allée ensoleillée, la tête haute et le dos raide. En fait, il lui eût été difficile de se tenir autrement, et elle devrait faire attention au moment de s'asseoir.

Selena Montague habitait cent mètres plus loin, et Emily ne dit pas grand-chose en chemin. Elles frappèrent à la porte qui fut ouverte aussitôt par une pimpante soubrette en noir et dentelles : visiblement, elle attendait les visites. Mrs. Montague était dans le jardin ; on les convia donc à l'y rejoindre. La maison était luxueuse et cossue ; toutefois, l'œil expert de Charlotte décela les minuscules économies : une reprise dans la frange d'un abat-jour, un coussin dont la housse avait manifestement été retournée, formant une tache plus sombre contre les oreilles du dossier aux couleurs passées. Elle-même en avait fait autant ; c'étaient des signes qui ne trompaient pas.

Selena était assise dans une chaise longue en osier, les bras ballants et le visage levé : une capeline à fleurs le protégeait de la brûlure du soleil. Ses traits étaient d'une régularité parfaite, malgré un nez un peu trop pointu. Elle avait de grands yeux marron aux longs cils, qu'elle ouvrit avec infiniment d'intérêt à la vue de Charlotte.

— Chère Selena, commença Emily en prenant sa voix la plus suave, vous êtes ravissante, et fraîche comme une rose ! Laissez-moi vous présenter ma sœur, Charlotte Pitt, qui est venue me rendre visite.

Sans bouger, Selena inspecta Charlotte avec une curiosité à peine déguisée. Cette dernière eut la désagréable impression que rien n'avait échappé à son regard, depuis ses plus beaux souliers passablement élimés jusqu'à la dernière épingle de sa robe.

— Vous m'en voyez charmée, dit Selena enfin. C'est très...

Elle jeta un nouveau coup d'œil sur les souliers de Charlotte.

— ... très aimable à vous d'être venue. Je suis sûre que nous apprécierons le plaisir de votre compagnie.

Charlotte sentit la moutarde lui monter au nez. Par-dessus tout, elle détestait qu'on la traite de haut.

— J'espère apprécier le plaisir de la vôtre, répondit-elle avec un sourire froid.

Le coup porta, et la pression des doigts d'Emily sur son bras prouva qu'elle aussi avait reçu le message.

— Il faudra venir dîner à la maison un de ces jours, poursuivit Selena. Ces soirées d'été sont si belles qu'on mange souvent dehors. Les fraises sont absolument délicieuses cette année, ne trouvez-vous pas ?

Les fraises étaient largement au-dessus du budget de Charlotte.

— Tout à fait, acquiesça-t-elle. Ce doit être le soleil.

— Peut-être.

Nullement intéressée par leur provenance, Selena regarda Emily.

— Asseyez-vous donc. Vous prendrez bien un rafraîchissement, vous devez avoir terriblement chaud...

Charlotte vit le visage d'Emily se crisper ; elle avait, en effet, les joues rouges.

— Que diriez-vous d'un sorbet ? fit Selena en souriant. Et vous-même, Mrs. Pitt ? Quelque chose de rafraîchissant ?

— Comme pour vous, Mrs. Montague, dit Charlotte avant qu'Emily n'ouvre la bouche. Je ne voudrais pas vous causer du dérangement.

— Ça ne me dérange nullement, riposta Selena d'un ton revêche.

Elle agita une petite clochette sur la table, dont le son aigrelet fit surgir une bonne en tablier empesé. Après lui avoir donné des ordres détaillés, Selena se tourna à nouveau vers Emily.

— Avez-vous vu la pauvre Jessamyn ?

Emily s'assit dans un fauteuil blanc en fer forgé, et Charlotte se percha à côté d'elle, avec précaution, pour ne pas faire sauter une épingle.

— Non, répondit Emily. J'ai laissé ma carte, évidemment, ainsi qu'un petit mot de condoléances.

Selena s'efforça en vain de cacher sa déception.

— Pauvre âme, murmura-t-elle. Elle doit être au trente-sixième dessous. C'est tout simplement inconcevable ! Moi qui espérais tant avoir de ses nouvelles par vous !

Emily comprit que Selena ne l'avait pas revue non plus et qu'elle mourait de curiosité.

— Je préfère ne pas y penser, dit-elle avec un frisson. Tout le monde doit la plaindre, sans exception. On lui rendra sûrement tous visite dans les semaines à venir; le contraire serait inhumain. Même les gentlemen. C'est le moins qu'on puisse faire pour la consoler.

Les narines du petit nez pointu de Selena palpitèrent.

— Je ne vois pas comment on peut se consoler quand votre propre belle-sœur a été violée pratiquement devant votre porte et qu'elle est rentrée en titubant pour mourir dans vos bras.

Son ton contenait un reproche implicite à l'adresse d'Emily.

— Je crois que je me serais retirée du monde si ça m'était arrivé à moi. J'aurais peut-être même perdu la raison.

Cela fut dit avec conviction, comme si un sort semblable avait déjà frappé Jessamyn.

— Bonté gracieuse! fit Emily, affectant la consternation. Vous n'imaginez tout de même pas que ça va se reproduire! J'ignorais totalement que vous aviez une belle-sœur.

— Je n'en ai pas, siffla Selena. Je dis simplement que je comprends la pauvre Jessamyn, et qu'il ne faut pas lui en vouloir. Ne nous formalisons pas si elle nous paraît un peu perturbée... moi, je le serais, en tout cas.

— J'en suis tout à fait convaincue, ma chère, roucoula Emily, se penchant en avant. Jamais vous ne causeriez volontairement du tort à quelqu'un.

Charlotte se demanda si Emily ne la rendait pas responsable d'un nombre considérable d'« accidents ».

— Ce doit être très dur de trouver les mots justes, hasarda-t-elle. Pour ma part, je ne saurais pas si le fait d'éviter le sujet serait perçu comme de l'indifférence envers sa douleur; d'un autre côté, l'aborder risque de passer pour de la curiosité, ce qui serait extrêmement vulgaire.

Le visage de Selena se ferma : elle avait parfaitement saisi l'allusion.

— Quelle franchise ! dit-elle, les yeux écarquillés, comme si elle venait de découvrir une bête vivante dans la salade. Êtes-vous toujours aussi... spontanée dans vos déclarations, Mrs. Pitt ?

— Hélas, oui. C'est mon plus grand handicap en société.

Qu'elle trouve maintenant une réponse polie à cela !

— Ma foi... ce ne doit pas être bien grave, lâcha Selena négligemment. Votre sœur n'a même pas l'air de s'en apercevoir.

— Je me suis aguerrie, rétorqua Emily avec un sourire éblouissant. Après avoir subi catastrophe sur catastrophe, je ne l'amène désormais que chez des amis en qui je peux avoir confiance.

Et elle planta son regard dans les yeux bruns de Selena.

Charlotte faillit s'étrangler en essayant de garder son sérieux. Selena était battue, et elle le savait.

— C'est très gentil à vous, marmonna-t-elle inutilement.

Elle prit le plateau des mains de la bonne.

— Un sorbet ?

Un silence naturel s'ensuivit, tandis qu'elles plongeaient leurs cuillères dans l'entremets exquisément frais. Charlotte voulait profiter de l'occasion pour en apprendre plus sur ces gens-là, pour découvrir quelque chose que Pitt, en sa qualité trop ostensible de policier, n'aurait peut-être pas remarqué, mais les questions qui lui venaient à l'esprit étaient par trop maladroites. D'ailleurs, elle n'avait pas encore décidé ce qu'elle désirait savoir au juste. La coupe de sorbet à la main, elle fixait les roses sur le mur du fond. Leur vue lui rappelait la maison de ses parents à Cater Street, sauf que ces fleurs-là étaient plus belles, plus épanouies. Un décor pareil se prêtait difficilement à un crime aussi odieux que le viol. L'escroquerie ou le détournement de fonds, ça oui, ou le cambriolage, bien sûr. Mais quel homme habitant une maison pareille irait violer quelqu'un ? Aussi excentriques que fussent leurs goûts, voire même pervers — elle avait entendu parler de ces choses-là —, les résidents de Paragon Walk avaient certainement les moyens de les satisfaire. Et ils n'avaient que l'embarras du choix, entre les quartiers pauvres surpeuplés et les maisons closes de luxe, sans parler d'enfants et même de jeunes garçons.

Sauf si, évidemment, une femme les tourmentait, les provoquait et s'exhibait devant eux. Mais d'après tous les échos qu'elle en avait eus, Fanny Nash avait été tout sauf coquette... elle était même plutôt du genre godiche. D'après Thomas, Jessamyn, frisant la méchanceté, avait insisté sur ce point-là, et Emily avait apporté de l'eau à son moulin.

Elle y réfléchissait encore, essayant de se convaincre qu'il s'agissait d'un cocher soûl de la réception des Dilbridge, rien à voir avec Emily, quand elle fut tirée de ses pensées par des voix sur la pelouse. Se retournant, elle aperçut deux dames âgées, pareillement vêtues de mousseline turquoise et dentelles, bien que dans un style différent, en conformité avec leurs silhouettes à l'opposé l'une de l'autre. L'une était grande, plate et décharnée ; l'autre, petite et replète, avec un buste proéminent, des mains et des pieds potelés.

— Miss Lucinda Horbury, dit Selena pour présenter cette dernière, et Miss Laetitia Horbury.

Elle se tourna vers la grande.

— Je doute que vous ayez déjà rencontré la sœur de Lady Ashworth, Mrs. Pitt.

On échangea les salutations avec une curiosité laborieusement dissimulée ; d'autres sorbets furent apportés. Après le départ de la bonne, Miss Lucinda s'adressa à Charlotte.

— Chère Mrs. Pitt, comme c'est gentil à vous d'être venue. Je suppose que vous êtes là pour réconforter la pauvre Emily après l'horreur qu'on vient de vivre. N'est-ce pas terrifiant ?

Charlotte répondit par des onomatopées polies, fouillant son esprit à la recherche d'une question utile, mais Miss Lucinda n'avait guère besoin qu'on lui donne la réplique.

— On se demande où l'on va, poursuivit-elle avec véhémence. De mon temps, ces choses-là n'arrivaient pas dans la bonne société. Quoique, ajouta-t-elle avec un coup d'œil en direction de sa sœur, j'en aie connu aussi dont les mœurs laissaient à désirer !

— Ah oui ? fit Miss Laetitia, haussant ses sourcils quasi inexistants. Moi, je ne m'en souviens pas, mais tu devais avoir un cercle de fréquentations plus large que le mien.

Le visage rond de Miss Lucinda se crispa, mais elle ignora cette remarque et, haussant légèrement une épaule, regarda Charlotte.

— J'imagine que vous êtes au courant, Mrs. Pitt ? Cette pauvre chère Fanny Nash a été ignoblement agressée, puis poignardée à mort. Nous en sommes toutes retournées. Les Nash habitent le quartier depuis des lustres, des générations même, dirais-je ; c'est une excellente famille. Tenez, hier encore, j'ai parlé à Mr. Afton, le frère aîné. Il est d'une dignité, ne trouvez-vous pas ?

Elle s'empourpra, regarda Selena, ensuite Emily et revint vers Charlotte.

— Un homme aussi tempérant, qui aurait cru que sa sœur finirait de la sorte ? Certes, Mr. Diggory est beaucoup plus... plus libéral...

Elle avait prononcé ce mot avec soin.

— ... dans ses goûts. Mais comme je le dis toujours, un homme peut se permettre des choses, pas forcément agréables, qui seraient impensables chez une femme... même la plus immorale.

A nouveau, elle leva l'épaule et jeta un bref coup d'œil à sa sœur.

— D'après vous donc, Fanny aurait mérité de se faire agresser ? demanda Charlotte sans détour.

Elle sentit un mouvement de stupeur chez les autres, mais n'y fit pas attention, les yeux rivés sur la figure rose de Miss Lucinda.

Celle-ci renifla.

— Franchement, Mrs. Pitt, ces choses-là arrivent rarement aux femmes... chastes ! Elles évitent de se trouver dans ce genre de situation. Je suis sûre que vous n'avez jamais été attaquée ! Pas plus que l'une d'entre nous, d'ailleurs.

— Ce n'est peut-être qu'une question de chance.

Puis, pour ne pas mettre Emily dans l'embarras, Charlotte ajouta :

— S'il s'agit d'un fou, il aurait pu s'imaginer des tas de choses entièrement fausses, n'est-ce pas, et totalement dépourvues de fondement ?

— Je ne fréquente pas les fous, déclara Miss Lucinda, farouche.

Charlotte sourit.

— Ni moi les violeurs, Miss Horbury. Ce ne sont que de simples suppositions.

Miss Laetitia lui adressa un sourire, si fugace qu'il disparut presque aussitôt.

Miss Lucinda renifla de plus belle.

— Mais certainement, Mrs. Pitt. Vous n'avez pas cru, j'espère, que je parlais par expérience ! Je vous assure, je ne faisais que compatir à la douleur du pauvre Mr. Nash... vous pensez, une disgrâce pareille dans sa famille !

— Une disgrâce !

Charlotte était trop en colère pour tenir sa langue.

— Moi, j'appelle ça une tragédie, Miss Horbury, l'horreur si vous préférez, mais sûrement pas une disgrâce.

— Eh bien ! se rebiffa Miss Lucinda. Eh bien, franchement...

— C'est Mr. Nash qui l'a dit ? persista Charlotte, ignorant le coup de pied d'Emily. Est-ce lui qui a parlé de disgrâce ?

— Honnêtement, je ne me souviens pas de ses paroles, mais il était tout à fait conscient du caractère... scabreux de la situation !

Elle frissonna et aspira bruyamment l'air par les narines.

— Moi-même, je suis terrifiée rien que d'y penser. Si vous habitiez ici, Mrs. Pitt, vous ressentiriez la même chose. Voyons, notre bonne, la pauvre enfant, s'est évanouie ce matin quand le groom d'à côté lui a adressé la parole. Ça nous fait trois de nos belles tasses en moins !

— Vous pourriez peut-être la rassurer en lui disant que l'individu en question a pris la poudre d'escampette ? suggéra Charlotte. Maintenant que la police enquête et que tout le monde le recherche, je doute qu'il soit resté dans le coin.

— Ah, mais il ne faut pas mentir, Mrs. Pitt, même aux domestiques, riposta Miss Lucinda, catégorique.

— Je ne vois pas pourquoi, intervint Miss Laetitia, placide. Si c'est pour leur bien.

— J'ai toujours dit que tu n'avais aucun sens moral !

Miss Lucinda foudroya sa sœur du regard.

— Qui sait où est ce misérable aujourd'hui ? Pas Mrs. Pitt, en tout cas. Il est visiblement animé de passions incontrôlables, d'appétits anormaux qu'une honnête femme répugnerait à imaginer.

Charlotte fut tentée d'observer que Miss Lucinda n'avait rien fait d'autre depuis son arrivée, et seule la pensée d'Emily l'en empêcha.

Selena frémit.

— C'est peut-être un dépravé issu des bas-fonds, attiré par les femmes de qualité, satins et dentelles, la propreté ? lança-t-elle à la cantonade.

— Ou alors il habite ici et choisit ses proies parmi ses semblables... quoi de plus naturel ?

La voix était douce, légère, mais définitivement masculine.

Tout le monde pivota dans un même mouvement, pour voir Fulbert Nash sur l'herbe à deux mètres d'elles, une coupe de sorbet à la main.

— Bonjour, Selena, Lady Ashworth, Miss Lucinda, Miss Laetitia.

Il regarda Charlotte en haussant les sourcils.

— Ma sœur, Mrs. Pitt, fit Emily avec raideur. Ce que vous dites là est effroyable, Mr. Nash.

— Le crime lui-même est effroyable, madame. La vie aussi peut être effroyable, n'avez-vous pas remarqué ?

— Pas la mienne, Mr. Nash !

— Comme c'est charmant, fit-il, s'asseyant en face d'elles.

Emily cligna des yeux.

— Charmant ?

— C'est une qualité très reposante chez les femmes. Cette faculté de voir seulement le bon côté des choses. C'est ce qui rend leur compagnie si apaisante. N'est-ce pas, Mrs. Pitt ?

— Moi, je trouve que ça engendre énormément d'incertitudes, répondit Charlotte avec franchise. On ne peut jamais savoir si l'on est confronté à la vérité ou non. Personnellement, je passerais mon temps à me demander ce qu'on me cache.

— Aussi, telle Pandore, vous ouvririez la boîte et laisseriez les calamités s'abattre sur le monde.

Il la regarda par-dessus son sorbet. Il avait de très belles mains.

— C'est très déraisonnable de votre part. Il y a des tas de choses qu'il vaut mieux ne pas savoir. Nous avons tous nos secrets.

Ses yeux firent le tour du petit groupe.

— Même à Paragon Walk. « Si un homme dit qu'il est sans péché, il se leurre. » Vous ne vous attendiez pas à ce que je vous cite les Écritures, n'est-ce pas, Lady Ashworth ? Si vous vous promenez dans la rue, Mrs. Pitt, votre œil nu verra des maisons superbes, pierre sur pierre, mais votre œil spirituel, si vous en avez un, verra une rangée de sépulcres blanchis. Pas vrai, Selena ?

Avant que cette dernière ne pût réagir, ils entendirent un cliquetis — la bonne apportait d'autres sorbets sur un plateau — et, se retournant, aperçurent une splendide créature qui traversait la pelouse : elle semblait presque flotter tandis que la brise tiède remuait la soie blanche et vert d'eau de sa robe. Le visage de Selena se durcit.

— Jessamyn, quel plaisir de vous voir ! Je ne pensais pas que vous auriez la force de sortir. Je vous admire, ma chère. Venez que je vous présente la sœur d'Emily, Mrs. Pitt de...

Elle haussa les sourcils, mais personne ne lui répondit. Il y eut un bref échange de salutations.

— Quelle jolie robe ! reprit Selena, se tournant à nouveau vers Jessamyn. Il n'y a que vous pour pouvoir porter une couleur aussi... anémique. Sur moi, ce serait un vrai désastre, tellement... tellement défraîchi !

Charlotte regarda Jessamyn. A en juger par son expression, elle avait parfaitement saisi le sens de ce sous-entendu. Mais elle fit preuve d'un sang-froid remarquable.

— Ne vous désolez pas, chère Selena. On ne peut pas toutes porter la même chose, mais il y a sûrement des couleurs qui vous iraient à merveille.

Elle contempla la magnifique robe de Selena, lavande garnie de dentelle parme.

— Peut-être pas celle-ci, dit-elle lentement. Avez-vous déjà essayé quelque chose de plus frais, du bleu par exemple ? C'est très flatteur pour un teint florissant par ce temps de canicule.

Selena était furieuse. Ses yeux lançaient des éclairs ; Charlotte fut surprise et quelque peu décontenancée par la haine qu'elle lut dans son regard.

— Nous fréquentons trop souvent les mêmes lieux, fit Selena entre ses dents. Je ne voudrais surtout pas qu'on me soupçonne de singer vos goûts... en quoi que ce soit. L'originalité avant tout, ne croyez-vous pas, Mrs. Pitt ?

Et elle se tourna vers Charlotte. Qui, obnubilée par la robe retouchée, hérissée d'épingles, d'Emily, ne sut que répondre. Elle était toujours sous le coup de la haine qu'elle avait entrevue et de l'odieuse remarque de Fulbert Nash sur les sépulcres blanchis.

Étrangement, ce fut Fulbert qui vint à sa rescousse.

— Jusqu'à un certain point, dit-il nonchalamment. A force d'être original, on devient bizarre et on finit carrément excentrique. N'êtes-vous pas de mon avis, Miss Lucinda ?

Miss Lucinda renifla et s'abstint de tout commentaire.

Emily et Charlotte s'excusèrent peu après et, comme Emily n'avait manifestement pas envie de poursuivre les visites, elles rentrèrent à la maison.

— Quel homme étonnant, ce Fulbert Nash, observa Charlotte tandis qu'elles gravissaient les marches. Qu'entendait-il donc par « sépulcres blanchis » ?

— Comment le saurais-je ? rétorqua Emily avec humeur. Peut-être qu'il a mauvaise conscience.

— Pourquoi ? A cause de Fanny ?

— Aucune idée. C'est un individu détestable. Ils

le sont tous chez les Nash, sauf Diggory. Afton est proprement infect. Et, quand on est horrible soi-même, on a tendance à penser que tout le monde l'est aussi.

Mais Charlotte n'avait pas l'intention d'en rester là.

— Crois-tu qu'il sait réellement des choses sur les gens du quartier ? Miss Lucinda n'a-t-elle pas dit que les Nash habitent ici depuis des générations ?

— Ce n'est qu'une stupide vieille commère !

Emily traversa le palier et pénétra dans son dressing. Elle ôta la vieille robe de mousseline de Charlotte de son cintre.

— Tu devrais avoir le bon sens de ne pas l'écouter.

Charlotte entreprit la chasse aux épingles dans la soie parme, les retirant une à une.

— Mais si les Nash vivent là depuis des années, Mr. Nash en sait peut-être beaucoup sur les uns et les autres. C'est ce qui arrive entre voisins et, en général, les gens n'oublient pas.

— Eh bien, il ne sait rien sur moi ! Parce qu'il n'y a rien à savoir !

Charlotte se tut enfin. La véritable peur n'était plus un secret. Bien sûr que Mr. Nash ne savait rien sur Emily, mais qui irait suspecter Emily de viol et de meurtre ? En revanche, que savait-il sur George ? Car George avait passé ici tous les étés de sa vie.

— Ce n'est pas à toi que je pense.

Elle fit glisser la robe parme sur le parquet.

— Évidemment.

Emily la ramassa et lui tendit la robe de mousseline grise.

— Tu penses à George ! Simplement parce que

j'attends un enfant et que George est un gentleman, qu'il n'a donc pas besoin de travailler comme Thomas, tu t'imagines qu'il passe son temps à boire, à jouer et à collectionner les conquêtes, qu'il a pu s'amouracher de Fanny Nash et refuser de se laisser éconduire !

— Je n'imagine rien de tel !

Charlotte prit sa robe et l'enfila lentement. Elle était plus confortable que l'autre, et elle put desserrer son corset d'un bon pouce, mais le tissu avait l'air indiciblement terne.

— J'ai juste l'impression que c'est ce que tu crains.

Emily fit volte-face, la figure empourprée.

— Balivernes ! Je connais George et j'ai confiance en lui !

Charlotte ne chercha pas à discuter ; l'angoisse était trop présente dans la voix d'Emily, rongée par le poison violent, corrosif, de la peur. Dans quelques semaines, quelques jours peut-être, celle-ci allait se muer en incertitude, en doute, voire en suspicion pure et simple. Et George avait bien commis une erreur à un moment ou à un autre, fait ou dit une sottise, quelque chose qu'il aurait mieux valu oublier.

— Mais bien sûr, dit-elle avec douceur. Espérons que Thomas découvrira bientôt le coupable et que nous finirons par ne plus penser à cette histoire. Merci de m'avoir prêté ta robe.

4

Emily passa une soirée déplorable. George était à la maison, mais elle ne savait pas quoi lui dire. Elle avait toutes sortes de questions à lui poser; cependant, c'eût été trahir ses doutes si ouvertement qu'elle n'osa le faire. Et elle redoutait ses réponses, même s'il se montrait patient avec elle et ne manifestait ni peine ni colère. S'il lui disait la vérité, y aurait-il quelque chose qu'elle aurait souhaité de tout cœur ne pas savoir?

Elle ne s'illusionnait pas sur George : il était loin d'être parfait. Elle avait accepté, dès l'instant où elle avait résolu de l'épouser, le fait qu'il jouait et buvait quelquefois plus que de raison. Elle avait même accepté qu'il flirte de temps en temps avec d'autres femmes; normalement, elle n'y voyait aucun mal : c'était un jeu auquel elle se livrait elle-même, une sorte d'exercice, histoire de peaufiner sa technique pour ne pas s'encroûter et se laisser réduire à l'état d'objet. C'était dur par moments, déroutant même, mais elle s'était adaptée à son mode de vie avec beaucoup d'habileté.

Hélas, dernièrement, elle n'était plus elle-même : un rien l'affectait, et elle allait parfois jusqu'à fondre en larmes, à son extrême consternation. Les pleurnicheries l'agaçaient, tout comme la manie de certaines femmes de tomber en pâmoison... or, ce mois-ci, elle avait été sujette aux deux.

Elle s'excusa et alla se coucher de bonne heure, mais bien qu'elle s'endormît sur-le-champ, elle se réveilla plusieurs fois dans la nuit et, le matin, souffrit de nausées pendant plus d'une heure.

Elle savait qu'elle avait été injuste avec Charlotte. Sa sœur voulait connaître son environnement justement pour la protéger de ce qui la tourmentait en ce moment même. D'un côté, Emily éprouvait une immense tendresse envers elle, pour cette raison et pour cent autres; mais par ailleurs, une voix stridente lui criait sa haine pour Charlotte car, même dans sa robe de mousseline grise, terne et démodée, elle paraissait à l'aise et sûre d'elle, et aucune crainte sordide ne semblait la miner de l'intérieur. Elle savait pertinemment que Thomas ne s'intéressait pas aux autres femmes. Jamais le comportement de Charlotte en société ne le pousserait à se demander s'il avait bien fait de contracter une mésalliance, ou si Charlotte était capable de tenir son rang et de se montrer digne de lui. Et elle n'était pas dans l'obligation de donner naissance à un fils pour assurer la pérennité du titre.

Soit, Thomas était policier, et des plus bizarres par-dessus le marché : un physique tout ce qu'il y avait de banal, mais incroyablement débraillé. Toutefois, il aimait rire et, au fond d'elle-même, Emily le savait plus intelligent que George. Suffisamment intelligent peut-être pour découvrir qui avait tué Fanny Nash avant que les soupçons ne dévoilent toutes sortes d'anciennes culpabilités et blessures, et afin qu'ils puissent garder les masques qu'ils s'étaient choisis et que personne n'avait vraiment envie d'arracher.

Incapable de supporter l'idée même du petit déjeuner, ce fut seulement au déjeuner qu'elle vit tante Vespasia.

— Vous avez une petite mine, Emily, dit Vespasia en fronçant les sourcils. J'espère que vous vous nourrissez correctement. C'est très important, dans votre état.

— Oui, merci, tante Vespasia.

De fait, elle avait faim à présent; elle se servit donc copieusement.

— Hmph!

S'emparant de la pince, Vespasia prit une portion deux fois plus petite.

— Alors vous vous faites du souci. Ne vous préoccupez donc pas de Selena Montague.

Emily leva vivement les yeux.

— Selena? Pourquoi me soucierais-je d'elle?

— Parce que c'est une femme oisive qui n'a ni mari ni enfants pour lui occuper l'esprit, répondit Vespasia sans ménagement. Elle a jeté son dévolu, jusque-là sans succès, sur le Français. Selena a horreur de l'échec. C'était la préférée de son père, voyez-vous, et cela lui est resté.

— En ce qui me concerne, elle a le champ libre vis-à-vis de M. Alaric. Moi, il ne m'intéresse pas.

Vespasia lui lança un regard perçant.

— Sottises, ma fille, une femme en bonne santé s'intéresse forcément aux hommes comme lui. Quand je le regarde, même moi, ça me rappelle ma jeunesse. Et, croyez-moi, en ce temps-là j'étais belle. Je me serais arrangée pour attirer son attention.

Emily fut prise d'envie de rire.

— Je n'en doute pas, tante Vespasia. Même maintenant, ça ne m'étonnerait pas qu'il recherche votre compagnie !

— Ne me flattez pas, mon enfant. J'ai beau être vieille, je n'ai pas perdu l'esprit.

Emily continuait à sourire.

— Pourquoi ne m'avez-vous pas parlé de votre sœur plus tôt ? questionna Vespasia.

— Je l'ai fait. Le lendemain de votre arrivée. Plus tard, je vous ai dit qu'elle était mariée à un policier.

— Vous avez dit qu'elle n'était pas quelqu'un de conventionnel, je vous l'accorde. Sa langue est un désastre, et elle se tient comme si elle se prenait pour une duchesse. Mais vous n'avez pas précisé qu'elle était aussi jolie.

Emily se retint de pouffer. Il eût été tout à fait déloyal de mentionner les épingles ou le corset.

— C'est vrai, acquiesça-t-elle. Charlotte n'est jamais passée inaperçue, pour le meilleur ou pour le pire. La plupart du temps, d'ailleurs, elle dérange. Les gens sont plutôt attirés par la beauté classique, vous savez. Qui plus est, elle n'est pas coquette pour un sou.

— C'est bien malheureux, concéda Vespasia. Voilà un art qui ne s'apprend guère. Ou vous l'êtes, ou vous ne l'êtes pas.

— Charlotte ne l'est pas.

— J'espère qu'elle reviendra nous voir. Ce serait amusant. Tout le monde m'ennuie ici. A moins que Jessamyn et Selena ne se disputent plus énergiquement le Français, nous serons obligées de nous distraire autrement, sinon l'été risque de devenir un calvaire. Êtes-vous en état d'assister à l'enterrement de cette pauvre enfant ? Vous n'avez pas oublié que c'est pour après-demain ?

Emily avait oublié.

— Je pense que ça ira, mais j'ai envie de demander à Charlotte de m'accompagner. Ce sera certainement éprouvant, et j'aimerais l'avoir ici, près de moi.

Ce serait également l'occasion de réparer l'injustice de la veille.

— Je vais lui écrire tout de suite pour lui en parler.

— Il faudra lui prêter quelque chose de noir, l'avertit Vespasia. Servez-vous donc dans ma garde-robe : je crois qu'elle a davantage ma stature. Demandez à Agnès d'ajuster ma robe lavande à sa taille. Si elle s'y met dès maintenant, ce sera tout à fait présentable au moment voulu.

— Merci, vous êtes très bonne.

— Sottises. Je peux toujours m'en faire confectionner une autre, si j'en ai envie. En revanche, trouvez-lui un chapeau et un châle noirs. Moi, je n'en ai pas, j'ai horreur du noir.

— Vous-même, vous ne porterez pas de noir à l'enterrement ?

— Je n'en ai pas. Je mettrai du lavande. Ainsi, votre sœur ne sera pas toute seule. Personne n'osera la critiquer, si je porte du lavande moi aussi.

Charlotte fut surprise de recevoir la lettre d'Emily, mais lorsqu'elle l'ouvrit, une vague de soulagement l'envahit. Sa sœur s'excusait simplement, non par respect des convenances, mais pour exprimer un sincère regret. Elle en fut si heureuse qu'elle faillit manquer la partie concernant l'enterrement. Qu'elle ne s'inquiète donc pas pour la tenue, mais pourrait-elle avoir la gentillesse de venir car Emily apprécierait grandement sa présence dans un moment pareil. Un équipage viendrait la chercher le matin, si seulement elle pouvait s'arranger pour faire garder Jemima.

Bien sûr qu'elle irait, pas seulement parce que Emily le lui demandait, mais parce que tout le voisinage serait là, et elle ne voulait pas rater l'occasion de les voir tous. Elle en parla à Pitt le soir même, sitôt qu'il eut franchi le seuil.

— Emily me demande d'aller à l'enterrement avec elle, annonça-t-elle tout en le serrant dans ses bras. Après-demain. Je laisserai Jemima à Mrs. Smith — ça ne la dérange pas —, et Emily enverra un équipage. Elle m'a déjà organisé une robe !

Pitt ne chercha pas à savoir comment on « organisait » une robe, et comme elle se tortillait pour se dégager afin de mieux lui en parler, il la lâcha avec un sourire amusé.

— Vous êtes sûre que vous voulez y aller ? Ce ne sera pas très gai.

— Emily a besoin de moi, dit-elle comme si cela expliquait tout.

Il comprit aussitôt, à son regard lumineusement direct, que la vraie raison était ailleurs. Elle voulait y aller par curiosité.

A la vue de son large sourire, Charlotte sut qu'il n'était absolument pas dupe. Haussant les épaules, elle sourit à son tour.

— D'accord, j'ai envie de les voir. Mais je promets de regarder seulement, c'est tout. Je ne m'en mêlerai pas. Qu'avez-vous appris? J'ai le droit de savoir, puisque ça concerne Emily.

Le visage de Pitt s'assombrit, et il s'assit, les coudes sur la table. Il avait l'air fatigué et chiffonné. Elle se reprocha immédiatement son égoïsme : à force de penser à Emily, elle ne s'était pas souciée des sentiments de son mari. Elle venait juste d'apprendre une bonne recette de citronnade, sans recourir à la quantité de coûteux fruits frais qu'elle aurait utilisée avant son mariage. Elle la conservait dans un seau d'eau froide sur les pierres près de la porte de service. Rapidement, elle remplit un verre et le posa devant Pitt. Elle ne répéta pas sa question.

Il vida le verre d'un seul trait avant de lui répondre.

— J'essaie de vérifier l'emploi du temps de chacun. Malheureusement, personne ne se souvient si George était à son club ce soir-là. J'ai insisté aussi lourdement que j'ai pu, mais ils sont incapables de faire la différence d'une soirée à l'autre. A vrai dire, je ne suis pas sûr qu'ils font réellement la différence d'un individu à l'autre. Pour moi, ils ont tous sensiblement la même allure.

Il sourit lentement.

— C'est bête, hein... je suppose que, pour eux aussi, nous nous ressemblons tous.

Charlotte garda le silence. C'était le seul vœu qu'elle eût formulé, que George fût blanchi, vite et définitivement.

— Je suis désolé.

Il lui effleura la main, et elle referma ses doigts sur les siens.

— Vous avez fait de votre mieux. Avez-vous réussi à mettre quelqu'un hors de cause?

— Pas vraiment. Tout le monde a un alibi, mais il nous manque les preuves.

— Ça se trouve sûrement !

— On ne les a pas.

Il leva les yeux, le regard troublé.

— Afton et Fulbert Nash étaient chez eux, ensemble, mais pas tout le temps...

— Ce sont ses frères, fit-elle avec un frisson. Vous ne les croyez tout de même pas dépravés à ce point-là ?

— Non, mais ce ne doit pas être impossible. Diggory Nash était allé jouer, mais ses amis répugnent à révéler qui était là exactement, et à quel moment. Algernon Burnon évoque une question d'honneur qu'il ne peut pas divulguer. A mon avis, il était avec une autre femme et, compte tenu des circonstances, il n'ose pas l'avouer. Hallam Cayley était chez les Dilbridge où il s'est disputé avec l'un des convives. Il est sorti faire un tour pour se calmer. Là encore, il est peu probable qu'il ait quitté le jardin et soit tombé sur Fanny, mais c'est du domaine du possible. Le Français, Paul Alaric, affirme qu'il était chez lui, seul. C'est sans doute vrai, mais une fois de plus, nous ne sommes pas en mesure de le prouver.

— Et les domestiques ? Après tout, il y a plus de chances que ce soit l'un d'eux.

Elle devait garder son sens des proportions, ne pas laisser les paroles de Fulbert fausser son jugement.

— Ou les valets, les cochers de la réception ?

Il sourit légèrement, devinant ses pensées.

— On s'en occupe. Mais ils sont presque tous restés en bande, à bavarder ou à fanfaronner, ou alors ils étaient à l'intérieur pour se procurer à manger. Du reste, les domestiques ont trop à faire pour avoir des trous dans leur emploi du temps.

Il avait raison. Elle se souvint qu'à l'époque où elle habitait Cater Street, valets et majordomes n'avaient guère le loisir d'aller se promener le soir. On pouvait les sonner à tout moment pour ouvrir la porte, apporter une carafe de porto sur un plateau ou accomplir mille autres tâches.

— Mais il doit bien y avoir quelque chose! protesta-t-elle. Tout cela est tellement... nébuleux! Personne n'est coupable, personne n'est réellement innocent. Il y a bien des choses qu'on peut prouver, non?

— Pas encore, sauf pour les domestiques. La plupart ont un alibi.

Elle ne discuta pas davantage. Se levant, elle lui servit son dîner, disposant les plats avec soin pour créer une impression de raffinement et de fraîcheur. Cela n'avait rien à voir avec ce qu'elle avait mangé chez Emily, mais ce repas-là lui avait coûté vingt fois moins cher, à l'exception des fruits... une folie qu'elle s'était permise à titre d'exception.

L'enterrement fut la cérémonie la plus lugubrement grandiose à laquelle Charlotte eût jamais assisté. Le temps était couvert; la chaleur, suffocante. L'équipage d'Emily vint la quérir peu avant neuf heures du matin et la conduisit directement à Paragon Walk. L'accueil fut rapide; le regard d'Emily s'illumina de soulagement à sa vue et à l'idée que l'éclat de l'autre jour était déjà oublié.

Le moment n'était pas aux rafraîchissements ni aux potins. Emily l'entraîna en haut et exhiba une magnifique robe d'un bleu lavande profond, d'une élégance princière, que Charlotte n'avait jamais vue à sa sœur. Cette robe-là faisait très grande dame, image qui ne correspondait pas à l'Emily qu'elle connaissait. Charlotte la leva et contempla le décolleté royal.

— Oh! soupira Emily en souriant faiblement. Elle est à tante Vespasia. Mais je pense qu'elle t'ira à merveille : tu auras une allure de reine.

Son sourire s'élargit, puis elle se rappela la circonstance et rougit de remords.

— En un sens, tu ressembles beaucoup à tante Vespasia... ou tu lui ressembleras, dans cinquante ans.

Charlotte, se souvenant que Pitt avait dit la même chose, en fut plutôt flattée.

— Merci.

Elle posa la robe et se tourna vers Emily pour déboutonner la sienne de sorte à pouvoir se changer. Elle s'apprêtait déjà à piocher dans les épingles ; aussi quelle ne fut pas sa stupeur quand elle découvrit que ce n'était pas nécessaire. La robe lui allait presque comme si elle avait été faite pour elle ; un pouce de plus à l'épaule n'eût pas été de trop, mais autrement, tout était parfait. Elle s'examina dans la psyché. L'effet était spectaculaire et franchement superbe.

— Voyons! s'exclama Emily impatiemment. Ce n'est pas le moment de t'admirer. Il faudra mettre du noir par-dessus, sinon ce ne sera pas décent. Je sais, le lavande est aussi couleur de deuil, mais tu as l'air d'une duchesse qui se prépare à recevoir. Tiens, voilà le châle noir. Ne gigote pas! Il n'est absolument pas chaud et il assombrit l'ensemble. Les gants noirs, bien sûr. Ah, je t'ai aussi trouvé un chapeau.

Charlotte n'osa pas demander où elle l'avait « trouvé ». Il valait peut-être mieux ne pas le savoir.

De toute façon, on était bien obligée de porter un chapeau à l'église, outre les exigences de la mode.

Le chapeau s'avéra extravagant, à large bord, avec voile et aigrette. Elle le percha sur sa tête en l'inclinant de manière coquine, et Emily pouffa de rire.

— Oh, c'est affreux ! S'il te plaît, Charlotte, surveille tes paroles. J'ai les nerfs tellement à vif que tu me fais rire malgré moi. Je m'efforce de mon mieux de ne pas penser à cette pauvre fille. Je m'occupe l'esprit, même avec des bêtises, simplement pour oublier.

Charlotte l'entoura d'un bras.

— Je sais. Je sais que tu n'as pas un cœur de pierre. Il nous arrive à tous parfois de rire alors qu'en vérité on a envie de pleurer. Dis-moi, ai-je l'air ridicule avec ce chapeau ?

Emily tendit les deux mains pour rectifier un peu l'angle.

— Non, non, ça va très bien. Jessamyn sera furieuse, car tout le monde te regardera et se demandera qui tu es. Baisse un peu le voile, comme ça ils seront obligés de se rapprocher pour mieux voir. Là, c'est parfait ! Arrête de le triturer !

Le cortège, tout en noir, était impressionnant : chevaux noirs tirant un corbillard noir, cochers enrubannés de crêpe noir et panaches noirs sur les harnais. Venait ensuite la famille proche, dans une calèche à ressorts noire également, suivie du reste de l'assistance. Le tout avançait à une allure majestueuse.

Assise aux côtés d'Emily, de George et de tante Vespasia dans leur voiture, Charlotte se demandait pourquoi les gens qui professaient une foi absolue en la résurrection faisaient de la mort un tel mélodrame. On aurait dit du mauvais théâtre. Cette question, elle se l'était souvent posée, sans toutefois pouvoir en discuter avec quelqu'un de compétent. Autrefois, elle avait espéré rencontrer un évêque, bien que maintenant cette perspective lui parût peu probable. Un jour, elle en avait parlé à papa et avait reçu une réponse très sèche qui la réduisit au silence, mais ne lui fournit aucune explication... sinon que papa n'en avait pas non plus et trouvait le sujet profondément scabreux.

Elle descendit de voiture, prenant la main de George pour poser gracieusement pied à terre sans que le chapeau noir glisse de manière plus polissonne encore ; puis, côte à côte avec tante Vespasia, suivit Emily et George à travers le portail et le long de l'allée vers l'entrée de l'église. A l'intérieur, l'orgue jouait la marche funèbre, avec plus d'entrain que ne le voulait la bienséance et quelques notes si fausses que même Charlotte grimaça en les entendant. Elle se demanda si l'organiste était un professionnel ou bien un amateur enthousiaste recruté au hasard.

Le service lui-même fut extrêmement ennuyeux, mais, fort heureusement, bref. L'officiant ne souhaitait peut-être pas évoquer les circonstances de la mort, dans toute leur réalité matérielle, en un lieu aussi immatériel. Elles s'accordaient mal avec les vitraux, la musique d'orgue et les délicats reniflements dans les mouchoirs en dentelle. La mort était douleur et maladie, terreur devant le pas ultime, long et aveugle. Et Fanny n'en avait connu ni la résignation ni la dignité. Non pas que Charlotte ne crût pas en Dieu ou en la résurrection : c'était cette tendance à noyer les vérités sordides dans le rituel qu'elle détestait. Toute cette cérémonie complexe, coûteuse, de deuil était destinée à soulager la conscience des vivants, afin qu'ils eussent l'impression d'avoir payé leur tribut pour pouvoir décemment oublier Fanny et se consacrer aux plaisirs de la saison. Cela n'avait rien à voir avec la jeune fille et l'affection éventuelle qu'on lui portait.

Ensuite, tout le monde se rendit au cimetière pour l'inhumation. L'air, chaud et lourd comme s'il avait déjà été respiré, sentait vaguement le renfermé. Les longues semaines sans pluie avaient asséché la terre, et les fossoyeurs avaient dû l'attaquer à coups de pioche. Le seul endroit humide était sous les ifs, de plus en plus penchés : il s'en dégageait une vieille odeur âcre, comme si les racines s'étaient nourries de trop de cadavres.

— C'est ridicule, ces enterrements, siffla tante Vespasia à côté d'elle. Le plus grand étalage de complaisance en société ; c'est encore pire qu'Ascot. Chacun cherche à voir qui exhibe son chagrin avec le plus d'ostentation. Certaines femmes savent qu'elles portent bien le noir ; on les rencontre à tous les enterrements mondains, même si elles ne connaissaient pas le défunt. C'est ce que faisait Maria Clerkenwell. Elle a connu son premier mari aux obsèques de son cousin. C'est lui qui menait le deuil, puisqu'il héritait du titre. Maria n'avait jamais entendu parler du mort avant d'avoir lu la nouvelle dans la rubrique mondaine : c'est là qu'elle a décidé d'y aller.

Charlotte admira secrètement son initiative ; c'était tout à fait dans le style d'Emily. Elle contempla par-dessus la fosse béante, derrière les porteurs qui, rouges et luisants de sueur, tenaient les cordons du poêle, Jessamyn Nash, pâle et droite tout au fond. L'homme à côté d'elle n'était pas beau du tout, mais son visage n'était pas désagréable; on le sentait souriant de nature.

— C'est son mari? questionna Charlotte doucement.

Vespasia suivit son regard.

— Diggory, acquiesça-t-elle. Un peu libertin, mais de loin le meilleur des Nash. Non pas que ce soit lui accorder beaucoup de mérite.

D'après ce que Charlotte avait entendu d'Afton et vu de Fulbert, elle fut encline à lui donner raison. Profitant d'être à l'abri de son voile, elle poursuivit son examen. C'était très pratique, un voile, vraiment. C'était la première fois qu'elle en mettait un, mais elle s'en souviendrait à l'avenir. Diggory et Jessamyn se tenaient à une légère distance l'un de l'autre; il ne fit aucun effort pour la toucher ou la soutenir. En fait, son attention allait plutôt à l'épouse d'Afton, Phoebe, qui avait une mine épouvantable. Ses cheveux semblaient tomber d'un côté, et son chapeau de l'autre; malgré une ou deux faibles tentatives pour les rajuster, elle ne fit qu'aggraver les choses. Comme tout le monde, elle était en noir, mais sa robe à elle semblait poussiéreuse, d'un noir de suie, contrairement au noir de jais, éclatant, de la robe de Jessamyn. Le visage inexpressif, Afton se tenait au garde-à-vous à côté d'elle. S'il éprouvait quelque chose, il n'avait pas l'intention de s'abaisser à le montrer.

Le pasteur leva la main pour réclamer l'attention. Les murmures se turent. Il se mit à psalmodier les paroles familières. Pourquoi toujours psalmodier? se demanda Charlotte. C'était tellement moins sincère que de parler normalement. Elle n'avait encore jamais entendu quelqu'un qui fût réellement ému s'exprimer de la sorte. Quand on était accaparé par le contenu, on ne se souciait pas de la forme. Dieu n'était-Il pas la dernière personne à se laisser affecter par les grands airs et les beaux habits?

Levant les yeux derrière son voile, elle se demanda si d'autres pensaient la même chose, ou s'ils étaient tous dûment impressionnés. Jessamyn baissait la tête : elle était raide, blanche et belle comme un lis, un peu figée peut-être, mais tout à fait comme il faut. Phoebe pleurait. Selena Montague était d'une pâleur très seyante, bien qu'à en juger par ses lèvres elle dût aider la nature; ses yeux brillaient d'un éclat fébrile. Elle se tenait près d'un homme singulièrement élégant, grand et mince, d'une souplesse qui trahissait un corps musclé, contrairement à la grâce éthérée, assez féminine, de la plupart des dandys. Nu-tête comme les autres hommes, sa chevelure brune était lisse et épaisse. Charlotte vit, lorsqu'il se retourna, la ligne parfaite qu'elle formait sur sa nuque. Elle n'eut pas besoin de demander à Vespasia qui c'était. Avec un petit frisson d'excitation, elle comprit : c'était le beau Français, celui que se disputaient Jessamyn et Selena!

Elle ignorait qui gagnait pour le moment, mais il avait pris place à côté de Selena. Ou alors était-ce Selena qui avait pris place à côté de lui? En tout cas, le pôle d'attraction, c'était Jessamyn. Près de la moitié des regards dans la congrégation étaient tournés vers elle. Le Français était l'un des rares à fixer le cercueil que l'on descendait maladroitement dans la tombe ouverte. Deux hommes armés de pelles se tenaient respectueusement à l'écart, tellement accoutumés à ce genre de cérémonie qu'ils adoptaient la bonne posture sans même y penser.

Parmi les quelques personnes qui semblaient en proie à une réelle émotion, il y avait un homme, du même côté de la fosse que Charlotte et Vespasia. Elle le remarqua tout d'abord à la raideur de ses épaules, comme si tous ses muscles étaient contractés à l'intérieur. Sans réfléchir, elle se rapprocha un peu pour essayer d'entrevoir son visage, si jamais il se retournait au moment où l'on comblait la fosse.

La voix chantante du pasteur reprit l'ancienne litanie : la terre à la terre, la poussière à la poussière. L'homme pivota pour voir les mottes d'argile heurter le couvercle, et Charlotte vit son visage de profil, puis de face. C'était un visage aux traits burinés et à la peau grêlée, marqué en cet instant précis par quelque douleur profonde et déchirante. Était-ce à cause de Fanny ? De la mort en général ? Ou bien plaignait-il les vivants parce qu'il connaissait ou pressentait l'existence des « sépulcres blanchis » dont avait parlé Fulbert ? Ou alors avait-il peur ?

Reculant, Charlotte effleura le bras de Vespasia.

— Qui est-ce ?

— Hallam Cayley. Il est veuf. Sa femme était une Cardew. Elle est morte il y a deux ans environ. Jolie fille, beaucoup d'argent, mais une cervelle d'oiseau.

Voilà qui expliquait sa raideur et le désarroi douloureux qu'on lisait sur son visage. Elle aussi observait peut-être les gens autour d'elle et s'interrogeait sur eux pour ne pas songer à d'autres enterrements, qui la touchaient de près et dont le souvenir était trop pénible à évoquer.

La cérémonie était terminée. Lentement, avec infiniment de décorum, ils se tournèrent comme un seul homme et rebroussèrent chemin en direction des équipages. Ils se retrouveraient à Paragon Walk, chez Afton Nash, pour le buffet obligatoire. Alors seulement le rituel serait accompli.

— Je vois que vous avez remarqué le Français, dit Vespasia dans un souffle.

Charlotte envisagea de feindre l'innocence et décida que ça ne marcherait pas.

— A côté de Selena ?
— Évidemment.

Ils avancèrent en procession dans l'allée étroite, sous le porche et dehors sur le trottoir. Afton, en tant qu'aîné, monta dans sa voiture le premier, suivi de Jessamyn puis, quelques instants après, de Diggory. Ce dernier était en train de parler à George, et Jessamyn fut obligée de l'attendre. Charlotte surprit une lueur d'irritation dans ses yeux. Arrivé séparément, Fulbert avait emmené pour l'occasion les demoiselles Horbury, vêtues à l'ancienne avec force falbalas. Il leur fallut un certain temps pour s'installer à leur aise.

George et Emily venaient aussitôt après ; Charlotte se trouva entraînée dans le mouvement alors qu'elle n'était pas encore prête à partir. Elle jeta un coup d'œil sur Emily. Croisant son regard, sa sœur lui sourit avec lassitude. Charlotte fut heureuse de constater qu'elle avait glissé sa main dans celle de George et qu'il la tenait d'un air protecteur.

Comme elle s'y attendait, le buffet funéraire fut monumental. Rien d'ostentatoire — on ne mettait pas l'accent sur une mort survenue dans des conditions aussi déplorables —, mais l'immense table contenait de quoi nourrir la moitié de la haute société, et Charlotte calcula rapidement que les hommes, femmes et enfants de sa rue auraient pu en vivre un mois entier, en faisant attention.

L'assistance se divisa en groupes parmi les chuchotements; personne ne voulait commencer le premier.

— Pourquoi faut-il toujours manger après un enterrement? demanda Charlotte, fronçant inconsciemment les sourcils. Moi, j'ai tout sauf faim.

— Question de convention, répondit George en la regardant.

C'était lui qui avait les plus beaux yeux de l'assemblée.

— C'est la seule forme d'hospitalité que tout le monde comprend. Et que voulez-vous qu'on fasse d'autre? On ne peut pas rester plantés là, et on ne va pas danser non plus!

Charlotte réprima une envie de rire. C'était aussi guindé et ridicule qu'une vieille danse d'antan.

Elle jeta un regard sur la pièce. Il avait raison: tout le monde paraissait mal à l'aise, et le fait de manger détendait l'atmosphère. Il était vulgaire de manifester son émotion en public, du moins pour les hommes. Les femmes étaient censées être fragiles, même si les larmes leur valaient un froncement de sourcils: c'était gênant et personne ne savait vraiment comment réagir en pareille circonstance. Mais on pouvait toujours s'évanouir; c'était tout à fait acceptable et offrait l'excuse idéale pour se retirer. Manger était une occupation qui comblait l'hiatus entre les démonstrations de chagrin et le moment où l'on pouvait décemment prendre congé, laissant la mort derrière soi.

Emily tendit la main pour réclamer l'attention de Charlotte. Se retournant, elle se trouva face à une femme vêtue d'une luxueuse robe noire, flanquée d'un homme massif et trapu.

— Puis-je vous présenter ma sœur, Mrs. Pitt ? Lord et Lady Dilbridge.

Charlotte prononça les habituelles formules de politesse.

— Quelle lamentable affaire, dit Grace Dilbridge avec un soupir. Et quel choc ! Qui aurait cru ça de la part des Nash ?

— On s'attend rarement à ce genre de choses, repartit Charlotte, sauf de la part des êtres les plus misérables et les plus désespérés.

Elle songeait aux taudis des quartiers pauvres dont Pitt lui avait parlé, mais même lui n'avait pas décrit l'horreur dans toute son ampleur. Elle l'avait devinée autant à sa mine sombre et à ses longs silences qu'à travers ses récits proprement dits.

— Pauvre Fanny, je l'ai toujours crue si innocente, observa Frederick Dilbridge comme pour lui répondre. Et pauvre Jessamyn. Ça va être très dur pour elle.

— Et pour Algernon, ajouta Grace, coulant un regard oblique en direction d'Algernon Burnon qui venait de se détourner d'une tourte pour prendre un autre verre de porto des mains du valet. Pauvre garçon ! Dieu merci, il n'avait pas eu le temps de l'épouser.

Charlotte ne voyait pas vraiment le rapport.

— Il doit avoir beaucoup de peine, dit-elle lentement. Je n'imagine pas pire façon de perdre sa fiancée.

— C'est mieux qu'une épouse, persista Grace.

Au moins, maintenant il est libre — après un délai honorable, bien sûr — de se trouver quelqu'un de plus convenable.

— Et les Nash n'ont pas d'autre fille, dit Frederick, prenant lui aussi un verre sur le plateau du valet qui s'attardait devant eux. Dieu soit loué!

— Dieu soit loué?

Charlotte n'en croyait pas ses oreilles.

— Mais oui, voyons!

Grace la considéra en haussant les sourcils.

— Vous n'ignorez pas, Mrs. Pitt, combien il est difficile de bien marier ses filles déjà en temps ordinaire. Un scandale comme celui-ci dans la famille, et votre tâche est quasiment impossible! Je n'aimerais pas que mon fils épouse quelqu'un dont la sœur a été... enfin...

Elle toussota délicatement et foudroya Charlotte du regard pour l'avoir forcée à formuler une réalité aussi obscène.

— En tout cas, je suis bien contente que mon fils soit déjà marié. Avec la fille de la marquise de Weybridge, une délicieuse enfant. Vous connaissez les Weybridge?

— Non.

Charlotte secoua la tête et, se méprenant sur son geste, le valet retira le plateau, la laissant avec la main tendue. Personne ne s'en aperçut, et elle baissa le bras.

— Non, je ne les connais pas.

Comme il n'existait pas de réponse polie à cela, Grace revint à leur sujet de départ.

— Les filles sont un tel souci, tant qu'on ne les a pas mariées. Ma chère, fit-elle avec un geste à l'adresse d'Emily, j'espère que vous n'aurez que des garçons : c'est tellement plus solide. Le monde accepte les faiblesses des hommes ; on nous apprend à composer avec elles. Mais une femme faible est rejetée par la société. Pauvre Fanny, puisse-t-elle reposer en paix. Bon, ma chère, il faut que j'aille voir Phoebe. Elle m'a l'air très mal en point. Je vais essayer de la réconforter.

— Mais c'est monstrueux ! éclata Charlotte dès qu'ils se furent éloignés. A l'entendre, Fanny était allée courir la gueuse !

— Charlotte ! l'interrompit Emily d'un ton tranchant. Pour l'amour du ciel, n'emploie pas ce langage ici ! Et de toute façon, seuls les hommes vont courir la gueuse.

— Tu sais très bien ce que je veux dire ! C'est impardonnable. Cette fille est morte, abusée et assassinée dans sa propre rue, et eux, ils parlent mariage et qu'en-dira-t-on. C'est écœurant !

— Chut !

Emily l'agrippa par la main, lui meurtrissant la chair.

— Les gens vont t'entendre et ne comprendront pas.

Elle esquissa un sourire plus forcé que charmeur à la vue de Selena. A côté d'elle, George prit une profonde inspiration qu'il exhala dans un soupir.

— Hello ! Emily, lança Selena d'un ton enjoué. Tous mes compliments. A vous voir, on ne dirait pas à quel point cette épreuve doit être pénible pour vous. Sincèrement, j'admire votre courage.

Elle était beaucoup plus petite que Charlotte ne l'aurait cru, huit à dix pouces de moins que George. Elle le considéra à travers ses cils.

Il laissa échapper une remarque banale. Ses pommettes avaient légèrement rosi.

Charlotte regarda Emily et vit son visage se crisper. Pour une fois, Emily ne trouvait rien à répondre.

— Nous aussi, nous sommes en admiration devant vous.

Charlotte fit face à Selena.

— Vous vous en tirez remarquablement. Vraiment, si je ne vous savais pas aussi affligée, je jurerais que vous êtes d'une humeur joyeuse.

Emily étouffa une exclamation, mais Charlotte ne fit pas attention à elle. George se dandina d'un pied sur l'autre.

Le visage de Selena se colora ; néanmoins, elle choisit ses mots avec soin.

— Ah, Mrs. Pitt, si vous me connaissiez mieux, vous ne me jugeriez pas aussi durement. Car j'ai le cœur le plus tendre qui soit. N'est-ce pas, George ?

A nouveau, elle leva sur lui ses yeux immenses.

— Dites à Mrs. Pitt que je ne suis pas quelqu'un de froid. Vous savez bien que ce n'est pas vrai !

— Je... je suis sûr qu'elle ne le pense pas.

George était visiblement mal à l'aise.

— Elle voulait juste dire que... euh... que vous vous comportez admirablement.

Selena sourit à Emily, pétrifiée.

— Je n'aimerais pas qu'on me croie insensible, ajouta-t-elle en guise de touche finale.

Charlotte se rapprocha d'Emily pour la protéger contre la menace qu'elle devinait clairement, se profilant dans les yeux ensorcelants de Selena.

— Je suis flattée que vous accordiez tant de crédit à mon opinion, dit-elle avec froideur.

Elle aurait voulu sourire, mais elle n'avait jamais été bonne comédienne.

— Je vous promets de ne pas porter de jugements

hâtifs. Je ne doute pas que vous soyez capable d'une grande...

Elle regarda Selena bien en face pour lui montrer qu'elle avait choisi ce mot délibérément, avec toute sa palette de nuances.

— ... d'une grande générosité !

— Je vois que vous êtes venue sans votre mari !

La réponse de Selena cingla, immédiate et venimeuse.

Cette fois, Charlotte sourit. Elle était fière de la profession de Thomas, même si elle savait que cela lui vaudrait le mépris des autres.

— Oui, il est occupé ailleurs. Il a beaucoup à faire.

— Quelle malchance, murmura Selena, mais sans conviction.

La satisfaction l'avait désertée.

Peu après cela, Charlotte eut l'occasion de rencontrer Algernon Burnon. Elle lui fut présentée par Phoebe Nash dont le chapeau se tenait enfin droit, même si sa coiffure manifestait encore des signes de malaise. Charlotte connaissait bien cette sensation : une ou deux épingles de travers, et on avait l'impression que le poids de la chevelure s'accrochait à votre tête avec des ongles.

Algernon s'inclina légèrement, geste de courtoisie que Charlotte trouva quelque peu déconcertant. Il paraissait plus soucieux de son bien-être à elle que du sien. Elle s'attendait à des démonstrations de chagrin, or il s'enquérait de sa santé, lui demandant si elle ne souffrait pas trop de la chaleur.

Elle ravala les condoléances qu'elle avait sur le bout de la langue et s'efforça de répondre de la manière la plus cohérente possible. Peut-être jugeait-il la cérémonie trop pénible et était-il content de parler à quelqu'un qui n'avait pas connu Fanny. Les apparences étaient quelquefois si trompeuses!

Elle pataugeait, trop consciente de ses liens avec Fanny et trop absorbée par ses propres idées confuses : avait-il réellement aimé Fanny, était-ce un mariage arrangé, auquel cas était-il soulagé d'avoir recouvré sa liberté? Elle entendait à peine ce qu'il lui disait, même si, inconsciemment, elle avait noté qu'il s'exprimait avec l'aisance d'un homme cultivé.

— Je suis désolée, s'excusa-t-elle.

Elle ignorait totalement de quoi il venait de parler.

— Peut-être que Mrs. Pitt trouve notre buffet un peu insolite... comme moi?

Charlotte fit volte-face et vit le Français à deux pas d'elle; ses beaux yeux intelligents dissimulaient un sourire.

Elle ne savait pas très bien ce qu'il entendait par là. Il n'avait tout de même pas deviné le cours de ses pensées... ou bien pensait-il la même chose qu'elle, avait-il des certitudes? L'honnêteté était le seul refuge sûr.

— Je ne suis pas à même d'en juger, répliqua-t-elle. Je ne connais guère les usages en la matière.

Si Algernon avait perçu l'ambiguïté de sa réponse, il n'en laissa rien paraître.

— Mrs. Pitt, puis-je vous présenter M. Paul Alaric? fit-il d'un ton léger. Je ne crois pas que vous l'ayez déjà rencontré. Mrs. Pitt est la sœur de Lady Ashworth, expliqua-t-il.

Alaric s'inclina imperceptiblement.

— Je sais parfaitement qui est Mrs. Pitt.

Son sourire démentait ce qu'il aurait pu y avoir d'abrupt dans ses paroles.

— Imaginez-vous que quelqu'un comme elle puisse se manifester dans Paragon Walk sans qu'on en parle ? Je regrette seulement que ce soit une occasion tragique qui nous a réunis.

C'était ridicule, mais elle se sentit s'empourprer sous son regard tranquille. Malgré toute sa grâce, il était étonnamment direct, comme si son intelligence pouvait percer le masque poli et inexpressif de Charlotte et entrevoir le tumulte de ses émotions. Il la contemplait sans malveillance aucune, mais avec curiosité et un soupçon d'ironie.

Elle se ressaisit vivement. Ce devaient être la chaleur et la cérémonie qui l'avaient fatiguée au point de la rendre aussi sotte.

— Comment allez-vous, *monsieur*[1] Alaric ? dit-elle avec raideur. Oui, c'est bien malheureux qu'on ait souvent besoin d'une tragédie pour remettre de l'ordre dans notre existence.

L'ombre d'un sourire joua délicatement sur ses lèvres.

— Vous avez l'intention de mettre de l'ordre dans mon existence, Mrs. Pitt ?

La chaleur lui brûla le visage. Plût au ciel que cela ne se voie pas derrière le voile.

— Vous... vous vous méprenez, monsieur. Je parlais des drames de la vie. Notre rencontre est certainement sans importance.

— Quelle modestie, Mrs. Pitt !

Selena parut, l'air animé, auréolée de mousseline de soie noire.

— A voir votre magnifique robe, j'aurais cru le contraire. Dites-moi, préfère-t-on le bleu lavande

---

1. En français dans le texte. *(N.d.T.)*

chez vous en période de deuil ? Évidemment, c'est tellement plus facile à porter que le noir !

— Ma foi, je vous remercie.

Charlotte esquissa un sourire forcé qui, craignit-elle, ressemblait davantage à une grimace. Elle examina Selena de la tête aux pieds.

— Oui, vous avez sûrement raison. Vous aussi, vous trouveriez cette couleur flatteuse, à n'en pas douter.

— Je ne vais pas d'enterrement en enterrement, Mrs. Pitt, en dehors des gens que je connais, siffla Selena, fielleuse. Je ne pense pas que j'en aurai à nouveau besoin, avant que ce style ne soit complètement démodé.

— Pas plus d'un enterrement par saison, en quelque sorte, murmura Charlotte.

Pourquoi cette femme lui était-elle aussi antipathique ? Se laissait-elle influencer par les craintes d'Emily ou bien par son propre instinct ?

Jessamyn vint vers eux, pâle, mais parfaitement maîtresse d'elle-même. Alaric se tourna vers elle, et le visage de Selena se figea momentanément dans une expression haineuse qui s'effaça aussitôt. Elle prit la parole précipitamment, devançant Alaric.

— Chère Jessamyn, c'est une épreuve terrible pour vous. Vous devez être anéantie, et pourtant vous avez tenu bon. La cérémonie a été tellement digne !

— Merci.

Jessamyn accepta le verre qu'Alaric prit sur le plateau du valet qui attendait et but délicatement.

— La pauvre Fanny repose en paix. Je devrais sans doute m'y résigner, mais je n'y arrive pas. Je trouve ça monstrueusement injuste. Ce n'était qu'une enfant, l'innocence même. Elle ne savait même pas flirter ! Pourquoi elle, précisément ?

Ses paupières s'abaissèrent légèrement, voilant ses grands yeux clairs ; elle ne regardait pas vraiment Selena, mais un mouvement imperceptible de son épaule, une inclinaison de son corps semblaient s'adresser à elle.

— Il y a des êtres tellement... tellement mieux... placés !

Charlotte la dévisagea, bouche bée. La haine entre les deux femmes était si palpable qu'il était impossible que Paul Alaric ne se fût rendu compte de rien. Debout dans une pose élégante, un léger sourire aux lèvres, il répondit par une banalité, mais il devait être aussi mal à l'aise que Charlotte. Ou alors y prenait-il plaisir ? Était-il flatté, émoustillé par l'idée qu'on se batte pour lui ? Cette pensée l'affecta : elle le voulait au-dessus d'une aussi basse vanité, embarrassé comme elle l'était elle-même.

Soudain, tandis qu'elle digérait les paroles de Jessamyn — « ... des êtres tellement mieux placés » —, une autre pensée la frappa. C'était, bien sûr, une pierre dans le jardin de Selena, mais se pouvait-il que le violeur eût été attiré justement par l'innocence de Fanny ? Peut-être en avait-il assez des femmes du monde qui n'étaient que trop disponibles. Il voulait une vierge, effrayée et qui aurait résisté, afin qu'il puisse la dominer. C'était peut-être ce qui l'excitait, lui fouettait le sang, le contact et l'odeur de la peur !

Cette pensée était révoltante, mais enfin, la violence secrètement perpétrée dans le noir, l'humiliation, la lame symbolique du couteau, le sang, la douleur, la vie qui s'en va... tout cela était révoltant également. Elle ferma les yeux. Seigneur Dieu, pourvu que cela n'ait rien à voir avec Emily ! Pourvu que George n'ait pas d'autres défauts que la désinvolture, la bêtise, la fatuité !

La conversation se poursuivait en dehors d'elle, et elle n'entendait même pas ce qui se disait. Elle n'avait conscience que de l'atmosphère chargée d'hostilité et de l'élégante tête brune d'Alaric, tandis qu'il les écoutait à demi, tantôt l'une, tantôt l'autre. Curieusement, Charlotte eut l'impression qu'il l'observait ; son regard entendu la troubla et l'encouragea en même temps.

Emily la rejoignit. Elle paraissait très fatiguée, et Charlotte décida qu'elle était restée debout depuis trop longtemps déjà. Elle allait lui suggérer de rentrer quand elle vit, derrière sa sœur, Hallam Cayley, le seul homme que la mort de Fanny semblait avoir touché au-delà des apparences que le bon ton commandait de respecter. Il faisait face à Jessamyn, mais d'un air absent, comme s'il ne la voyait pas. En fait, la pièce entière, éclaboussée de lumière filtrant par les stores à demi baissés, avec sa table vernie jonchée de restes et ses silhouettes noires massées par petits groupes et parlant à voix basse, semblait lui échapper totalement.

Jessamyn l'aperçut elle aussi. Son expression changea ; elle avança une lippe pulpeuse, et ses pommettes se contractèrent imperceptiblement. L'espace d'un instant, son visage parut se figer. Puis Selena s'adressa à Alaric en souriant, et Jessamyn se retourna vers eux.

Charlotte regarda Emily.

— N'avons-nous pas sacrifié à tous les rites nécessaires ? Je veux dire, on peut bien rentrer maintenant, non ? On étouffe ici, et tu dois être fatiguée.

— Pourquoi, j'en ai l'air ?

Charlotte mentit aussitôt et sans réfléchir :

— Pas du tout. Mais autant partir avant qu'on en arrive là. Moi, je commence à faiblir.

— Je croyais que tu allais t'amuser à essayer de résoudre l'énigme.

Une note d'acrimonie perçait dans la voix d'Emily. Elle était réellement fatiguée. La peau sous ses yeux était devenue transparente.

Charlotte fit mine de n'avoir rien remarqué.

— Je ne pense pas avoir appris grand-chose, à part ce que tu m'as déjà dit... que Jessamyn et Selena se détestent à cause de M. Alaric, que Lord Dilbridge est très libéral dans ses goûts et que Lady Dilbridge aime bien porter sa croix. Que les Nash ne sont pas très sympathiques, tous autant qu'ils sont. Ah oui, et qu'Algernon se comporte avec beaucoup de dignité.

— Moi, je t'ai dit tout ça ? fit Emily avec un pâle sourire. A mon avis, c'était plutôt tante Vespasia. Mais nous pouvons rentrer. J'avoue que j'en ai assez. Cette histoire m'affecte bien plus que je ne l'aurais cru. Je n'avais pas une très haute opinion de Fanny de son vivant, mais maintenant, je ne puis m'empêcher de penser à elle. C'est son enterrement, et tu sais quoi, on n'a pratiquement pas parlé d'elle !

C'était un constat triste et pathétique, mais néanmoins juste. Ils avaient discuté des effets de sa mort, de leurs propres sentiments, mais personne n'avait mentionné Fanny elle-même. Perdue, le cœur au bord des lèvres, Charlotte suivit Emily là où George semblait plus ou moins les attendre. Lui aussi avait l'air pressé de partir. Tante Vespasia était absorbée dans une conversation avec un homme aussi âgé qu'elle; comme ils habitaient à cent mètres, elle pouvait bien rentrer quand elle l'aurait décidé.

Ils trouvèrent Afton et Phoebe plongés dans un échange décousu de condoléances réciproques avec Algernon. A l'approche de George, tous les trois se turent.

— Vous partez? s'enquit Afton.

Son regard glissa sur Emily, puis sur Charlotte.

L'estomac noué, Charlotte eut instantanément envie d'être déjà dehors. Il fallait cependant se contenir et prendre congé avec courtoisie. Après tout, cet homme-là devait être sous pression.

George marmonna quelque chose à l'adresse de Phoebe, une politesse rituelle à propos de l'hospitalité.

— C'est très gentil à vous, répondit-elle machinalement, la voix haute et tendue.

Ses mains, remarqua Charlotte, étaient crispées sur les plis de sa jupe.

— Ne soyez pas ridicule, siffla Afton. La plupart des gens sont ici non par gentillesse, mais par simple curiosité. En matière de scandale, le viol l'emporte largement sur l'adultère. D'ailleurs, l'adultère est devenu si courant qu'à moins d'une circonstance particulièrement croustillante, ce n'est même plus la peine d'en parler.

Incapable de trouver une réponse, Phoebe rougit avec gêne.

— Moi, je suis venue par affection pour Fanny, rétorqua Emily, le toisant avec froideur. Ainsi que pour Phoebe!

Afton inclina légèrement la tête.

— Je suis sûr qu'elle vous en saura gré. Si vous passez la voir un de ces jours, elle vous régalera certainement de l'exposé de ses sentiments intimes. Elle est tout à fait convaincue qu'un détraqué la guette dans les parages, prêt à bondir sur elle pour la violenter à son tour.

— Je vous en prie !

Rouge comme une pivoine, Phoebe le tira par la manche.

— Vous aurais-je mal comprise ? fit-il sans baisser la voix, les yeux rivés sur George. A votre manière de batifoler hier soir, j'ai cru que vous suspectiez sa présence sur le palier du premier. Vous étiez tellement serrée dans votre peignoir, j'ai eu peur que vous ne vous étrangliez en faisant un faux mouvement. Pourquoi diantre avoir appelé le valet, ma chère ? Ou est-ce une question à ne pas poser devant les autres ?

— Je n'ai pas appelé le valet. Je... j'ai juste... enfin, le vent a fait bouger le rideau. J'ai été surprise et j'ai...

Elle était cramoisie à présent, et Charlotte imagina aisément à quel point elle devait se sentir stupide, comme si toute l'assistance pouvait la voir, effrayée et les vêtements de nuit en désordre. Elle chercha une réplique percutante pour sa défense, un trait acéré à décocher à Afton, mais rien ne vint.

Ce fut Fulbert qui parla, indolemment, un lent sourire aux lèvres. Il passa un bras autour de Phoebe, mais son regard était sur Afton.

— Vous n'avez rien à craindre, ma chère. Ce que vous faisiez ne concerne que vous.

Son visage se creusa, comme animé d'une hilarité cachée.

— Je doute que ce soit l'un de vos valets, mais même si c'était le cas, il ne commettrait sûrement pas l'imprudence de vous agresser sous votre propre toit. Et vous avez plus de chance que les autres femmes du quartier... au moins, vous savez parfaitement que ce n'est pas Afton. Nous le savons tous !

Il sourit à George.

— Plût au ciel que le reste d'entre nous soit pareillement au-dessus de tout soupçon !

George cligna des yeux : il n'avait pas vraiment saisi l'allusion, mais sa cruauté déguisée ne lui avait pas échappé.

Instinctivement, Charlotte se tourna vers Afton. Elle ignorait totalement la raison de la haine froide, implacable, qui flamba dans ses yeux, mais le choc qu'elle ressentit lui donna la nausée. Elle eut envie de se cramponner au bras d'Emily, de toucher quelque chose de chaud, d'humain, puis de s'enfuir de cette pièce aux reflets de crêpe noir à l'air libre, dans la verdure de l'été, et de rentrer en courant chez elle, dans sa petite rue poussiéreuse et étroite avec ses marches blanchies à la chaux, ses maisons agglutinées les unes aux autres et ses femmes qui travaillaient toute la journée.

5

Charlotte avait hâte que Pitt rentre à la maison. Elle avait répété une douzaine de fois ce qu'elle allait lui dire, et chaque fois ce fut différent. Elle en oublia complètement de faire la poussière sur les étagères et de saler les légumes. Elle donna à Jemima deux portions de pudding, à la grande joie de l'enfant, mais au moins sa fille avait été changée et dormait à poings fermés lorsque Pitt arriva enfin.

Il avait l'air fatigué. Son premier geste fut d'ôter ses bottes et de vider ses poches des innombrables objets qui s'y étaient accumulés durant la journée. Elle lui apporta une boisson fraîche, déterminée à ne pas commettre la même erreur que la veille.

— Comment va Emily? demanda-t-il au bout d'un moment.

— Ça va à peu près.

Elle retint presque son souffle pour ne pas vider son sac d'un trait.

— C'était horrible, ce matin. Je suppose qu'au fond d'eux-mêmes ils ressentent la même chose que nous, mais rien ne transparaît. C'était complètement... vide.

— Ont-ils parlé d'elle... de Fanny?

— Non ! dit-elle en secouant la tête. Absolument pas. On savait à peine qui on enterrait. J'espère que, quand je mourrai, les gens qui seront là ne parleront que de moi.

Il sourit soudain, d'un grand sourire enfantin.

— Ils auront beau faire, ma chérie, ce sera quand même beaucoup trop calme sans vous !

Elle chercha des yeux quelque chose d'inoffensif à lui lancer à la tête, mais elle n'avait que la cruche de citronnade sous la main, trop lourde, et, de toute façon, ils n'avaient pas les moyens de la remplacer. Elle se contenta donc de faire la grimace.

— N'avez-vous rien appris ? questionna-t-il.

— Je ne le crois pas. Seulement ce qu'Emily m'avait déjà dit. J'ai eu un tas d'impressions bizarres, mais j'ignore ce qu'elles signifient, ou s'il faut leur chercher une signification. J'avais des quantités de choses à vous raconter avant votre arrivée, mais je ne retrouve plus le fil. Les Nash sont tous antipathiques, sauf peut-être Diggory. Je n'ai pas vraiment eu l'occasion de faire sa connaissance, mais il a mauvaise réputation. Selena et Jessamyn se détestent, mais ça n'a rien à voir : c'est à cause d'un Français beau comme un dieu. Les seuls apparemment à avoir du chagrin étaient Phoebe — elle avait l'air blanche comme un linge et réellement émue — et un dénommé Hallam Cayley. Mais je ne sais pas s'il pleurait la mort de Fanny ou celle de sa femme, qu'il a perdue récemment.

Tout ce qui lui avait paru tellement significatif dans le tumulte de ses sentiments ne valait plus rien maintenant qu'elle tentait de le traduire en paroles. Cela paraissait si frivole, si éphémère qu'elle en eut un peu honte. Elle, femme de policier, aurait dû lui rapporter des faits concrets. Comment pouvait-il résoudre les crimes si tous les témoignages étaient aussi nébuleux que le sien ?

Il soupira et, se levant, s'approcha en chaussettes de l'évier. Il fit couler l'eau froide sur ses mains, puis s'en aspergea le visage. Il tendit les mains, et Charlotte lui apporta la serviette.

— Ne vous inquiétez pas, dit-il en la lui prenant. Je ne m'attendais pas à découvrir quoi que ce soit là-bas.

— Vous ne vous attendiez pas... ? répéta-t-elle, confuse. Parce que vous étiez là ?

Il s'essuya le visage et la regarda par-dessus la serviette.

— Pas pour les besoins de l'enquête... juste... parce que j'en avais envie.

Elle sentit sa gorge se nouer et les larmes lui picoter les yeux. Elle ne l'avait même pas vu, trop occupée à observer les autres et à se demander à quoi elle ressemblait dans la robe de tante Vespasia.

Au moins, quelqu'un était venu là spécialement pour Fanny, quelqu'un qui déplorait sincèrement sa mort.

Emily n'avait personne à qui faire part de ses sentiments. Tante Vespasia jugeait ce type de préoccupations mauvais pour elle. Cela donnerait un bébé mélancolique, disait-elle. Et George ne voulait même pas en entendre parler. En fait, il se mettait en grands frais pour éviter d'aborder le sujet.

Le voisinage tout entier semblait décidé à oublier cet épisode, comme si Fanny était simplement partie en vacances et devait rentrer d'un jour à l'autre. L'existence reprit son cours normal, dans les limites de la bienséance : ainsi, on continua à porter des tenues sobres ; le contraire eût été une faute de goût. Cependant, par un accord tacite, on considérait qu'une stricte observance du deuil rappelait trop les circonstances scabreuses de cette mort : ce serait donc vulgaire, voire insultant pour certains.

La seule exception, c'était Fulbert Nash qui ne reculait jamais devant l'insulte. Parfois même, il y prenait positivement plaisir. Il distillait ses insinuations rusées, subtiles, sur presque tout le monde. Rien de significatif, pas de quoi le confronter directement ; néanmoins, une rougeur subite prouvait qu'il avait visé juste. Peut-être faisait-il allusion à quelques vieux secrets : il y en avait forcément, dont on avait honte ou que l'on ne tenait pas à divulguer à ses voisins. Ces secrets n'étaient probablement pas tant coupables que tout simplement ridicules. Mais personne n'avait envie de devenir un objet de risée ; d'aucuns se donnaient même énormément de peine pour y échapper. Le ridicule pouvait être aussi fatal pour les ambitions sociales que la révélation de n'importe quel péché véniel.

Une semaine avait passé depuis l'enterrement, et la chaleur n'était toujours pas retombée, quand Emily se décida finalement à aller voir Charlotte pour lui demander ce que faisait la police. Il y avait eu d'autres interrogatoires, principalement des domestiques, mais si quelqu'un était suspecté ou bien définitivement blanchi, elle n'en avait pas eu vent.

Après avoir expédié un mot à Charlotte la veille pour la prévenir de sa visite, elle mit une robe de mousseline vieille d'un an et fit demander son équipage. En arrivant, elle dit au cocher de tourner au coin de la rue et d'attendre deux heures pile avant de revenir la chercher.

Elle trouva Charlotte prête à la recevoir et occupée à préparer le thé. La maison était plus petite que dans son souvenir, et les tapis paraissaient plus usés, mais elle avait l'air habitée, et cela lui conférait un certain charme, agrémenté d'une odeur de cire et de roses.

Assise par terre, Jemima roucoulait dans son coin en édifiant une tour précaire avec des cubes de couleur. Dieu merci, apparemment elle allait tenir davantage de Charlotte que de Pitt !

Après les salutations d'usage, tout à fait sincères — dernièrement, Emily en était venue à apprécier de plus en plus l'amitié de Charlotte —, elle passa directement aux nouvelles de Paragon Walk.

— Plus personne n'en parle ! déclara-t-elle fougueusement. En tout cas, pas à moi. Comme s'il n'était rien arrivé. C'est comme à table, quand quelqu'un émet un bruit inconvenant... un moment de silence gêné, puis la conversation reprend un ton au-dessus, histoire de montrer qu'on n'a rien remarqué.

— Et les domestiques, ne causent-ils pas ? demanda Charlotte, s'affairant avec la bouilloire. En général, ils discutent de ces choses-là entre eux. A l'insu du majordome. Maddock n'était jamais au courant, lui.

Un instant, le souvenir de Cater Street lui revint clairement en mémoire.

— Mais interroge une femme de chambre, et elle te racontera tout.

— Je n'y avais pas pensé, avoua Emily.

Quelle négligence stupide ! A Cater Street, elle n'aurait pas attendu Charlotte pour le faire.

— A mon avis, je vieillis. La plupart du temps, maman en savait deux fois moins que nous. Ils avaient tous peur d'elle. Peut-être que mes femmes de chambre me craignent. Et elles sont terrorisées par tante Vespasia!

Cela, Charlotte voulait bien le croire. La personnalité de tante Vespasia mise à part, parmi ceux qui s'efforçaient de grimper dans l'échelle sociale, nul n'était plus impressionné par un titre de noblesse que la femme de chambre type. Évidemment, il y avait des exceptions, celles qui percevaient la futilité et les défauts derrière la façade policée. Mais outre leur perspicacité, ces servantes-là étaient suffisamment conscientes de leur intérêt pour garder leurs opinions pour elles. Et puis, il y avait la question de la loyauté. Un bon domestique considérait son maître ou sa maîtresse presque comme une extension de lui-même, sa propriété, la marque de son propre statut dans la hiérarchie.

— Oui, fit-elle à voix haute. Essaie donc ta femme de chambre personnelle. Elle t'a déjà vue sans ton corset ou tes cheveux frisés. C'est elle que tu as le moins de chances d'intimider.

— Charlotte!

Emily posa bruyamment le pot de lait sur le banc.

— Tu dis de ces choses!

C'était une allusion indigne et embarrassante, surtout à sa prise de poids.

— En un sens, tu ne vaux pas mieux que Fulbert!

Elle inspira brusquement. Effrayée par le bruit, Jemima se mit à pleurnicher. Emily pivota, la souleva de terre et la fit sautiller dans ses bras jusqu'à ce qu'elle se remette à gazouiller.

— Charlotte, il se conduit atrocement : il lance de

petites piques à l'adresse des gens, rien qui ressemble réellement à une accusation, mais à leur figure, on comprend qu'ils savent de quoi il parle. Et lui, il ricane intérieurement. Ça, j'en ai la certitude.

Charlotte versa l'eau sur le thé et remit le couvercle. La nourriture était déjà sur la table.

— Tu peux la reposer maintenant, dit-elle en désignant Jemima. Elle se débrouillera toute seule. Ne la gâte pas trop, ou elle réclamera tout le temps qu'on s'occupe d'elle. A qui en veut-il ?

— A tout le monde !

Docilement, Emily installa Jemima à côté de ses cubes. Charlotte lui donna un petit morceau de tartine beurrée qu'elle prit avec délectation.

— Et à tous, il parle de la même chose ? s'étonna Charlotte. Je ne vois pas vraiment l'intérêt.

Elles s'assirent en attendant que le thé infuse.

— Non, de choses différentes. Même à Phoebe ! Tu imagines ? Il a laissé entendre que Phoebe avait commis quelque chose de honteux et qu'un jour tout son entourage serait au courant. Il n'y a pas plus innocente que Phoebe ! Je la trouve carrément sotte par moments. Je me demande souvent pourquoi elle ne rend pas à Afton la monnaie de sa pièce. Ce ne sont pas les occasions qui manquent. Il est d'une grossièreté quelquefois ! Je ne dis pas qu'il la frappe, non.

Son visage pâlit.

— Du moins, je l'espère.

Charlotte se figea en repensant à Afton, à son regard froidement scrutateur, à l'impression de mépris, d'ironie amère qui se dégageait de lui.

— Si c'est quelqu'un du voisinage, dit-elle avec ferveur, je souhaite sincèrement que ce soit lui... et qu'on le démasque !

— Moi aussi, acquiesça Emily. Mais ça m'étonnerait. Fulbert est convaincu que ce n'est pas lui. Il ne cesse de le répéter : il s'en repaît comme s'il savait quelque chose d'horrible et qui l'amuse.

— C'est peut-être vrai.

Charlotte fronça les sourcils, essayant vainement de cacher ses pensées. Elle ne put toutefois s'empêcher de les exprimer tout haut.

— Il sait peut-être qui c'est... et donc que ce n'est pas Afton.

— C'est trop dégoûtant, répliqua Emily en secouant la tête. Ce doit être un domestique, quelqu'un que les Dilbridge avaient engagé pour la réception. Songe à tout cet attroupement de cochers inconnus, qui n'ont rien d'autre à faire qu'à attendre. L'un d'eux a dû boire un verre de trop et, sous l'emprise de l'alcool, perdre le contrôle de lui-même. Il se peut que, dans le noir, il ait pris Fanny pour une petite bonne. Et quand il s'est aperçu de son erreur, il a été obligé de la poignarder pour l'empêcher de le dénoncer. Les cochers ont souvent un couteau sur eux, pour trancher les harnais si jamais ils s'emmêlent, ou enlever les cailloux qui se prennent dans les sabots des chevaux.

Elle s'anima, fière de l'excellence de son raisonnement.

— Du reste, aucun des hommes vivant à Paragon Walk, aucun d'entre nous, j'entends, ne se promène avec un couteau sur lui, ne crois-tu pas ?

Charlotte la contempla, un sandwich soigneusement découpé à la main.

— Sauf s'il avait déjà décidé de tuer Fanny.

Une vague de nausée qui n'avait rien à voir avec son état submergea Emily.

— Mais enfin, pourquoi elle ? Je comprendrais si c'était Jessamyn. Tout le monde est jaloux de sa beauté. On ne la voit jamais s'énerver ou perdre ses moyens. Ou même Selena... mais personne n'aurait pu haïr Fanny... je veux dire... il n'y avait vraiment pas de quoi !

Charlotte fixait son assiette.

— Je ne sais pas.

Emily se pencha en avant.

— Et Thomas, qu'en pense-t-il ? Qu'a-t-il appris ? Il a dû t'en parler, puisque ça nous concerne.

— A mon avis, il n'a pas appris grand-chose, répondit Charlotte, accablée. Sinon que ce n'est visiblement pas un domestique du quartier. Ils ont tous un parfait alibi, et aucun d'eux n'a apparemment un passé trouble. C'est normal, non ? Autrement, ils ne seraient pas employés à Paragon Walk.

De retour chez elle, Emily voulut parler à George, mais elle ne savait par où commencer. Tante Vespasia était sortie, et George était dans la bibliothèque, assis les pieds surélevés, les portes du jardin ouvertes et un livre à l'envers sur les genoux.

En l'entendant, il leva les yeux et posa son livre sur la table.

— Comment va Charlotte ?

— Bien, dit-elle, légèrement étonnée.

Il aimait bien Charlotte, mais d'une façon distraite, de loin. Après tout, il la voyait rarement. Alors, pourquoi ce soudain intérêt ?

— A-t-elle parlé de Pitt ? poursuivit-il, se redressant, sans la quitter des yeux.

Ce n'était donc pas Charlotte. C'était le meurtre et la situation à Paragon Walk qui l'intéressaient. Elle eut l'impression de vivre un intense moment de vérité, comme lorsqu'on sent venir le coup, mais qu'il ne s'est pas encore matérialisé. La douleur n'est pas encore tout à fait présente, mais on la perçoit déjà comme si elle était là. Le cerveau l'a déjà enregistrée. George avait peur.

Elle ne pensait certes pas qu'il avait tué Fanny ; jamais, dans les pires instants, elle n'avait cru cela de lui. Elle ne le sentait pas capable d'une telle violence ni, pour être honnête, d'une intensité passionnelle susceptible de déclencher pareil cataclysme. A dire la vérité, il n'était pas sujet aux passions. D'un caractère facile, il cherchait avant tout à plaire. Ses péchés les plus graves étaient l'indolence et un égoïsme involontaire, quasi enfantin. La souffrance le rebutait : il la fuyait et, dans la mesure où il en avait l'énergie, tâchait de l'épargner aux autres. Il avait toujours été riche sans avoir à se battre pour subvenir à ses besoins ; sa générosité frisait la prodigalité. Il avait offert à Emily tout ce qu'elle pouvait désirer, et ce de bon cœur.

Non, elle ne croyait pas un instant qu'il ait pu tuer Fanny... ou alors dans un moment de panique, et il se serait dénoncé sur-le-champ, terrorisé comme un enfant.

Le coup qu'elle sentait venir était dû à autre chose que Pitt découvrirait au cours de l'enquête, quelque incartade irréfléchie, pas forcément dirigée contre Emily, juste un plaisir cueilli en passant, au gré d'une envie. Selena... ou une autre ? Au fond, peu importait qui c'était.

Curieusement, tout cela, elle l'avait prévu quand elle l'avait épousé, prévu et accepté. Pourquoi s'y attacher maintenant ? A cause de son état ? On l'avait prévenue que cela risquait de la rendre hypersensible, prompte à verser des larmes. Ou bien en était-elle venue à aimer George plus qu'elle ne l'aurait cru ?

Il la regardait, attendant la réponse à sa question.

— Non, dit-elle en évitant son regard. Apparemment, la plupart des domestiques ont un alibi, mais c'est tout.

— Alors que diable fabrique-t-il ? explosa George, la voix stridente. Ça va faire bientôt deux semaines, bon sang ! Pourquoi n'a-t-il pas trouvé le coupable ? Même s'il ne peut pas l'arrêter, faute de preuves, il devrait au moins déjà savoir qui c'est !

Elle s'apitoya sur lui — parce qu'il avait peur —, mais aussi sur elle-même. Elle était également en colère, car n'étaient-ce sa conduite irresponsable, ses lubies auxquelles il n'avait nul besoin de sacrifier, il n'aurait rien eu à craindre de Pitt.

— Je n'ai vu que Charlotte, répondit-elle avec une certaine raideur, pas Thomas. Et même si je l'avais croisé, j'aurais pu difficilement lui demander ce qu'il faisait. Ce ne doit pas être facile de trouver un assassin quand on ne sait pas du tout par quoi commencer et que personne n'est capable de vous fournir un alibi.

— Nom d'un chien ! fit-il, désemparé. J'étais à mille lieues d'ici. Quand je suis rentré, c'était déjà fini, terminé. Je n'aurais pu rien faire, rien voir.

— Alors pourquoi vous mettre dans cet état ?

Elle ne le regardait toujours pas en face.

Il y eut un silence. Lorsqu'il parla, ce fut d'une voix plus calme, empreinte de lassitude.

— Je n'aime pas qu'on enquête sur moi. Je n'aime pas qu'on interroge la moitié de Londres à mon sujet, et que tout le monde sache qu'il y a un violeur et un assassin dans ma rue. Je n'aime pas l'idée qu'il soit toujours en liberté, qui qu'il soit. Et, par-dessus tout, je n'aime pas penser que ce pourrait être l'un de mes voisins, quelqu'un que je connais, que j'estime peut-être, depuis des années.

Comment ne pas le comprendre ? Naturellement, George était sous le choc. Il fallait être totalement insensible, voire stupide, pour demeurer indifférent à ce drame. Elle se retourna et lui sourit, enfin.

— C'est dur pour tout le monde, dit-elle doucement. Et nous avons tous peur. Mais cela risque de prendre du temps. Si c'est un cocher ou un valet, il ne sera pas facile à retrouver, et si c'est l'un d'entre nous... il doit avoir plus d'un tour dans son sac pour ne pas se faire remarquer. Si nous avons vécu tant d'années à ses côtés sans nous douter de rien, comment voulez-vous que Thomas le découvre en l'espace de quelques jours ?

Il ne répondit pas. A vrai dire, il n'avait pas d'argument à lui opposer.

Malgré les événements tragiques, il y avait toujours certaines obligations mondaines à respecter. On ne renonçait pas à toute discipline simplement à cause d'un deuil, surtout si le deuil en question s'accompagnait de circonstances scabreuses. Il eût été inconvenant d'apparaître aux réceptions si tôt, mais les visites de l'après-midi, effectuées avec discrétion, c'était tout autre chose. Poussée par un intérêt que justifiait le sens du devoir, Vespasia alla voir Phoebe Nash.

Elle avait l'intention de lui exprimer sa sympathie. Elle déplorait sincèrement la mort de Fanny, même si l'idée de mourir ne l'affligeait plus comme au temps de sa jeunesse. Elle s'y était résignée comme on se résigne au fait de rentrer chez soi après une longue et brillante soirée. Puisque cela devait arriver, l'on pouvait même être déjà prêt, lorsque sonnait l'heure. Mais ce n'était certainement pas le cas de Fanny, la pauvre enfant.

Durant cette visite, sa patience se trouva mise à rude épreuve. Phoebe se montra plus incohérente encore qu'à l'ordinaire. On aurait dit qu'elle brûlait de lui faire une confidence, mais que les mots lui manquaient. Vespasia essaya tour à tour la sollicitude et le silence appréciateur, mais chaque fois, Phoebe se lançait dans une digression de dernière minute, tortillant son mouchoir jusqu'à ce qu'il ne fût même plus bon à fourrer une pelote à épingles.

Vespasia partit sitôt la mission accomplie, mais une fois dehors, sous le soleil aveuglant, elle ralentit le pas en réfléchissant à la cause du désarroi de Phoebe. La pauvre femme semblait incapable de fixer son attention sur quoi que ce soit pendant plus d'une minute.

Était-elle submergée de chagrin à ce point-là ? Elle ne lui avait jamais paru très proche de Fanny. Vespasia ne se rappelait qu'une douzaine d'occasions où elle les avait vues ensemble. Jamais Phoebe n'avait accompagné Fanny aux bals ou aux réceptions, pas une fois elle n'avait organisé une soirée pour elle, bien que ce fût sa première saison.

Soudain, une pensée nouvelle et très déplaisante lui vint à l'esprit, tellement hideuse qu'elle s'arrêta net au milieu de l'allée, sans remarquer le regard curieux de l'aide-jardinier.

Phoebe savait-elle quelque chose qui lui aurait

permis d'identifier le violeur et l'assassin de Fanny ? Aurait-elle vu, entendu quelque chose ? Ou, plus vraisemblablement, était-ce un épisode du passé qui l'aurait amenée à comprendre ce qui était arrivé, et à qui ?

Cette idiote allait bien en parler à la police ? C'était très joli, la discrétion. Sans elle, la société se désintégrerait, et, bien entendu, personne n'aimait avoir affaire à une réalité aussi sordide que la police. Néanmoins, il fallait se rendre à l'évidence. A la combattre, la soumission finale n'en serait que plus douloureuse... et inéluctable.

Et pourquoi Phoebe protégerait-elle un homme coupable d'un crime aussi atroce ? Par peur ? Cela ne tenait pas debout. Le moyen de défense le plus sûr était de partager ce genre de secret, afin qu'il ne meure pas avec vous.

Par amour ? C'était peu probable. Certainement pas pour Afton.

Par devoir ? Envers lui ou la famille Nash, peut-être même envers sa propre classe sociale, par une sorte de paralysie face au scandale. Être victime, c'était une chose — avec le temps, on n'y pensait plus — mais être un criminel, jamais !

Vespasia se remit en route, tête baissée, fronçant les sourcils. Tout cela n'était que spéculation : l'explication pouvait être tout autre, ne serait-ce que la simple crainte d'une enquête. Avait-elle un amant ?

En tout cas, une chose était certaine : Phoebe était littéralement terrifiée.

Rendre visite à Grace Dilbridge était inévitable ; c'était une corvée qui consistait à récriminer quasi rituellement contre les bizarreries des amis de Frederick, leurs incessantes réunions et les indignités que subissait Grace elle-même, étant exclue des jeux et autres activités inavouables qui se déroulaient dans le jardin d'hiver. Vespasia se surpassa en véhémence et s'excusa juste au moment où Selena Montague faisait son entrée, les yeux brillants, frémissante de vitalité. Elle entendit le nom de Paul Alaric avant même d'avoir franchi la porte et sourit intérieurement de la spontanéité de la jeunesse.

Il fallait aussi, évidemment, passer chez Jessamyn. Vespasia la trouva très calme ; elle n'était déjà plus en grand deuil. Ses cheveux brillaient au soleil qui entrait par les portes-fenêtres, et son teint avait la délicate carnation d'une fleur de pommier.

— Comme c'est gentil à vous, Lady Cumming-Gould, dit-elle poliment. Vous prendrez bien un rafraîchissement... thé ou citronnade ?

— Thé, s'il vous plaît, répondit Vespasia en s'asseyant. C'est toujours agréable, même par cette chaleur.

Jessamyn sonna la bonne et lui donna les instructions. Une fois la bonne partie, elle s'approcha gracieusement des fenêtres.

— J'aimerais tant qu'il fasse plus frais, dit-elle en contemplant l'herbe sèche et les feuilles poussiéreuses. Cet été me paraît interminable.

Rompue à l'art de la conversation, Vespasia avait une réplique toute prête en n'importe quelle circonstance ; cependant, derrière la contenance réservée de Jessamyn, à travers son corps rigide et délicat, elle perçut une violente émotion qu'elle ne sut définir avec précision. Cela semblait bien plus complexe qu'un chagrin ordinaire. Ou alors c'était Jessamyn elle-même qui était complexe.

Jessamyn se retourna et sourit.

— Serait-ce prémonitoire ?

Vespasia comprit aussitôt de quoi elle parlait. Elle songeait à l'enquête policière, et non à la période estivale. Jessamyn n'était pas femme à accepter les faux-fuyants : elle était beaucoup trop forte et trop intelligente.

— Vous n'y pensiez peut-être pas en le disant, répliqua Vespasia, la regardant droit dans les yeux, mais vous avez probablement raison. D'un autre côté, l'été pourrait céder imperceptiblement le pas à l'automne sans qu'on s'en rende compte : un beau matin, il va geler, et les premières feuilles tomberont.

— Et tout sera oublié.

Jessamyn s'éloigna de la fenêtre et revint s'asseoir.

— Ce ne sera plus qu'un drame du passé qu'on n'aura jamais vraiment élucidé. Pendant quelque temps, on fera attention aux serviteurs qu'on engage, mais cela aussi passera.

— Il y aura d'autres orages, rectifia Vespasia. On a toujours besoin d'un sujet de conversation. Une fortune gagnée ou perdue, un mariage mondain, un amant qu'on prend ou qu'on quitte.

La main de Jessamyn se crispa sur l'accoudoir brodé du canapé.

— C'est possible, mais je n'aime pas discuter de la vie privée des gens. C'est eux que ça regarde, pas moi.

Momentanément surprise, Vespasia se rappela n'avoir jamais entendu Jessamyn discourir sur la vie amoureuse ou conjugale d'autrui. Elle ne se souvenait que de discussions sur la mode, les réceptions et, à l'occasion, sur des sujets plus graves comme les affaires ou la politique. Le père de Jessamyn avait été extrêmement fortuné, mais, bien entendu, tout était allé à son jeune frère, seul descendant mâle. On disait à l'époque lointaine de la mort du vieil homme que le fils avait hérité l'argent, et Jessamyn, l'intelligence. D'après ce qu'elle avait entendu dire, c'était un jeune sot. Jessamyn avait eu la meilleure part.

Le thé arriva. Elles échangèrent des souvenirs polis de la saison précédente et s'interrogèrent sur les prochaines tendances de la mode.

Finalement, Vespasia prit congé. Au portail, elle croisa Fulbert. Il s'inclina avec une grâce ironique, et ils se saluèrent. Elle le traita avec froideur. Fatiguée des visites, elle s'apprêtait à rentrer lorsqu'il s'adressa à elle.

— Vous êtes allée voir Jessamyn.
— A l'évidence, oui, riposta-t-elle, acide.

Franchement, il devenait jobard.

— Très amusant, hein?

Son sourire s'élargit.

— Chacun se rue sur ses petits péchés pour s'assurer qu'ils sont bien cachés. Si votre policier, Pitt, était tant soit peu voyeur, il trouverait ça mieux que de regarder par un trou de serrure. C'est un peu comme un casse-tête chinois : rien ne s'imbrique de la même façon, et toutes les apparences sont trompeuses.

— Je ne sais absolument pas de quoi vous parlez, dit-elle sèchement.

A en juger par l'expression de Fulbert, il avait parfaitement compris qu'elle mentait. Elle avait très bien saisi le sens de ses paroles, même si son éducation lui laissait seulement entrevoir les péchés en question. Il ne parut pas s'en offusquer. Il continuait à sourire ; son visage, sa posture même respiraient l'hilarité.

— Il se passe ici des choses dont vous n'avez pas idée, susurra-t-il. La carcasse grouille de vers, si jamais vous l'ouvrez. Même la pauvre Phoebe, bien qu'elle soit trop effrayée pour parler. Un de ces jours, elle mourra de frayeur, si on ne l'assassine pas avant, bien sûr !

— Mais enfin, que me chantez-vous là, voyons ?

A présent, Vespasia était partagée entre la fureur que lui inspirait son plaisir puéril de choquer et une peur tout à fait réelle à la pensée qu'il sût quelque chose qui dépasse ses pires craintes.

Mais il se contenta de sourire et de se diriger vers la porte d'entrée. Elle fut donc obligée de poursuivre son chemin sans avoir la réponse.

Dix-neuf jours après le meurtre, Vespasia parut au petit déjeuner, la mine ombrageuse et, chose inouïe, une mèche de cheveux échappée de la coiffure.

A sa vue, Emily ouvrit de grands yeux.

— Ma femme de chambre m'a appris une nouvelle des plus singulières.

Vespasia semblait chercher ses mots. Elle prenait toujours un petit déjeuner léger ; sa main s'attarda au-dessus des toasts, puis des fruits, sans qu'elle se décide à choisir.

C'était bien la première fois qu'Emily la voyait aussi décontenancée. C'en était inquiétant.

— Quelle nouvelle ? Ça concerne Fanny ?

— Aucune idée, fit Vespasia, haussant les sourcils. Apparemment, non.

— Alors, de quoi s'agit-il ?

Emily trépignait, ne sachant s'il fallait s'affoler ou non. George avait posé sa fourchette et fixait sa tante d'un air tendu.

— Il paraît que Fulbert Nash a disparu.

Vespasia prononça ces paroles comme si elle-même avait peine à y croire.

George exhala un soupir, et la fourchette tomba de sa main.

— Comment ça, disparu ? fit-il lentement. Il est parti, mais où ça ?

— Si je le savais, George, je n'aurais pas parlé de disparition ! rétorqua Vespasia d'un ton inhabituellement cassant. Personne ne sait où il est. Là est le problème. Il n'est pas rentré hier soir, alors qu'il ne devait même pas dîner dehors, et on ne l'a pas vu de la nuit. D'après son valet, il n'avait pas d'autres vêtements que le costume d'été qu'il portait à midi.

— Tous les cochers ou valets sont-ils à la maison ? s'enquit George. Quelqu'un a-t-il pris un message ou appelé un cab pour lui ?

— Il semble que non.

— Ma foi, il n'a pas pu s'évanouir dans les airs ! Il doit bien être quelque part !

— Sûrement.

Fronçant les sourcils de plus belle, Vespasia prit enfin un toast qu'elle tartina de beurre et de confiture d'abricots.

— Mais personne ne sait où. Ou alors, si quelqu'un le sait, il se garde bien de le dire.

— Doux Jésus !

George la dévisagea, bouche bée.

— Vous n'insinuez tout de même pas qu'il a été assassiné !

Emily avala son thé de travers.

— Je n'insinue rien du tout.

D'un mouvement du bras, Vespasia désigna Emily pour que George lui vienne en aide.

— Tape-lui dans le dos, pour l'amour du ciel!

Elle attendit pendant que George s'exécutait, jusqu'à ce qu'Emily le repousse pour reprendre son souffle.

— Je m'interroge, sans plus. De toute façon, il y aura des insinuations, déplaisantes, cela va sans dire, dont nécessairement celle-ci.

Elle avait vu juste, même si Emily dut attendre le lendemain pour s'en assurer. Arrivée chez Jessamyn, elle y trouva Selena. Si peu de temps après la mort de Fanny, les visites mondaines se limitaient à leur propre cercle restreint, pour une raison de convenances, certes, mais surtout pour leur permettre d'en discuter à leur aise.

— J'imagine que vous n'avez toujours pas de nouvelles? demanda Selena anxieusement.

— Aucune, répondit Jessamyn. On dirait que la terre s'est ouverte et l'a englouti. Phoebe est venue ce matin et, naturellement, Afton s'est renseigné discrètement dans la mesure du possible, mais il n'est dans aucun de ses clubs en ville, et on n'a trouvé personne qui lui ait parlé.

— Il n'avait pas quelqu'un à voir à la campagne? s'enquit Emily.

Les sourcils de Jessamyn s'arquèrent.

— A cette époque de l'année?

— On est en pleine saison, ajouta Selena d'un ton méprisant. Qui songerait à quitter Londres maintenant?

— Fulbert, peut-être, repartit Emily, piquée au vif. Apparemment, il a quitté Paragon Walk sans un mot d'explication. S'il se trouvait à Londres, où serait-il, sinon ici ?

— Ça tombe sous le sens, concéda Jessamyn, puisqu'il n'est dans aucun club, pas plus qu'en visite chez des amis.

— Je préfère ne pas envisager les autres solutions, dit Selena en frissonnant, pour se contredire aussitôt. Mais il le faut.

Jessamyn la regarda.

Selena n'avait pas l'intention de faire machine arrière.

— Ne nous voilons pas la face, ma chère. Il est possible qu'on ait cherché à le neutraliser.

Le visage fin de Jessamyn était très pâle.

— Vous voulez dire, assassiner ? demanda-t-elle doucement.

— Hélas, oui.

Il y eut un moment de silence. Emily réfléchissait fébrilement. Qui aurait pu tuer Fulbert, et pourquoi ? L'autre explication était à la fois pire et aussi infiniment rassurante, sauf qu'elle n'osait la formuler : le suicide. Si, tout compte fait, c'était lui qui avait tué Fanny, il aurait pu trouver l'issue dans cet acte désespéré.

Jessamyn continuait à fixer le vide. Ses longues mains délicates reposaient, figées, sur ses genoux, comme si elle ne les sentait pas ou était incapable de les remuer.

— Pourquoi ? chuchota-t-elle. Pourquoi aurait-on assassiné Fulbert, Selena ?

— Son assassin est peut-être celui qui a tué la pauvre Fanny.

Emily n'avait pas le courage d'exprimer le fond de sa pensée. Il fallait qu'elle les y amène, en douceur, pour le leur faire dire, à l'une ou à l'autre.

— Voyons, Fanny a été... molestée, raisonnat-elle tout haut. Elle n'a été tuée qu'après... peut-être parce qu'elle avait reconnu son agresseur et qu'il ne pouvait plus la laisser partir. Mais pourquoi aurait-on tué Fulbert... à supposer qu'il soit mort ? Pour le moment, nous sommes simplement sans nouvelles de lui, c'est tout.

Jessamyn sourit faiblement ; une vague expression de gratitude anima ses traits pâles.

— Vous avez entièrement raison. Rien ne nous prouve qu'il s'agit d'un seul et même individu. Ni, d'ailleurs, que les deux affaires soient liées.

— Elles le sont forcément ! éclata Selena. Nous ne pouvons pas avoir deux crimes d'origine totalement différente commis ici en l'espace d'un mois. C'est pousser la crédulité un peu trop loin ! Regardons la réalité en face... ou Fulbert est mort, ou il a pris la fuite.

Les yeux de Jessamyn brillaient d'un éclat fiévreux. Lorsqu'elle parla, sa voix était lente, lointaine.

— D'après vous, c'est Fulbert qui aurait tué Fanny et il se cache pour échapper à la police ?

— Il y a bien un coupable, répliqua Selena qui ne désarmait pas. Il est peut-être fou ?

Une autre idée vint à l'esprit d'Emily.

— Ou alors ce n'est pas lui, mais il sait qui c'est et il a peur.

Elle n'avait pas pris le temps de réfléchir à l'effet que sa remarque pouvait provoquer.

Parfaitement immobile, Jessamyn répondit d'une voix douce, aux inflexions quasi soyeuses :

— A mon avis, c'est peu probable. Fulbert est incapable de garder un secret. Et il n'est pas très courageux non plus. Non, je ne crois pas que ce soit là l'explication.

— C'est ridicule! fit Selena, acerbe. S'il savait qui c'est, il l'aurait dit. Il s'en serait fait un plaisir! Pourquoi donc aurait-il couvert l'assassin? Fanny était sa sœur, non?

— Il n'en a peut-être pas eu l'occasion.

Emily commençait à en avoir assez d'être traitée comme une attardée.

— On a pu le tuer avant qu'il ne passe à l'acte.

Jessamyn inspira profondément et exhala l'air dans un long et silencieux soupir.

— C'est possible que vous ayez raison, Emily. Cela me fend le cœur...

Sa voix se brisa, et elle dut se racler la gorge.

— ... mais force est de reconnaître que Fulbert a soit tué Fanny et s'est enfui, soit...

Elle frissonna et parut se tasser sur elle-même.

— ... soit l'assassin de Fanny s'est aperçu que le pauvre Fulbert en savait trop et l'a supprimé pour l'empêcher de parler.

— Si c'est vrai, alors nous avons un dangereux criminel dans Paragon Walk, dit Emily à voix basse. Et je suis très contente de ne pas savoir qui c'est. Je pense que nous devrions faire très attention à ce que nous disons, à qui nous le disons, et aux personnes avec qui nous nous retrouvons en tête à tête.

Selena poussa un petit gémissement, mais son visage s'était empourpré, et de fines gouttes de sueur perlaient sur son front. Elle avait les yeux très brillants.

La pièce était devenue plus sombre, la chaleur, plus suffocante. Emily se leva pour partir; cette visite ne l'amusait plus du tout.

Le lendemain, il ne fut plus possible de cacher l'incident à la police. Prévenu, Pitt revint à Paragon Walk. Il était fatigué et abattu. Un événement aussi imprévu était un signe d'échec pour lui, et il ne se l'expliquait pas. Bien sûr, les hypothèses ne manquaient pas. Et ce n'étaient pas les règles de bienséance qui l'empêchaient d'envisager d'emblée les plus évidentes et les plus sordides d'entre elles. Il avait vu trop de crimes : plus rien ne l'étonnait, pas même le viol incestueux. Dans les taudis surpeuplés des quartiers misérables, c'était un phénomène courant. Usées par les innombrables grossesses, les femmes mouraient jeunes, laissant leur progéniture à la charge du mari et de la fille aînée. La solitude et la dépendance mutuelle débouchaient alors facilement sur quelque chose de plus intime, de plus viscéral.

Mais il ne s'attendait guère à trouver cela à Paragon Walk.

Il y avait aussi la possibilité que ce ne fût ni fuite ni suicide, mais un nouveau meurtre. Fulbert en savait peut-être trop et avait commis la sottise de le dire? Peut-être même avait-il essayé le chantage et payé le prix fort pour son insolence?

Charlotte lui avait parlé de ses remarques, de leur cruauté corrosive, insidieuse, des « sépulcres blanchis ». Était-il tombé sur un secret plus dangereux qu'il ne le soupçonnait, ce qui avait causé sa mort... rien à voir avec Fanny? Ce ne serait pas la première fois qu'un crime aurait fait germer l'idée d'un autre crime, aux mobiles entièrement différents. Il n'y avait rien de tel pour donner l'exemple qu'un succès apparent.

Pitt se devait de commencer par Afton Nash, qui

avait signalé la disparition de Fulbert et qui vivait sous le même toit que lui. Il avait déjà envoyé ses hommes se renseigner dans les clubs et autres établissements, où l'on trouvait ceux qui cherchaient à se divertir, qui avaient bu un coup de trop ou qui souhaitaient rester anonymes pendant quelque temps.

Il fut reçu chez les Nash avec une politesse glaciale et conduit au petit salon où, quelques minutes plus tard, Afton fit son apparition. Il avait l'air fatigué ; l'irritation avait creusé des rides autour de sa bouche. Affligé d'un rhume de cerveau qui l'obligeait à se tamponner le nez en permanence, il considéra Pitt d'un air peu aimable.

— Je suppose que vous êtes là pour mon frère ? fit-il en reniflant. Je ne sais absolument pas où il est. Il n'a manifesté aucune intention de partir.

Il grimaça.

— Ni aucun signe de peur.

— Peur ?

Pitt voulait lui laisser le champ libre pour entendre tout ce qu'il avait à dire.

Afton lui lança un regard méprisant.

— Je ne vais pas nier l'évidence, Mr. Pitt. Compte tenu de ce qui est récemment arrivé à Fanny, il n'est pas impossible que Fulbert soit mort, lui aussi.

Pitt se percha de biais sur l'accoudoir d'un fauteuil.

— Pourquoi, Mr. Nash ? Celui qui a tué votre sœur ne pouvait raisonnablement pas avoir le même mobile.

— Celui qui a tué Fanny a agi ainsi pour la faire taire. Celui qui a tué Fulbert, à supposer qu'il soit mort, l'a fait pour la même raison.

— D'après vous, Fulbert savait qui c'était ?
— Ne me prenez pas pour un imbécile, Mr. Pitt !
Afton s'essuya à nouveau le nez.
— Si je savais qui c'est, je vous l'aurais dit. Mais on peut rationnellement supposer que Fulbert était au courant, et que c'est pour ça qu'il a été tué.
— Il nous faudra retrouver le corps ou du moins sa trace avant de conclure au meurtre, Mr. Nash, fit remarquer Pitt. Jusqu'à présent, rien ne nous indique qu'il n'a pas simplement choisi de partir.
— Sans vêtements, sans argent, seul ?
Les yeux pâles d'Afton s'étrécirent.
— C'est peu probable, Mr. Pitt.
Sa voix douce trahissait sa lassitude devant tant de stupidité.
— Il a pu faire nombre de choses que nous aurions jugées improbables.
Pitt savait cependant que même en changeant radicalement de mode de vie, on avait tendance à garder ses habitudes personnelles, ses petites manies, ses goûts culinaires, ses distractions préférées. Et il doutait que Fulbert fût prudent — ou désespéré — au point de partir sans assurer ses arrières en matière de confort. Il était accoutumé à mettre des habits propres qu'un valet lui préparait tous les matins. Et, s'il comptait quitter Londres, il aurait indiscutablement besoin d'argent.
— Néanmoins, acquiesça-t-il, vous devez avoir raison. Qui est, à votre connaissance, la dernière personne à l'avoir vu ?
— Son valet, Price. Vous pouvez lui parler si vous y tenez, mais je l'ai déjà interrogé, et il ne vous apprendra rien. Tous les vêtements et les effets personnels de Fulbert sont là, et, ce soir-là, il n'avait normalement pas de rendez-vous à l'extérieur.

— Autrement, son valet l'aurait su, puisqu'il aurait dû sortir une tenue pour Mr. Fulbert, ajouta Pitt.

Afton parut légèrement surpris de le voir aussi bien renseigné : à l'évidence, cela l'agaçait. Il se tamponna le nez et grimaça : à force de friction, il commençait à avoir la peau irritée.

Pitt sourit, sans se départir de son sérieux, mais pour montrer à Afton qu'il avait compris.

— Tout à fait, confirma ce dernier. Il a quitté la maison vers six heures, disant qu'il serait là pour le dîner.

— Mais il n'a pas précisé où il allait?

— S'il l'avait fait, inspecteur, je vous l'aurais dit!

— Et il n'est pas revenu, personne ne l'a revu depuis?

Afton le fusilla du regard.

— Quelqu'un a dû le voir, j'imagine.

— Il aurait pu aller jusqu'au bout de la rue et prendre un cab. Ce n'est pas ce qui manque par ici.

— Pour aller où, nom d'une pipe?

— Eh bien, s'il est toujours à Paragon Walk, Mr. Nash, alors où est-il?

Une lueur de compréhension perça dans le regard d'Afton. Apparemment, il n'y avait pas songé, mais il n'existait dans les parages ni rivières, ni puits, ni bois, ni jardins assez spacieux pour y creuser un trou discrètement, ni granges ni celliers abandonnés. Et il y avait toujours des jardiniers, des valets, des majordomes, des filles de cuisine ou des grooms pour relever les traces. Il n'y avait nulle part où dissimuler un cadavre.

— Trouvez celui dont l'équipage a quitté Paragon Walk ce soir-là ou bien le lendemain matin, ordonna-t-il hargneusement. Fulbert n'était pas très grand. N'importe qui aurait pu le transporter en cas de besoin — sauf peut-être Algernon —, surtout s'il était déjà inconscient ou mort.

— J'en ai bien l'intention, Mr. Nash, répondit Pitt. Ainsi que d'interroger les cochers de fiacre, les garçons de course, envoyer des instructions à tous les postes de police, transmettre son signalement à toutes les gares et plus particulièrement à la gare maritime du ferry en partance pour le continent. Mais ça m'étonnerait qu'on découvre quelque chose. J'ai déjà entrepris des recherches dans les hôpitaux et les morgues.

— Il est bien quelque part, nom de Dieu ! explosa Afton. Il n'a pas pu se faire dévorer par des fauves en plein centre de Londres ! Faites ce que vous voulez — je suppose que vous n'avez pas le choix —, mais vous irez plus vite en posant quelques questions gênantes ici même. Quoi qu'il lui soit arrivé, c'est en rapport avec Fanny. J'ai certes très envie de croire qu'il s'agit d'un cocher ivre de la réception des Dilbridge, mais ce serait abuser de la crédulité des gens. Car si c'était le cas, Fulbert ne l'aurait pas su et n'aurait pas représenté une menace pour l'individu en question.

— A moins qu'il n'ait vu quelque chose.

Afton le toisa avec une ironie glacée.

— Ça m'étonnerait, Mr. Pitt. Nous avons passé la soirée ensemble à jouer au billard, comme j'ai dû vous le dire quand vous m'avez interrogé la première fois.

Pitt soutint son regard avec un calme olympien.

— Si j'ai bien compris, monsieur, après vous

avoir entendus l'un et l'autre, Mr. Fulbert avait quitté la salle de billard au moins une fois. N'aurait-il pas pu, en passant devant une fenêtre, noter quelque chose de bizarre dont il aurait saisi l'importance par la suite ?

Le visage d'Afton s'assombrit de colère. Il détestait avoir tort.

— Les cochers n'ont aucune espèce d'importance, inspecteur. On en voit ici tous les jours. Vous le sauriez, si vous en aviez un. Je vous conseille, pour commencer, de vous intéresser d'un peu plus près au Français. Il prétend être resté chez lui toute la soirée. Peut-être que c'est faux, peut-être est-ce lui que Fulbert a vu. Un mensonge en appelle un autre ! Il est beaucoup trop désinvolte avec les femmes. Il a réussi à tourner la tête à presque toutes les femmes de Paragon Walk. A mon avis, il est bien plus âgé qu'il ne voudrait le paraître. Il passe son temps à l'intérieur ou ne sort que le soir... mais voyez son visage en plein jour !

« Les femmes sont censées être fragiles, ne pas voir plus loin que la figure ou les manières d'un homme. Les préférences de M. Alaric allaient peut-être vers des créatures jeunes et innocentes comme Fanny. Seulement, elle n'était pas dupe de son charme. Les femmes faciles et sophistiquées dans le genre de Selena Montague l'ennuient probablement. Si Fulbert l'a senti et a commis l'imprudence de laisser entendre à Alaric qu'il l'avait aperçu dehors...

Il renifla violemment et s'étouffa.

— S'il l'a fait, ajouta-t-il.

Pitt l'écoutait. La tirade, bien que venimeuse, pouvait bien contenir une once de vérité.

— Selena est une... une catin, poursuivit Afton. Elle n'a jamais su se tenir, même du vivant de son mari. Dernièrement, elle a couru après George Ashworth, qui a été assez sot pour batifoler avec elle. Je trouve ça dégoûtant. Vous, ça ne vous dérange pas, peut-être ?

Il fit la moue et considéra Pitt d'un œil torve.

— C'est pourtant vrai.

C'était ce que Pitt avait redouté. Il l'avait déjà deviné à travers les propos de Charlotte, même s'il s'était bien gardé de le lui dire. Peut-être réussirait-il à le cacher à Emily. Il ne répondit pas et se contenta de regarder Afton d'un air attentif, s'efforçant de ne pas trahir ses sentiments.

— Et vous devriez vous pencher davantage sur la soirée de Freddie Dilbridge. Les cochers ne sont pas les seuls à boire plus que de raison. Il invite chez lui des gens très bizarres. Je ne sais pas comment Grace le supporte, sauf qu'il est de son devoir de lui obéir, et cette brave femme s'y soumet de bon cœur. Bigre, figurez-vous que sa fille fréquente un Juif, et Freddie y consent simplement parce que ce type a de l'argent. Imaginez Albertine Dilbridge avec un petit Juif rapace !

Il se retourna vivement, les yeux étrécis.

— Vous ne comprenez peut-être pas ça, hein ? Pourtant, même les classes inférieures ne se mélangent généralement pas avec les étrangers. Traiter avec eux, c'est une chose, même les recevoir chez soi s'il le faut, mais de là à leur permettre de courtiser sa fille !

Il renifla et dut se moucher. Le contact du tissu avec la peau enflammée lui arracha une grimace de douleur.

— Mettez-vous donc au travail avec un peu plus de diligence, Mr. Pitt. Tout le monde ici souffre atrocement. Comme si la chaleur et la saison ne suffisaient pas ! J'abhorre la saison, avec son défilé de jeunes mijaurées que leurs mères habillent et exhibent comme du bétail de foire, et les jeunes gens qui gaspillent leur argent au jeu, courent le guilledou et boivent au point de ne plus se souvenir des imbécillités commises dans la soirée. Imaginez-vous que je suis allé voir Hallam Cayley à dix heures et demie du matin, après la disparition de Fulbert, pour demander s'il ne l'avait pas vu, et il n'avait toujours pas dessoûlé depuis la veille. A force de mener une vie de bâton de chaise, à trente-cinq ans à peine c'est déjà une épave. Quelle honte !

Il regarda Pitt d'un air peu affable.

— Il faut dire, à la décharge de votre espèce, qu'au moins vous êtes trop occupés pour vous enivrer, et que vous n'en avez pas les moyens.

Se redressant, Pitt enfouit ses poings serrés dans ses poches. Des épaves, il en avait vu de toutes sortes, physiques et morales, parmi la pègre des bas-fonds londoniens, mais personne ne l'avait offensé autant qu'Afton Nash, car il avait tendance à les plaindre. Cet homme-là devait souffrir d'un mal caché et cruel, un mal dont Pitt n'avait même pas soupçonné l'existence.

— Mr. Cayley a-t-il l'habitude d'abuser de la boisson, monsieur ? s'enquit-il d'une voix douce.

— Comment diable le saurais-je ? siffla Afton. Je ne fréquente pas ce genre de lieux. J'ai bien vu qu'il était soûl l'autre matin, quand je suis passé chez lui, et il se conduit comme quelqu'un qui aurait perdu tout sens de la mesure.

Il rejeta la tête en arrière pour mieux regarder Pitt.
— Mais occupez-vous du Français. Il m'a l'air trop sournois, trop patelin. Dieu seul sait quelles tares étrangères il colporte ! Il n'y a personne chez lui à part ses domestiques. Il peut faire n'importe quoi là-dedans. Les femmes sont d'une sottise ! Pour l'amour du ciel, délivrez-nous de ce... de ce scandale !

6

Emily n'avait pas informé Charlotte de la disparition de Fulbert, que cette dernière apprit par Pitt. Mais il n'y avait rien à faire si tard dans la soirée, ni le lendemain, d'ailleurs. Et comme Jemima pleurnichait en permanence parce qu'elle perçait ses dents, Charlotte n'eut pas le cœur de la confier à Mrs. Smith. A midi toutefois, excédée par les pleurs de l'enfant, elle fit un saut en face pour demander à Mrs. Smith si elle n'avait pas un remède, ou du moins quelque chose pour soulager la douleur.

Mrs. Smith émit un grognement réprobateur et disparut dans la cuisine. L'instant d'après, elle revint avec une bouteille emplie d'un liquide transparent.

— Vous lui badigeonnez les gencives avec un bout de coton, et ça va la calmer en un rien de temps, vous verrez.

Charlotte la remercia avec effusion. Elle s'abstint de demander ce qu'il y avait dans la potion ; en fait, elle préférait ne pas le savoir, du moment que ce n'était pas du gin, que certaines femmes, semblait-il, donnaient à leurs enfants quand elles ne supportaient plus de les entendre pleurer. Du reste, elle l'aurait certainement reconnu à l'odeur.

— Et comment va votre pauv' sœur? s'enquit Mrs. Smith, contente de pouvoir faire un brin de causette.

Charlotte saisit l'occasion pour préparer le terrain en vue d'une prochaine visite chez Emily.

— Pas très bien, répondit-elle rapidement. Le frère d'un ami a disparu sans laisser de trace, et tout le monde est extrêmement inquiet.

— O-o-oh! fit Mrs. Smith, ravie. Ça alors! C'est incroyable, où est-il donc passé?

— Personne ne le sait.

Charlotte comprit qu'elle avait gagné.

— Mais demain, si vous avez la gentillesse de me garder Jemima, bien que je n'ose pas vous le demander, vu que...

— Pas de problème! déclara Mrs. Smith instantanément. Je m'en occupe, vous tracassez pas. D'ici une semaine ou deux, elle aura fait ses dents, et la pauvre biquette se sentira beaucoup mieux. Allez voir votre sœur, mon chou. Tâchez de savoir ce qui s'est passé!

— Vous en êtes sûre?

— Mais oui!

Charlotte accepta avec un sourire radieux.

A vrai dire, elle y allait autant par curiosité que dans l'espoir d'aider Emily. En tout cas, elle pourrait aider Pitt : c'était sans doute sa motivation première. Après tout, la disparition de Fulbert n'avait rien à voir avec George. Et elle avait très envie de bavarder avec tante Vespasia. Comme cette dernière le faisait souvent remarquer — pas toujours à bon escient —, elle connaissait la plupart des habitants de Paragon Walk depuis leur enfance et elle avait une mémoire d'éléphant. Or, fréquemment, de petits détails, des bribes du passé permettaient d'élucider une situation présente qui autrement serait restée dans l'ombre.

Elle arriva chez Emily à l'heure du traditionnel thé de l'après-midi, et la femme de chambre, qui la reconnut cette fois, la fit entrer aussitôt.

Emily était déjà en compagnie de Phoebe Nash et de Grace Dilbridge; tante Vespasia rentra du jardin au moment même où Charlotte franchissait la porte. On échangea les habituelles formules de politesse. Emily dit à la bonne qu'elle pouvait servir le thé. En quelques minutes, ce fut fait : service en argent, tasses et soucoupes en porcelaine fine, minuscules sandwiches au concombre, tartelettes aux fruits et babas saupoudrés de sucre glace et agrémentés de crème fouettée. Emily versa le thé, et la bonne attendit pour le distribuer.

— Je me demande ce que fait la police, dit Grace Dilbridge sur un ton de reproche. Apparemment, ils n'ont pas retrouvé la moindre trace du pauvre Fulbert.

Naturellement, Grace ne se doutait pas un instant que la police en question comptait dans ses rangs le propre époux de Charlotte. Laquelle dut faire un effort pour se le rappeler. L'idée d'avoir des fréquentations dans la police était socialement inconcevable. Les joues d'Emily se colorèrent vivement ; curieusement, ce fut elle qui prit la défense des forces de l'ordre.

— S'il ne souhaite pas qu'on le retrouve, il est extrêmement difficile ne serait-ce que de savoir par quoi commencer. Moi, je n'en aurais pas la moindre idée. Comme vous, peut-être ?

— Certes, fit Grace, décontenancée. Mais je ne suis pas policier.

Le beau visage impassible de Vespasia ne trahit qu'un léger étonnement ; son regard effleura Charlotte avant de se poser sur Grace.

— D'après vous, ma chère, questionna-t-elle, les policiers seraient donc plus intelligents que nous ?

Grace resta momentanément sans voix. Ce n'était pas du tout ce qu'elle avait voulu dire, et cependant, tel était bien le sens de ses propos. Pour masquer sa confusion, elle but une gorgée de thé et mordit dans un sandwich au concombre. Une expression perplexe se peignit sur ses traits, supplantée aussitôt par une détermination polie.

— Nous sommes tous terriblement bouleversés, murmura Phoebe pour meubler le silence. La pauvre Fanny me manque, et toute la maisonnée est sens dessus dessous. Je sursaute chaque fois que j'entends un bruit bizarre. C'est plus fort que moi.

Charlotte aurait voulu voir Vespasia seule à seule pour lui poser quelques questions directes ; recourir à la ruse ne servirait strictement à rien. Mais elle était obligée d'attendre la fin de la cérémonie du thé et le départ des visiteuses. Elle prit un sandwich au concombre : il avait un goût déplaisant, douceâtre, comme si le concombre n'était pas frais. Pourtant, il était bien croquant. Elle regarda Emily.

Sa sœur en avait goûté un aussi. Consternée, elle dévisagea Charlotte.

— Oh, mon Dieu !

— A votre place, j'en toucherais deux mots à la cuisinière, suggéra Vespasia, reposant son gâteau.

Elle tendit elle-même la main vers la sonnette. Elles attendirent que la bonne paraisse pour l'envoyer chercher la cuisinière.

Cette dernière était une femme plantureuse au

teint fleuri, une belle femme en vérité, mais qui en cet instant avait l'air rouge et dépenaillée, bien que l'heure du dîner fût encore loin.

— Vous ne vous sentez pas bien, Mrs. Lowndes ? commença Emily avec précaution. Vous avez mis du sucre dans les sandwiches.

— Et du sel sur les gâteaux.

Délicatement, Vespasia en frôla un du bout du doigt.

— Si vous êtes souffrante, reprit Emily, peut-être désirez-vous vous allonger un moment. L'une des filles peut préparer des légumes, et on trouvera sûrement du jambon ou du poulet froid pour ce soir. Je ne peux pas faire servir le dîner dans ces conditions.

Mrs. Lowndes contempla, atterrée, l'assiette de gâteaux et laissa échapper une longue plainte se terminant dans les aigus. Phoebe parut alarmée.

— C'est affreux ! se lamenta Mrs. Lowndes. Vous n'imaginez pas, m'dame, à quel point c'est affreux, pour nous autres, de savoir qu'il y a un fou furieux en liberté dans Paragon Walk. Et des honnêtes gens qui se font trucider les uns après les autres. Dieu seul sait qui sera le prochain ! La fille de cuisine s'est évanouie deux fois aujourd'hui, et mon aide menace de partir si on ne l'arrête pas bientôt. On a toujours eu des bonnes places, tous autant qu'on est ! Jamais vu ça de notre vie, jamais ! Plus rien ne sera comme avant ! A-a-o-ou-ou ! gémit-elle de plus belle, arrachant un mouchoir de la poche de son tablier.

Sa voix montait de plus en plus ; des larmes ruisselaient sur son visage.

Tout le monde était pétrifié. Effarée, Emily ne savait que faire de cette énorme femme au bord de la crise de nerfs. Pour une fois, même tante Vespasia semblait désemparée.

— A-a-ououou! s'égosillait Mrs. Lowndes. O-o-oh!

Elle se mit à trembler violemment, menaçant de s'écrouler sur le tapis.

Charlotte se leva et s'empara du vase de fleurs sur le buffet. Elle sortit le bouquet de la main gauche : le poids qui restait la satisfit pleinement. De toutes ses forces, elle jeta l'eau à la figure de la cuisinière.

— Taisez-vous! lui ordonna-t-elle fermement.

Les hurlements s'arrêtèrent net. Un silence total leur succéda.

— Reprenez-vous maintenant! poursuivit Charlotte. Bien sûr que c'est déplaisant. Croyez-vous que nous n'en souffrons pas? Mais il est de notre devoir de nous conduire avec dignité. A vous de donner l'exemple à la jeunesse. Si vous perdez votre sang-froid, que pouvons-nous attendre des bonnes, voyons? Une cuisinière n'est pas quelqu'un qui sait simplement préparer une sauce, Mrs. Lowndes. C'est elle qui dirige la cuisine : elle est là pour maintenir l'ordre et veiller à ce que tout le monde respecte les règles de conduite. Franchement, vous me surprenez!

La cuisinière la dévisagea, bouche bée. Son visage reprit des couleurs; lentement, elle se redressa de toute sa hauteur, les épaules en arrière.

— Oui, madame.

— Bien, dit Charlotte avec raideur. Lady Ashworth compte sur vous pour faire cesser les bavardages futiles parmi les filles. Si vous gardez la tête froide et vous comportez avec la dignité propre à un membre du personnel de votre rang, elles reprendront courage et suivront votre exemple.

Pénétrée de son importance, Mrs. Lowndes releva le menton et gonfla le buste.

— Oui, m'dame. Si Madame avait la bonté, dit-elle en regardant Emily, d'oublier ma petite défaillance et de ne pas en parler devant les autres domestiques ?

— Mais bien sûr, Mrs. Lowndes, répondit Emily à la hâte, prenant la relève de Charlotte. C'est tout à fait normal. C'est une lourde tâche que de diriger toutes ces filles. Moins on en dit, mieux ça vaudra, je pense. Peut-être la femme de chambre pourra-t-elle nous apporter d'autres gâteaux et sandwiches ?

— Très certainement, madame.

Profondément soulagée, la cuisinière ramassa les deux assiettes et sortit, ruisselante, ignorant Charlotte qui tenait toujours les fleurs dans une main et le vase vide dans l'autre.

Après le départ de Phoebe et Grace, Emily se rendit immédiatement à la cuisine, contre l'avis de Vespasia, pour s'assurer que les instructions de Charlotte avaient été suivies à la lettre et que le dîner n'allait pas tourner au désastre. Charlotte regarda Vespasia. Elle n'avait pas de temps à perdre en subtilités, en eût-elle été capable.

— Même les domestiques, dirait-on, sont perturbés par la disparition de Mr. Nash, déclara-t-elle de but en blanc. Croyez-vous qu'il se soit enfui ?

Vespasia haussa un sourcil étonné.

— Non, ma chère, absolument pas. A mon avis, sa langue a fini par lui attirer les ennuis qu'il cherchait depuis si longtemps.

— Vous voulez dire qu'on l'a assassiné ?

Elle s'y attendait, certes, mais l'entendre formuler

aussi clairement par quelqu'un d'autre que Pitt la prit au dépourvu.

— J'en ai bien peur, oui, fit Vespasia, hésitante. Sauf que je ne vois pas ce qu'on a fait du corps.

Ses narines palpitèrent.

— C'est une pensée fort déplaisante, mais l'occulter n'y changera rien. On a dû le charger dans un cab, j'imagine, et l'abandonner quelque part, dans le fleuve peut-être.

— Dans ce cas, on ne le retrouvera jamais.

C'était un aveu de défaite. En l'absence du cadavre, il était impossible de prouver le meurtre.

— Mais ce n'est pas ça, le plus important. L'essentiel est de savoir qui !

— Ah, fit Vespasia doucement en regardant Charlotte. Qui, en effet ? J'ai longuement réfléchi à cette question. A vrai dire, elle occupe toutes mes pensées, bien que j'évite d'en parler devant Emily.

Charlotte se pencha en avant. Elle ne savait comment s'exprimer sans paraître trop directe, voire brutale, mais elle n'avait guère le choix. La délicatesse n'était plus de mise.

— Ces gens-là, vous les connaissez depuis toujours. Vous devez savoir sur eux des choses que la police ne découvrira jamais, ou ne sera pas en mesure de comprendre.

Ce n'était pas une flatterie, mais une simple constatation. Ils avaient besoin de l'aide de Vespasia... Pitt en avait besoin.

— Vous avez sûrement votre opinion là-dessus ! Fulbert disait des choses effroyables sur eux. Il m'a déclaré une fois que c'étaient tous des sépulcres blanchis. Il cherchait certainement à produire son effet, mais à en juger par leurs réactions, il n'avait pas entièrement tort.

Vespasia sourit : une expression lointaine, amusée et nostalgique à la fois, faite d'une infinité de souvenirs, se peignit sur son visage.

— Ma chère enfant, chacun a des secrets, à moins de n'avoir pas vécu du tout. Et même ceux qui n'ont pas vécu s'imaginent en posséder, les pauvres. C'est presque avouer un échec que de ne pas détenir un secret à soi.

— Phoebe ?

— Elle est incapable de tuer, dit Vespasia, secouant lentement la tête. La malheureuse perd ses cheveux. Elle porte une perruque.

Charlotte revit Phoebe à l'enterrement, la chevelure d'un côté, le chapeau de l'autre. Comment pouvait-on plaindre quelqu'un de tout cœur et avoir en même temps envie de rire ? C'était tellement futile, et cependant, Phoebe devait en souffrir. Instinctivement, elle porta la main à ses propres cheveux, épais et brillants. C'était son plus bel avantage. Si elle les perdait, le coup serait sans doute terrible. Elle aussi se sentirait désorientée, diminuée, nue en quelque sorte. L'envie de rire disparut.

— Oh !

Une note de compassion perça dans sa voix. Vespasia lui lança un regard approbateur. Se reprenant, Charlotte ajouta :

— Mais comme vous le dites, il n'y a pas de quoi commettre un meurtre, même si elle en était capable.

— Et ce n'est pas le cas. Elle est beaucoup trop bête pour réussir une entreprise de cette taille-là.

— Je songeais à l'aspect purement physique. Elle n'y serait pas arrivée, même si elle en avait eu l'intention.

— Oh, Phoebe est plus forte qu'il n'y paraît.

Vespasia se renversa sur son siège, les yeux au plafond, se souvenant.

— Elle aurait pu l'assassiner sans problème, avec un couteau par exemple, si elle l'avait attiré quelque part où elle pouvait aisément l'abandonner. Mais elle aurait flanché après. Je me rappelle, lorsqu'elle était enfant, à l'âge de quatorze ou quinze ans, elle avait pris un jupon et des pantalons appartenant à sa sœur aînée et les avait coupés pour les adapter à sa taille. Elle a fait ça sans broncher, mais au moment de les mettre, elle a eu si peur qu'elle a enfilé ses propres dessous par-dessus, au cas où sa jupe se relèverait et dévoilerait son beau linge. Résultat, elle semblait peser cinq kilos de plus et était tout sauf jolie. Non, Phoebe aurait pu le faire, mais elle n'aurait pas eu le courage d'en subir les conséquences.

Charlotte était fascinée. Comme l'on était inapte à juger quelqu'un à travers la dimension limitée de quelques jours ou quelques semaines ; comme il manquait la consistance du passé ! Les êtres paraissaient plats comme des silhouettes en carton, sans aucun relief.

— Quels sont les autres secrets ? demanda-t-elle. Qu'est-ce que Fulbert savait encore ?

Se redressant, Vespasia ouvrit de grands yeux.

— Ma chère enfant, je n'en ai pas la moindre idée. C'était un insupportable fouineur. Sa préoccupation première dans la vie était de recueillir des informations peu ragoûtantes sur les autres. S'il a fini par tomber sur un os, je dirai seulement qu'il l'aura amplement mérité.

— Mais quoi d'autre ?

Charlotte n'allait pas renoncer aussi facilement.

— Qui d'autre ? Croyez-vous qu'il savait qui avait tué Fanny, et que ceci explique cela ?

— Ah! souffla Vespasia lentement. Nous y voilà. Hélas, je ne suis pas en mesure de vous répondre. J'ai passé et repassé en revue tout ce que je sais. A vrai dire, je m'attendais à cette question de votre part.

Elle posa sur Charlotte son regard perçant, un regard de vieille femme, remarquable de clarté et d'intelligence.

— Et je vous conseille, ma fille, de tenir votre langue un peu mieux que vous ne l'avez fait jusqu'à présent. Si Fulbert connaissait réellement l'assassin de Fanny, cela ne lui a pas réussi. Il y a au moins un secret à Paragon Walk qui m'a l'air extrêmement dangereux. J'ignore lequel d'entre eux a causé la mort de Fulbert, alors oubliez-les tous!

Charlotte sentit un frisson glacé la parcourir, comme si l'on avait ouvert une porte donnant sur l'extérieur par une journée d'hiver. Elle n'avait pas songé qu'elle pouvait courir un danger. Toutes ses craintes avaient été pour Emily, qu'elle apprenne les faiblesses, les lâchetés de George. La violence ne l'inquiétait pas, ni pour Emily, ni encore moins pour elle-même. Mais s'il existait à Paragon Walk un secret tellement redoutable que Fulbert avait perdu la vie simplement pour l'avoir découvert, manifester sa curiosité serait assurément dangereux, et le connaître, fatal. La seule explication possible, c'était l'identité du violeur. Il avait tué Fanny pour se protéger. Car il ne pouvait y avoir deux assassins dans la même rue... n'est-ce pas?

Ou bien Fulbert était-il tombé sur quelque autre secret, et sa victime, encouragée par un premier meurtre jusque-là impuni, avait simplement adopté la même solution pour régler son problème? Thomas disait qu'un crime en appelait un autre ; les gens, surtout les esprits faibles et dérangés, avaient tendance à copier les opportunistes.

— Vous m'entendez, Charlotte ? s'enquit Vespasia quelque peu abruptement.

— Ah ? Oui, oui, bien sûr.

Charlotte revint à l'instant présent, au salon inondé de soleil et à la vieille dame en dentelles écrues assise en face d'elle.

— Je n'en parle à personne, à l'exception de Thomas. Mais quoi d'autre ? Je veux dire, quels sont les autres secrets que vous connaissez ?

Vespasia émit un grognement.

— Vous n'en faites qu'à votre tête, hein ?

— Vous ne voulez pas savoir ?

Charlotte soutint son regard sans ciller.

— Bien sûr que si ! rétorqua Vespasia, acide. Et si j'en meurs, à mon âge ça n'a plus grande importance. Je n'en ai plus pour longtemps, de toute façon. Si j'avais quelque chose d'utile à vous apprendre, ne pensez-vous pas que je l'aurais déjà fait ? Pas à vous, mais à votre drôle de policier.

Elle toussota.

— George a fait la cour à Selena. Je n'ai pas de preuves, mais je connais George. Petit, il prenait les jouets des autres enfants quand ça lui chantait et mangeait leurs bonbons. Il rendait toujours les jouets et n'hésitait pas à prêter les siens. Tout était à lui. C'est ça, l'ennui avec un enfant unique. Vous avez un enfant, n'est-ce pas ? Eh bien, faites-en un autre !

Charlotte ne trouva rien de pertinent à lui répondre. Elle avait bien l'intention d'avoir un autre enfant, si telle était la volonté de Dieu. En attendant, son souci, c'était Emily.

Vespasia le comprit.

— Il sait que je suis au courant, fit-elle avec douceur. Il a beaucoup trop peur en ce moment pour commettre une bêtise. En fait, il verdit littéralement chaque fois que Selena s'approche de lui. Ce qui n'est pas très fréquent, sauf quand elle veut montrer au Français qu'elle a du succès. Pauvre sotte! Comme si ça l'intéressait!

— Quels autres secrets? insista Charlotte.

— Rien de particulier. Je doute que Miss Laetitia s'en prenne à quelqu'un parce qu'il aura appris la liaison scandaleuse qu'elle a eue il y a trente ans.

Charlotte resta sans voix.

— Miss Laetitia? Laetitia Horbury?

— Eh oui! Une liaison cachée, naturellement, mais très choquante à l'époque. N'avez-vous pas relevé les petites piques que Miss Lucinda lance sans cesse sur sa moralité et ainsi de suite? La pauvre femme est rongée par la jalousie. Ma foi, si c'est Laetitia qu'on avait tuée, je n'aurais pas été surprise. J'ai souvent pensé que Lucinda l'aurait empoisonnée, si seulement elle osait. Sauf qu'elle serait perdue sans Laetitia. Sa principale distraction dans la vie consiste à trouver les moyens d'affirmer sa propre supériorité morale.

— Mais comment peut-elle lui faire du mal? Laetitia sait-elle que c'est juste de l'envie? demanda Charlotte, intriguée.

— Bonté gracieuse, non! Elles n'en parlent jamais. Chacune s'imagine que l'autre n'est pas au courant. Où serait le plaisir, la saveur, si tout était étalé au grand jour?

Une fois de plus, Charlotte fut partagée entre le rire et la pitié. Mais enfin, comme l'avait dit Vespasia, cette histoire-là n'aurait pas coûté la vie à Fulbert. Même si toutes ses relations mondaines l'apprenaient, Miss Laetitia n'en souffrirait pas outre mesure ; au contraire, elle pouvait y gagner en intérêt. Ce serait plutôt Miss Lucinda qui en payerait les frais. Et sa jalousie prendrait des proportions intolérables.

Mais avant qu'elle pût poursuivre cette conversation, Emily revint de la cuisine, froissée et de méchante humeur. Apparemment, elle avait eu une altercation avec la fille de cuisine, terrorisée à l'idée que le groom en voulait à sa personne. Emily lui avait dit de ne pas être sotte. Cette fille-là était banale à pleurer, et le groom visait beaucoup plus haut.

Vespasia rappela qu'elle lui avait déconseillé d'y aller, ce qui n'arrangea rien.

Charlotte s'excusa dès que possible, et Emily, de mauvaise grâce, fit demander un équipage pour la reconduire chez elle.

Bien sûr, Charlotte fit profiter Pitt de tout ce qu'elle avait entendu, sans oublier ses propres commentaires, et ce dès qu'il eut franchi la porte. Il savait que la plupart de ces renseignements étaient sans intérêt, d'une valeur purement anecdotique, même si les personnes concernées y accordaient beaucoup d'importance ; néanmoins, il en tint compte lorsqu'il partit poursuivre son enquête le lendemain.

Nulle part il n'y avait trace de Fulbert. On avait repêché sept corps dans le fleuve : deux femmes, sans doute des prostituées, un enfant qui avait dû tomber à l'eau par accident, trop faible pour appeler à l'aide ou se débattre... probablement une bouche de trop à nourrir, de toute façon, chargé de faire la manche dès qu'il fut en âge de parler. Les quatre autres étaient des hommes, mais, tout comme l'enfant, des marginaux et des mendiants. Aucun d'eux n'aurait pu être Fulbert, même malmené ou brutalisé à l'extrême. Il avait fallu plus d'une semaine pour les réduire à l'état de squelettes ambulants.

Tous les hôpitaux et les morgues avaient été contrôlés, même les hospices. La brigade de police spécialisée dans les fumeries d'opium et les maisons closes avait été priée d'ouvrir l'œil — poser des questions n'eût servi à rien —, mais là non plus, on ne l'avait pas vu. Autant que l'on pût juger à l'issue de toutes les investigations possibles et imaginables, Fulbert Nash s'était volatilisé.

Il ne restait plus qu'à retourner à Paragon Walk pour repartir de zéro. Ce fut ainsi qu'à neuf heures du matin Pitt se retrouva dans le petit salon de Lord Dilbridge, attendant le bon plaisir du maître de céans. Ce dernier ne parut qu'au bout d'un quart d'heure. Il était tiré à quatre épingles — son valet y veillait —, mais son aspect général était vague et quelque peu échevelé. A l'évidence, ou bien il était souffrant, ou bien il avait passé une nuit mouvementée. Il contempla Pitt comme s'il avait du mal à se rappeler qui il était.

— Inspecteur Pitt, police, fit Pitt pour l'aider.

Freddie cligna des yeux, et une lueur d'irritation brilla dans son regard.

— Oh, mon Dieu, c'est toujours au sujet de Fanny ? La pauvre enfant n'est plus de ce monde, et le misérable qui a fait ça a pris la poudre d'escampette. Franchement, je ne comprends pas ce que nous avons à voir là-dedans. Les rues mal famées de Londres grouillent de voleurs et de malfrats. Si vous autres, vous faisiez votre travail correctement et les nettoyiez un peu au lieu de nous harceler de questions idiotes, ce genre de chose n'arriverait pas ici !

Il cligna à nouveau des paupières et se frotta un œil comme pour en extraire une poussière.

— Bien sûr, pour être honnête, nous devrions faire plus attention aux domestiques que nous engageons. Mais je ne vois absolument pas en quoi je peux vous être utile, surtout à cette heure de la matinée !

— Non, monsieur.

Pitt réussit enfin à placer un mot sans être obligé de l'interrompre.

— Ce n'est pas au sujet de Miss Nash. Je suis là pour l'affaire concernant Mr. Fulbert Nash. Nous n'avons toujours pas retrouvé sa trace...

— Essayez les hôpitaux ou la morgue, suggéra Freddie.

— C'est fait, répondit Pitt patiemment. Ainsi que les asiles de nuit, les fumeries d'opium, les maisons closes et le fleuve. Sans oublier les gares, le port, les bateliers entre Richmond et Greenwich, et la plupart des cochers de fiacre. Personne n'a rien vu.

— C'est ridicule ! s'emporta Freddie.

Ses yeux injectés de sang ne cessaient de papilloter. Pitt connaissait bien cette sensation désagréable de picotement, due au manque de sommeil. Freddie grimaça pour essayer de s'éclaircir les idées.

— Il doit bien être quelque part. Il n'a pas pu s'évanouir dans la nature !

— Tout à fait. Ayant donc fouillé partout, je suis

dans l'obligation de revenir ici pour tenter de déterminer où il peut être et, sinon où, du moins pourquoi.

— Pourquoi ?

Le visage de Freddie s'allongea.

— Ma foi, je suppose qu'il était... enfin... non... je ne suppose rien. Je n'y ai jamais réfléchi. Ce n'est pas une histoire de dettes, hein ? Les Nash sont des gens aisés, pour autant que je sache, mais comme il est le cadet, il ne disposait peut-être pas d'une fortune personnelle.

— Nous y avons pensé, monsieur, et nous avons vérifié. Sa banque nous a permis d'accéder à ses comptes qui sont bien garnis. Et son frère, Mr. Afton Nash, nous assure qu'il n'avait pas d'ennuis financiers. Nous n'avons relevé aucune trace de dette dans les clubs où l'on vient généralement pour jouer.

Freddie avait l'air inquiet.

— Je ne savais pas, moi, que vous aviez accès à ce genre de choses ! Les sommes qu'on mise au jeu, c'est l'affaire de chacun !

— Certainement, monsieur, mais dans le cas d'une disparition, voire d'un meurtre...

— Un meurtre ! Vous croyez que Fulbert a été assassiné ?

Il grimaça horriblement et, se laissant tomber sur une chaise, regarda Pitt à travers ses doigts.

— Pour être tout à fait honnête, nous nous y attendions. Il en savait trop, Fulbert ; c'était un petit malin. Pas assez malin, hélas, pour faire semblant de l'être moins.

— Bien dit, monsieur, fit Pitt en souriant. Ce qui nous intéresse, c'est de savoir laquelle de ses astuces s'est retournée contre lui. Connaissait-il le violeur de Fanny ? Ou bien était-ce autre chose, dont il n'était pas forcément au courant d'ailleurs, même s'il laissait entendre le contraire ?

Freddie fronça les sourcils, mais son visage perdit ses couleurs, faisant ressortir ses veines saillantes. Il évitait de regarder Pitt.

— Je ne vous suis pas ! S'il ne savait rien, pourquoi l'aurait-on tué ? C'est un peu risqué, non ?

— S'il avait dit à quelqu'un : je connais votre secret, ou quelque chose comme ça, il n'aurait pas eu besoin d'en rajouter, expliqua Pitt patiemment. Dans la mesure où il y avait réellement danger, cette personne n'aurait pas attendu qu'il parle.

— Oh, je comprends ! Vous voulez dire, tuons-le pour plus de sécurité ?

— Oui, monsieur.

— Foutaises ! Il s'est peut-être passé des choses bizarres ici, mais rien de bien grave, en vérité. Doux Jésus ! J'habite ici depuis des années, en saison évidemment, pas en hiver, n'est-ce pas ?

La sueur perlait sur son front et sa lèvre supérieure. Il secoua la tête, comme pour s'en débarrasser et chasser en même temps cette abominable idée. Au bout d'un moment, son visage s'éclaira.

— Je ne vois point d'assassin chez nous. Regardez plutôt du côté du Français : c'est le seul que je ne connais pas.

Il agita la main comme si Pitt était un détail importun qu'il aurait voulu écarter de ses préoccupations.

— Il a l'air fortuné, oui, et assez bien élevé, si l'on aime ce style de personnage, un peu trop pointilleux à mon goût. Mais on ne sait absolument pas d'où il vient ; toutes les hypothèses sont permises. Il prend ses aises avec les femmes. Et, maintenant que j'y pense, il ne nous a jamais parlé de sa famille. Il faut se méfier de ceux dont on ignore les origines. Un bon conseil, occupez-vous de lui. Adressez-vous à la police française : elle vous aidera peut-être.

Pitt n'y avait pas songé; il s'en voulut d'autant plus qu'il avait fallu un imbécile comme Freddie Dilbridge pour le lui faire remarquer.

— Oui, monsieur, ce sera fait.

— Il a peut-être déjà commis des viols en France, qui sait!

Freddie s'anima, haussa la voix, content de sa propre sagacité.

— Et Fulbert l'a découvert. Il y avait de quoi le tuer, hein, qu'en dites-vous? Oui, renseignez-vous sur M. Alaric avant son arrivée ici. Je vous garantis que vous trouverez le mobile de votre meurtre. Je vous le garantis! Et maintenant, pour l'amour du ciel, laissez-moi prendre mon petit déjeuner. Je me sens abominablement mal!

Grace Dilbridge avait une tout autre opinion là-dessus.

— Oh non! déclara-t-elle d'emblée. Freddie n'est pas dans son assiette ce matin, ou il n'aurait pas suggéré une chose pareille. C'est quelqu'un de loyal, vous savez. Il ne lui viendrait pas à l'idée de prêter à ses amis des intentions... tant soit peu... indélicates. Mais je vous assure, M. Alaric est un homme tout à fait charmant et civilisé. Fanny, la pauvre enfant, le trouvait irrésistible, comme ma propre fille d'ailleurs, jusqu'à ce qu'elle s'entiche de Mr. Isaacs. Je ne vois vraiment pas ce que je vais en faire!

Elle rougit aussitôt de s'être laissée aller à des confidences devant un individu qui ne valait guère mieux qu'un marchand.

— Mais ça va lui passer, ajouta-t-elle à la hâte. C'est sa première saison, voyez-vous, et il est normal qu'elle ait des soupirants.

Pitt sentit qu'il était en train de perdre le fil. Il s'efforça de la ramener en arrière.

— M. Alaric...

— Sottises! répéta-t-elle avec conviction. Mon mari connaît les Nash depuis des années; il répugne donc à l'admettre, même intérieurement, mais il est évident que Fulbert s'est enfui parce que c'est lui et personne d'autre qui a malmené la pauvre Fanny. Il a dû la prendre pour une bonne dans le noir, mais quand il a découvert qui c'était, et qu'elle l'a vu, naturellement il a été obligé de la tuer pour la faire taire. C'est parfaitement lamentable! Sa propre sœur! Mais les hommes sont lamentables quelquefois : c'est dans leur nature, et ça remonte à Adam. Nous sommes conçus dans le péché, et certains d'entre nous n'arrivent pas à en sortir.

Pitt eut beau chercher une réponse, ses pensées revenaient sur les propos de Grace et cette hypothèse qui ne l'avait pas encore effleuré : que Fulbert ait pu prendre Fanny pour quelqu'un d'autre, une bonne, une fille de cuisine, quelqu'un qui n'aurait jamais osé accuser un gentleman de l'avoir forcée, qui se serait peut-être même laissé faire, voire qui l'aurait encouragé. Puis, lorsqu'il se serait aperçu qu'il s'agissait de sa sœur, l'horreur et la honte non seulement du viol mais de l'inceste auraient conduit bon nombre d'hommes paniqués jusqu'au meurtre. Et cela était valable pour les trois frères Nash! L'énormité de ce constat, les nouvelles perspectives qu'il lui ouvrait lui donnaient le vertige. Les visions se bousculaient dans son imagination à l'infini. Il fallait reprendre tout le problème de zéro, ou presque.

Grace continuait à parler, mais il ne l'écoutait plus. Il avait besoin de temps pour réfléchir, de se retrouver dehors, au soleil, pour revoir tout ce qu'il savait sous ce nouveau jour. Il se leva. Certes, il lui coupait la parole, mais il n'y avait pas d'autre moyen pour s'échapper.

— Votre aide m'a été infiniment précieuse, Lady Dilbridge. Je vous en suis très reconnaissant.

Il la gratifia d'un sourire éblouissant et, l'abandonnant à sa perplexité, sortit dans le vestibule, puis sur le perron, les basques flottantes. La bonne sur les marches s'écarta, le balai sur l'épaule comme un garde présentant les armes.

A l'issue d'une longue semaine, suffocante et chargée, Charlotte lui annonça qu'Emily donnait une réception. Pitt imaginait mal la chose, sinon qu'elle avait lieu dans l'après-midi et que Charlotte était invitée. Il était préoccupé par les nouvelles qu'il attendait de Paris concernant Paul Alaric et par la profusion de détails sur la vie privée des habitants de Paragon Walk, glanés depuis qu'avec l'aide d'un Forbes fasciné et empressé il avait recommencé l'enquête à la lumière de la suggestion de Grace. A en croire les uns et les autres, les relations entre les riverains étaient bien plus riches et variées qu'il ne l'avait soupçonné. Freddie Dilbridge, par exemple, était une figure tristement célèbre. Dans ses fêtes les plus délirantes, on se livrait, semblait-il, à des activités secrètes et apparemment excitantes pour les participants. Diggory Nash, lui, avait succombé plus d'une fois à la tentation. On jasait beaucoup sur Hallam Cayley, surtout depuis la mort de sa femme, mais Pitt n'avait pas encore réussi à démêler les mensonges purs et simples des inventions, et il ignorait totalement quelle était la part de vérité dans tout cela. George, visiblement, avait eu le bon sens de satisfaire ses penchants ailleurs que dans les quartiers des domestiques, mais il était évident qu'il avait eu un faible pour Selena, généreusement payé de retour, et qu'Emily en souffrirait profondément si elle l'apprenait. Quant à Paul Alaric, même s'il y avait autre chose que des vœux pieux à son sujet, personne n'était prêt à en parler.

Pitt eût été ravi de récolter des révélations infamantes sur Afton Nash, qu'il trouvait éminemment antipathique. Cependant, bien qu'aucune des servantes ne fût très favorablement disposée à son égard, rien ne laissait entendre qu'il se fût permis la moindre privauté avec elles.

Fulbert lui-même faisait l'objet de murmures, d'insinuations, mais depuis sa disparition, le simple fait de prononcer son nom provoquait un tel vent d'hystérie que Pitt ne savait que croire. La rue tout entière avait lâché la bride à son imagination. L'abrutissante monotonie des corvées quotidiennes qui durait depuis l'enfance jusqu'au tombeau n'était rompue que par les romans à quatre sous et les histoires échangées en pouffant dans les mansardes exiguës, une fois la longue journée achevée. A présent, assassins et séducteurs impénitents étaient tapis dans le moindre recoin, et la peur, le désir inavoué et la réalité formaient un écheveau inextricable.

Il ne s'attendait pas à ce que Charlotte recueille des renseignements précieux à la réception d'Emily. La solution de l'énigme, il en était convaincu, se trouvait du côté des cuisines et de l'office, hors de portée de Charlotte ou d'Emily. Il lui souhaita donc de bien s'amuser et lui intima fermement de se mêler de ses propres affaires et de s'abstenir de questions ou de commentaires sortant du cadre d'une conversation banalement polie.

Son docile « Oui, Thomas », eût-il été moins absorbé par ses préoccupations, n'aurait pas manqué d'éveiller sa méfiance.

La réception était très formelle, et Charlotte ne cacha pas sa joie en voyant la robe qu'Emily avait commandée pour elle en guise de cadeau. En soie jaune, elle était merveilleusement belle et lui seyait à ravir. Elle eut l'impression d'être le soleil en personne quand elle franchit le seuil, la tête haute, éclatante de bonheur. A sa surprise, seuls cinq ou six convives se retournèrent sur elle, alors qu'elle s'attendait à être le point de mire dans une salle subitement silencieuse. Néanmoins, parmi ces cinq ou six, elle reconnut Paul Alaric. Elle vit son élégante tête brune se détourner de Selena qui se tenait sur une marche. Les joues en feu, Charlotte releva légèrement le menton.

Emily vint immédiatement à sa rencontre; elle fut happée par la foule qui devait compter une cinquantaine de personnes et mêlée à la conversation. Il n'y eut aucun moyen de s'entretenir en privé. D'un long regard appuyé, Emily lui signifia de bien se tenir et de réfléchir avant de parler; l'instant d'après, on l'appela pour accueillir d'autres invités.

— Emily a convié un jeune poète pour qu'il nous lise quelques-unes de ses œuvres, déclara Phoebe avec une gaieté forcée. Son écriture est très provocante, paraît-il. J'espère que nous la comprendrons; cela nous fournira matière à discussion.

— Moi, j'espère que ce n'est pas vulgaire, dit Miss Lucinda rapidement. Ni érotique. Avez-vous vu ces horribles dessins de Mr. Beardsley ?

Charlotte aurait aimé donner son avis sur Mr. Beardsley, mais comme elle n'avait vu aucun de ses dessins ni même entendu parler de leur auteur, elle dut s'en abstenir.

— Je vois mal Emily choisir quelqu'un sans avoir pris soin de s'assurer qu'il n'est ni l'un ni l'autre, répliqua-t-elle d'un ton vif. Bien sûr, on ne saurait répondre des faits et gestes de ses invités, une fois qu'ils sont là ; on ne peut que se fier à son discernement pour opérer un choix judicieux.

— C'est évident.

Miss Lucinda se colora imperceptiblement.

— Je pensais à la malchance, c'est tout.

Charlotte demeura de marbre.

— A mon sens, son œuvre est plus politique que romantique.

— Voilà qui est intéressant, dit Miss Laetitia avec espoir. Je me demande s'il a écrit quelque chose sur les pauvres ou sur la réforme sociale.

— Je crois que oui.

Charlotte se réjouissait d'avoir su capter l'attention de Miss Laetitia. Elle l'aimait bien, surtout depuis que Vespasia lui avait parlé du scandale vieux de plusieurs dizaines d'années.

— C'est le meilleur moyen de réveiller les consciences, ajouta-t-elle.

— Voyons, nous n'avons rien à nous reprocher !

C'était une dame âgée et corpulente, miraculeusement corsetée dans une robe bleu paon ; son visage au menton carré faisait penser à un pékinois, en beaucoup plus massif. Ce devait être, devina Charlotte, Lady Tamworth, installée à demeure chez les demoiselles Horbury, bien que personne ne l'eût présentée.

— La pauvre Fanny a été victime de son époque, poursuivit-elle d'une voix forte. Partout les valeurs se perdent, même ici !

— N'est-ce pas plutôt à l'Église de s'adresser à la conscience de ses ouailles ? demanda Miss Lucinda, les narines frémissantes.

Il n'était pas clair si elle en voulait à Charlotte pour ses opinions politiques, ou à Lady Tamworth pour avoir remis le sujet de Fanny sur le tapis. Charlotte ignora la remarque sur Fanny, pour le moment du moins. Pitt ne lui avait pas dit d'éviter les discussions politiques, même si papa le lui eût défendu tout net ! Mais elle n'avait plus de comptes à rendre à papa.

— C'est peut-être l'Église qui lui a insufflé le désir de s'exprimer selon son mode de prédilection ? suggéra-t-elle innocemment.

— Dans ce cas, ne trouvez-vous pas qu'il usurpe les prérogatives de l'Église ? fit Miss Lucinda avec un froncement de sourcils. Et que ceux qui ont répondu à l'appel de Dieu s'en acquitteraient bien mieux que lui ?

— Peut-être.

Charlotte était déterminée à rester raisonnable.

— Mais cela n'empêche pas tous les autres de faire leur possible. Plus il y a de voix, mieux c'est, non ? Il y a des tas d'endroits où l'Église n'est pas entendue. Et s'il arrivait à en atteindre certains ?

— Alors que fait-il ici ? s'enquit Miss Lucinda. Paragon Walk n'est pas de ces lieux-là. Sa place est ailleurs, dans les rues mal fréquentées ou dans un hospice.

Afton Nash se joignit à elles, haussant un sourcil interloqué devant tant de fougue.

— Et qui donc envoyez-vous à l'hospice, Miss Horbury? demanda-t-il avec un bref coup d'œil sur Charlotte.

— A mon avis, les rues mal famées et les hospices sont déjà acquis à la nécessité d'une réforme sociale, répliqua Charlotte avec une moue désabusée. Et à celle d'améliorer la condition des pauvres. Ce sont les riches qui ont besoin de donner; les pauvres, eux, sont prêts à recevoir. C'est aux puissants de changer les lois.

Lady Tamworth haussa les sourcils avec surprise et une pointe de mépris.

— D'après vous, c'est l'aristocratie, l'élite et la pierre d'angle de la nation, qui est fautive?

Charlotte ne songea même pas à se rétracter par courtoisie, ou parce qu'il était malséant, pour une femme, d'entretenir la polémique.

— Je dis qu'il est inutile de prêcher la solidarité aux pauvres, rétorqua-t-elle. Ou la réforme sociale aux chômeurs et aux illettrés. Les seuls à être capables d'y changer quelque chose sont ceux qui détiennent le pouvoir et l'argent. Si l'Église les avait déjà tous touchés, nous aurions réformé notre société depuis longtemps, et les pauvres auraient du travail pour subvenir à leurs besoins.

Lady Tamworth la contempla d'un œil torve et se détourna, feignant de trouver cette conversation par trop déplaisante, mais Charlotte savait bien qu'elle était surtout à court d'arguments. Un plaisir délicat illuminait les traits de Miss Laetitia; elle croisa momentanément le regard de Charlotte avant de s'éloigner à son tour.

— Chère Mrs. Pitt, dit Afton soigneusement, comme s'il s'adressait à quelqu'un qui maîtrisait mal la langue ou qui était frappé de surdité. Vous n'y connaissez rien ni en politique ni en économie. On ne change pas la société du jour au lendemain.

Phoebe se joignit à eux, mais il l'ignora complètement.

— Les pauvres sont pauvres, poursuivit-il, précisément parce qu'ils n'ont pas les moyens ou la volonté d'être autre chose. On ne va pas déshabiller les riches pour les nourrir. Ce serait insensé... autant arroser le sable dans le désert! Car ils sont légion. Ce que vous suggérez là est totalement irréaliste.

Et il esquissa un sourire condescendant pour sa naïveté.

Charlotte fulminait. Elle dut faire appel à tout son sang-froid pour masquer son expression en affectant une saine curiosité.

— Mais si les riches et les puissants sont incapables de changer les choses, s'enquit-elle, à qui l'Église prêche-t-elle alors, et dans quel but?

— Je vous demande pardon?

Il n'en croyait pas ses oreilles.

Charlotte répéta sa question sans oser regarder Phoebe ou Miss Lucinda.

Avant qu'Afton ne trouve ses mots pour répondre à une remarque aussi grotesque, une autre voix se fit entendre, une voix douce avec une délicate pointe d'accent.

— Dans le but de nous montrer qu'il est bon pour notre âme de savoir donner un peu pour mieux profiter de ce que nous avons et continuer à dormir sur nos deux oreilles, car au moins nous aurons essayé, nous aurons apporté notre contribution! Mais jamais, ma chère, dans l'espoir d'un réel changement !

Charlotte sentit son visage s'enflammer. Elle ne s'était pas rendu compte que Paul Alaric était aussi près ni qu'il l'avait entendue tenir tête à Afton et à Miss Lucinda.

— Quel cynisme, monsieur Alaric ! souffla-t-elle sans le regarder. D'après vous, nous serions tous des hypocrites ?

— Nous ? fit-il en haussant légèrement le ton. Allez-vous à l'église, Mrs. Pitt, et cela vous fait-il du bien ?

Charlotte se retrouvait face à un dilemme. Bien sûr qu'elle n'y allait pas. Les sermons, les rares fois où elle y mettait les pieds, la faisaient bouillir de colère et lui donnaient envie de protester. Mais elle pouvait difficilement le dire devant Afton Nash en espérant qu'il comprendrait. Et elle ferait de la peine à Phoebe. Maudit soit Alaric pour l'avoir acculée à l'hypocrisie !

— Naturellement, mentit-elle en guettant la réaction de Phoebe.

Elle fut immédiatement récompensée : le visage de Phoebe se rasséréna. Charlotte n'avait rien de commun avec elle ; pourtant, chaque fois qu'elle repensait à sa figure pâle et ordinaire, son cœur se serrait de pitié. Peut-être parce qu'elle songeait à tout le mal que pouvait causer la langue acérée, impitoyable, d'Afton.

Se retournant vers Alaric, elle fut à nouveau frappée par son regard pétillant d'humour : il avait parfaitement saisi le comment et le pourquoi de sa réponse. Savait-il qu'elle n'appartenait pas à la classe des nantis, qu'elle était mariée à un policier et arrivait tout juste à joindre les deux bouts, que sa belle robe était un cadeau d'Emily ? Et que tout ce débat sur le fait de donner aux pauvres était purement rhétorique, en ce qui la concernait ?

Elle ne lui vit qu'un sourire charmeur.

— Si vous voulez bien m'excuser, fit Afton d'un ton compassé.

Il traîna presque Phoebe derrière lui, et elle le suivit, les jambes en coton.

— Voilà un généreux mensonge, dit Alaric avec douceur.

Charlotte ne l'écoutait pas. Elle pensait à Phoebe, à la façon douloureuse, presque distante, dont elle marchait, tassée comme pour éviter tout contact avec Afton. Étaient-ce simplement les années de souffrance, un repli instinctif, comme une main brûlée se retire de la flamme ? Ou avait-elle découvert quelque chose, même intuitivement pour l'instant ? Le souvenir d'un changement chez Afton, un mensonge qui lui serait revenu en mémoire, peut-être une scène entre Fanny et lui... non, cette idée était trop obscène ! Cependant, ce n'était pas impossible. Dans le noir, il n'aurait pas su qui c'était : juste une femme à soumettre. Or il aimait à faire souffrir ; cela, elle le savait comme un animal détecte son prédateur à la vue et à l'odeur. Phoebe en était-elle consciente, elle aussi ? Était-ce pourquoi elle avait peur de sortir sur le palier de sa propre maison et appelait le valet en pleine nuit ?

Alaric attendait toujours, posément, mais avec un petit froncement de sourcils interrogateur. Elle avait oublié ce dont ils parlaient et dut lui reposer la question.

— Je vous demande pardon ?

— Un généreux mensonge, répéta-t-il.
— Un mensonge ?
— Lorsque vous dites qu'aller à l'église vous fait du bien, je n'en crois pas un mot. Vous n'avez pas l'enchantement du mystère, Mrs. Pitt. Vous êtes un livre ouvert. Tout votre charme réside dans le fait de deviner quelle vérité dévastatrice vous allez assener. Je doute que vous soyez capable de mentir avec succès, y compris à vous-même !

Qu'entendait-il par là ? Elle préférait ne pas y réfléchir. L'honnêteté était sa seule arme, son seul rempart contre lui.

— Le succès d'un mensonge dépend en grande partie du désir qu'a l'interlocuteur d'y croire, répondit-elle.

Il sourit très lentement, très chaleureusement.

— Et c'est la règle de base de tout le protocole mondain. Quelle remarquable perspicacité ! Surtout, n'en parlez à personne. Vous leur gâcheriez le jeu, et que leur restera-t-il alors ?

Elle déglutit avec effort, refusant de le regarder en face. Avec une infinie prudence, elle ramena la conversation à son point de départ.

— Je mens très bien, par moments !
— Autrement dit, on en revient aux sermons religieux, hein ? Les mensonges rassurants que nous nous serinons à longueur de temps parce que nous voulons y croire. Je me demande ce que nous réserve le poète de Lady Ashworth. Que nous soyons d'accord ou pas, le spectacle, à mon avis, sera dans la salle, ne pensez-vous pas ?

— C'est possible. Et ses paroles vont sans doute alimenter l'indignation dans les semaines à venir.

— Sûrement. Il nous faudra faire beaucoup de

bruit pour nous convaincre une fois de plus que nous sommes dans le vrai et que rien ne peut ni ne doit être changé.

Charlotte se raidit.

— Vous essayez de me faire passer pour quelqu'un de cynique, monsieur Alaric, or je trouve le cynisme fort peu attrayant. C'est une excuse plutôt simpliste. On prétend qu'il n'y a rien à faire ; donc on ne fait rien et on se sent dans son bon droit. Pour moi, c'est une autre forme de malhonnêteté, et que j'apprécie encore moins.

A sa surprise, il eut un énorme sourire dénué de toute affectation.

— Je ne pensais pas qu'une femme était capable de me déconcerter, et pourtant, vous y êtes parvenue. Vous êtes d'une honnêteté affligeante : il n'y a pas moyen de vous embrouiller.

— Parce que vous en aviez l'intention ?

Pourquoi, bonté divine, se sentait-elle aussi flattée ? C'était totalement ridicule !

L'arrivée de Jessamyn Nash empêcha Paul Alaric de répondre. Pas le moindre défaut ne venait ternir son teint de camélia ; son regard tranquille glissa sur Alaric avant de se poser sur Charlotte. Ses grands yeux d'un bleu éclatant brillaient d'intelligence.

— Quel plaisir de vous revoir, Mrs. Pitt ! Je ne me doutais pas que vous alliez nous rendre visite aussi fréquemment. Dans votre propre cercle, n'a-t-on pas l'impression que vous les abandonnez ?

Souriante, Charlotte fixa sans broncher les yeux magnifiques.

— J'espère bien que si, répliqua-t-elle d'un ton léger. Mais je soutiendrai Emily dans la mesure de mes moyens, tant que cette tragique affaire ne sera pas réglée.

Jessamyn savait se maîtriser bien mieux que Selena. Son visage s'adoucit ; un sourire chaleureux joua sur ses lèvres pulpeuses.

— C'est très généreux de votre part. Mais je crois que le changement n'est pas non plus pour vous déplaire.

Charlotte reçut parfaitement le message, mais réussit à garder un air innocent. Elle entendait rendre sourire pour sourire, dût-elle s'en étouffer. Elle n'était pas charmeuse de nature ; néanmoins, elle savait qu'on prenait plus de mouches avec du miel qu'avec du vinaigre.

— Tout à fait, acquiesça-t-elle. Il ne se passe rien d'aussi dramatique là où j'habite. Nous n'avons pas eu de viol ou de meurtre depuis des années, je pense. Peut-être même jamais !

Paul Alaric sortit précipitamment son mouchoir et éternua dedans. Charlotte vit ses épaules trembler de rire, et le rouge du triomphe lui monta au visage.

Jessamyn était livide. Sa voix, lorsqu'elle parla, avait un son grinçant.

— Et de réceptions comme celle-ci non plus, j'imagine ? Permettez-moi de vous donner un conseil d'amie. Il faut circuler, parler à tout le monde. C'est l'usage chez nous, surtout si l'on est plus ou moins liée à la maîtresse de maison. On ne doit pas afficher ses préférences pour un convive en particulier... même si elles sont réelles !

Le coup était magistral. Charlotte n'avait pas d'autre choix que de partir, le cou et la poitrine en feu à l'idée qu'Alaric la soupçonne de rechercher sa compagnie. Qui plus est, son embarras ne faisait que confirmer cette insinuation ! Furieuse, elle se jura de le détromper : elle n'était pas comme toutes ces sottes qui passaient leur temps à le harceler. Elle s'excusa avec un sourire figé et s'éloigna dignement, la tête si haute qu'elle faillit rater la marche entre les deux salles de réception. Alors qu'elle essayait justement de recouvrer son équilibre, elle entra en collision avec Lady Tamworth et Miss Lucinda.

— Désolée, bredouilla-t-elle. Je vous demande pardon.

Lady Tamworth la regarda fixement, notant sa rougeur et son comportement maladroit. Sur sa figure, on lisait clairement ce qu'elle pensait des jeunes femmes qui s'adonnent à la boisson en plein après-midi.

Miss Lucinda, elle, avait d'autres chats à fouetter. Elle empoigna farouchement Charlotte de sa petite main potelée.

— Puis-je vous demander, strictement entre nous, ma chère, dans quelle mesure Lady Ashworth connaît le *Juif*?

Charlotte suivit son regard et vit un jeune homme mince et très brun, au teint bistre.

— Aucune idée, répondit-elle avec un coup d'œil sur Lady Tamworth. Mais je peux lui poser la question, si vous le désirez.

Elles ne se laissèrent pas décontenancer.

— A votre place, je le ferais, ma chère. Après tout, elle ignore peut-être qui il est!

— Peut-être, acquiesça Charlotte. Et qui est-il?

Lady Tamworth parut momentanément désarçonnée.

— Mais... il est juif, voyons!

— C'est ce que vous avez dit.

Lady Tamworth renifla. Le visage de Miss Lucinda s'affaissa; elle fronça les sourcils.

— Vous avez de la sympathie pour les Juifs, Mrs. Pitt ?

— Jésus-Christ n'en était-il pas un ?

— Franchement, Mrs. Pitt! s'exclama Lady Tamworth, tremblant sous l'outrage. Je comprends que la jeune génération ait des valeurs différentes de la nôtre.

Elle fixa à nouveau le cou toujours flamboyant de Charlotte.

— Mais je ne saurais tolérer le blasphème. Sincèrement, non !

— Ce n'est pas un blasphème, Lady Tamworth, fit Charlotte d'une voix claire. Jésus-Christ était juif.

— Jésus-Christ était Dieu, Mrs. Pitt, déclara Lady Tamworth, glaciale. Et Dieu n'est certainement pas juif !

Charlotte ne savait si elle devait sortir de ses gonds ou bien éclater de rire. Heureusement, Paul Alaric n'était pas à portée de voix.

— Ah bon ? dit-elle avec un petit sourire. Je n'y ai jamais vraiment réfléchi. Et qu'est-Il, alors ?

— Un savant fou, rétorqua Hallam Cayley derrière son épaule, un verre à la main. Un Frankenstein qui n'a pas su s'arrêter à temps ! Son expérience lui a quelque peu échappé, ne trouvez-vous pas ?

Il jeta un coup d'œil circulaire à travers la pièce. Son visage exprimait un dégoût indicible.

Lady Tamworth grinça des dents, impuissante : la fureur la laissait sans voix.

Hallam la considéra avec mépris.

— Vous pensez réellement que c'est ce qu'Il a voulu ?

Il termina son verre et le brandit pour décrire un arc de cercle.

— Ce triste ramassis est-il à l'image d'un Dieu qu'on a envie d'adorer ? Si nous descendons de Dieu, on est descendu sacrément bas. Je préfère encore me ranger à l'opinion de Mr. Darwin. D'après lui au moins, nous nous améliorons. D'ici un million d'années, on sera peut-être bons à quelque chose.

Miss Lucinda finit par recouvrer l'usage de la parole.

— Parlez pour vous, Mr. Cayley, dit-elle avec difficulté, comme si elle aussi avait bu. Pour ma part, je suis chrétienne et je n'ai pas de doutes !

— Des doutes ?

Hallam contempla le fond de son verre vide et le retourna. Une seule goutte tomba sur le parquet.

— Si seulement j'avais des doutes ! Car le doute laisse une petite place à l'espoir, non ?

7

La réception, couronnée par la brillante intervention du poète, fut un succès. Il sut exactement jusqu'où chatouiller les consciences, invoquer défis et métamorphoses, insuffler l'envie féroce de critiquer les autres, sans toutefois chercher à troubler les esprits d'une façon véritablement dérangeante. Il leur donna le frisson du danger intellectuel sans aucun de ses désagréments.

Il fut ovationné ; son nom allait être sur toutes les lèvres dans les semaines à venir. Et même l'été suivant, on reparlerait de sa prestation comme d'un événement marquant de la saison.

Mais une fois que ce fut fini et que les derniers convives eurent pris congé, Emily constata qu'elle était trop fatiguée pour savourer sa victoire. La journée s'était avérée plus éprouvante qu'elle ne l'aurait cru. Elle avait mal au dos et les jambes endolories à force de rester debout. Quand enfin elle s'assit, elle s'aperçut qu'elle tremblait légèrement ; que sa réception fût un succès retentissant n'avait plus beaucoup d'importance. La réalité était toujours la même. Fanny Nash violentée et assassinée, Fulbert disparu, et les réponses guère plus réconfortantes ou faciles à assumer pour autant. Elle était bien trop lasse pour s'illusionner sur un quelconque inconnu, totalement étranger à leur existence. Le coupable habitait Paragon Walk. Ils avaient tous leurs petits secrets banals ou sordides, leur face cachée qui, dans la plupart des cas, demeurait à jamais dans l'ombre. C'était bien connu, du reste : seul un imbécile pouvait croire que les individus se résumaient à leur façade souriante. Mais chez les autres, il n'y avait pas eu de crime, pas d'enquête ; ils étaient libres de couver leurs turpitudes en silence, dans les coins obscurs d'où personne ne viendrait les déloger par force. Par une sorte de conspiration mutuelle, tout le monde fermait les yeux.

Seulement, dans le cadre d'une enquête policière, surtout menée par quelqu'un comme Thomas Pitt, que le vrai crime fût résolu ou non, tous les autres menus péchés étaient exhumés tôt ou tard. Non pas de propos délibéré, mais elle savait par expérience, pour avoir vécu les événements de Cater Street et de Callander Square, que les gens avaient souvent tendance à se trahir dans leur empressement même à se protéger. C'était vite arrivé : un mot, un acte irréfléchi dans un moment de panique. Thomas était malin : il semait les graines et attendait qu'elles poussent. Ses yeux perçants, rieurs, voyaient beaucoup de choses... trop même.

Étendue dans le fauteuil, elle s'étira, sentant la raideur dans son dos. Était-ce l'enfant en son sein, déjà ? Elle éprouvait une sensation d'alourdissement, de gêne. Tante Vespasia avait peut-être raison : elle devrait desserrer son corset. Cela lui épaissirait la taille. Elle n'était pas assez grande pour porter les kilos superflus avec grâce. Curieusement, Charlotte n'en avait pas souffert lorsqu'elle attendait Jemima. Mais il faut dire que Charlotte ne s'habillait pas à la dernière mode.

A l'autre bout de la pièce, George tripotait son journal. Il l'avait félicitée pour la réception, mais à présent il évitait de la regarder. Il ne lisait pas ; elle le voyait à l'inclinaison de sa tête, à son regard singulièrement fixe. Quand il lisait réellement, il bougeait, son expression changeait et, de temps à autre, il secouait les pages comme s'il entretenait une conversation avec elles. Cette fois-ci, il se servait du journal comme d'un bouclier, pour échapper à l'obligation de parler. Il avait le don d'être présent et absent en même temps.

Pourquoi ? Elle mourait d'envie de causer, à bâtons rompus, juste pour s'assurer qu'il prenait plaisir à être avec elle. Il ne pouvait certes savoir si tout allait se régler sans provoquer de nouvelles souffrances, mais elle brûlait de l'entendre le dire tout haut, lui prodiguer les mots habituels de réconfort. Alors elle pourrait se les répéter à satiété, jusqu'à les substituer au doute et au raisonnement.

Il était son mari. C'était son enfant qui la rendait aussi fatiguée, fourbue et inexplicablement énervée. Comment pouvait-il rester là, assis tranquillement à quelques mètres d'elle, sans se douter qu'elle avait besoin du son de sa voix, d'une remarque bête et optimiste pour faire taire le tumulte de ses émotions ?

— George !

Il feignit de n'avoir pas entendu.

— George !

Le ton monta, légèrement hystérique.

Il leva la tête. Ses yeux bruns, d'abord innocents

comme s'il était toujours dans sa lecture, se voilèrent lentement : il avait compris sans conteste qu'elle réclamait quelque chose.

— Oui ?

Elle ne savait plus que dire. Le réconfort qu'on quémande n'est pas du réconfort. Elle aurait mieux fait de garder le silence. C'était sa raison qui parlait, mais elle ne réussit pas à tenir sa langue.

— On n'a toujours pas retrouvé Fulbert.

Ce n'était pas à cela qu'elle pensait, mais au moins, cela permettait de meubler la conversation. Elle ne pouvait lui demander ce qu'il craignait que Pitt découvre à son sujet. Leur mariage en serait-il brisé ? Pas un divorce, non : on ne divorçait pas, en tout cas pas chez les gens de qualité. Mais elle connaissait nombre de ces mariages vides, arrangement poli pour partager une maison et un nom. En décidant d'épouser George, Emily avait cru que l'amitié et la tolérance suffiraient... mais elles ne suffisaient pas. Elle s'était accoutumée à l'affection, aux rires partagés, aux petits secrets, aux longs silences complices, aux habitudes même qui font partie du confort et du rythme quotidiens.

Et tout cela s'éloignait peu à peu, comme la marée qui se retire, laissant des étendues de galets nus.

— Je sais, répondit-il avec un froncement de sourcils perplexe.

Manifestement, il n'avait pas compris pourquoi elle énonçait l'évidence. Pour se justifier, elle fut obligée de continuer.

— Croyez-vous qu'il se soit enfui définitivement ? En France, par exemple ?

— Pour quoi faire, voyons ?

— Si c'est lui qui a tué Fanny !

Son visage s'allongea. Visiblement, cette possibilité ne l'avait même pas effleuré.

— Il n'aurait pas tué Fanny, déclara-t-il d'un ton ferme. A mon avis, il doit être mort lui-même. Peut-être est-il allé en ville pour jouer ou autre chose, et il a eu un accident. Ce sont des choses qui arrivent.

— Ne soyez donc pas aussi stupide !

Elle avait fini par perdre patience. La violence de sa réaction la surprit et l'alarma. Jamais encore elle n'avait osé lui parler sur ce ton.

Il parut déconcerté. Le journal glissa sur le plancher.

Maintenant, elle avait un peu peur. Qu'avait-elle fait ? Il la dévisageait de ses yeux bruns grands ouverts. Elle aurait voulu s'excuser, mais elle avait la bouche sèche, et sa voix refusait de lui obéir. Elle inspira très profondément.

— Vous devriez peut-être monter vous allonger, dit-il au bout d'un moment, parfaitement calme. Vous avez eu une rude journée. Ces réceptions sont épuisantes. Et la chaleur a dû vous achever.

— Je ne suis pas malade ! protesta-t-elle rageusement.

Tout à coup, à son horreur, les larmes jaillirent de ses yeux, et elle se mit à pleurer comme une petite fille.

Le visage de George se crispa douloureusement, puis soudain l'explication lui apparut dans une bouffée de soulagement. C'était son état, bien sûr ! Elle le lut dans son regard aussi clairement que s'il l'avait dit tout haut. Il se trompait ! Mais elle était incapable de lui expliquer. Il l'aida à se lever et l'escorta avec douceur dehors et dans l'escalier.

Elle bouillait intérieurement; les mots se bousculaient dans sa tête et s'évanouissaient sans qu'elle pût les ordonner en phrases. Mais elle n'arrivait pas à contenir ses larmes, et il était bon de sentir le bras de George autour d'elle, de n'être pas obligée d'accomplir l'effort toute seule.

Lorsque Charlotte vint la voir le lendemain matin, essentiellement pour prendre de ses nouvelles après la réception, elle la trouva de fort mauvaise humeur. Emily avait mal dormi; couchée dans son lit, elle avait cru entendre George bouger dans la chambre d'à côté. Plus d'une fois, elle avait failli se lever pour aller lui demander pourquoi il faisait les cent pas, ce qui le tracassait tant.

Mais elle estimait ne pas le connaître assez bien pour se permettre de faire irruption dans sa chambre à deux heures du matin. Ce serait trop sans-gêne, voire impudique de sa part. Et elle n'était même pas sûre de vouloir entendre sa réponse. Par-dessus tout, elle craignait sans doute qu'il ne lui mente; elle avait peur de voir clair dans ses mensonges et d'être hantée par la vérité ainsi entraperçue.

Aussi lorsque Charlotte parut, svelte et fraîche, les cheveux brillants, insupportablement impavide dans sa simple robe en cotonnade, Emily n'était pas d'humeur à lui réserver un accueil gracieux.

— Je suppose que Thomas n'a toujours rien trouvé? fit-elle, revêche.

Charlotte eut l'air étonnée. Emily avait conscience de ce qu'elle faisait, mais elle ne pouvait pas s'arrêter.

— Il n'a pas retrouvé Fulbert, répondit Charlotte, si c'est à ça que tu penses.

— Qu'il le retrouve ou non, je m'en moque, siffla Emily. Qu'importe où il peut être, s'il est mort ?

Charlotte ne broncha pas, ce qui l'irrita encore davantage. Charlotte qui se taisait, c'était la goutte qui fit déborder le vase.

— On ne sait pas s'il est mort. Ou alors, s'il l'est, qu'il n'a pas attenté à ses jours.

— Et caché son corps ensuite ? dit Emily avec un mépris cinglant.

— D'après Thomas, il y a des tas de noyés qu'on ne retrouve jamais.

Charlotte persistait à s'exprimer sur un ton raisonnable.

— Ou bien ils sont méconnaissables.

Des visions révulsantes surgirent dans l'imagination d'Emily : cadavres boursouflés au visage rongé, fixant le ciel à travers l'eau trouble. Elle en eut la nausée.

— Tu es franchement dégoûtante !

Elle fusilla Charlotte du regard.

— Toi et Thomas pouvez peut-être en discuter autour d'une tasse de thé, mais pas moi !

— Tu ne m'as pas offert le thé, répliqua Charlotte avec l'ombre d'un sourire.

— Si tu crois que je vais le faire après ça, tu te trompes !

— Tu devrais prendre quelque chose toi-même, avec une sucrerie...

— Encore une allusion polie à mon état, et je vais me mettre à jurer ! déclara Emily, farouche. Je n'ai pas envie de m'asseoir, je ne veux pas de boisson fraîche, rien !

Charlotte commençait à s'énerver quelque peu elle-même.

— Ce que tu veux et ce qu'il te faut, ce n'est pas toujours pareil, repartit-elle du tac au tac. Et monter sur tes grands chevaux ne t'avancera à rien. Tu risques de dire des choses dont tu te repentiras par la suite. Je suis bien placée pour le savoir ! Si quelqu'un ici est capable de réfléchir avant de parler, c'est bien toi. Je t'en supplie, ne perds pas cette faculté au moment où tu en as le plus besoin.

Emily la contempla, une sensation de froid au creux de l'estomac.

— Que veux-tu dire ? Explique-toi !

Charlotte ne bougea pas d'un pouce.

— Je veux dire que si tes craintes te rendent soupçonneuse ou si George sent que tu n'as pas confiance en lui, jamais tu ne pourras remplacer ce que tu auras détruit, même si tu le regrettes profondément ensuite ou que tout cela te semble dérisoire, une fois que tu connaîtras la vérité. Et résigne-toi à ne jamais savoir peut-être qui a tué Fanny. Les crimes ne sont pas tous résolus.

Emily s'assit brusquement. Il était consternant de penser qu'ils n'auraient jamais la réponse, qu'ils passeraient le reste de leur vie à se regarder et à se poser des questions. La moindre affection, la moindre soirée paisible, la plus simple conversation, offre d'aide ou de compagnie seraient ternies par l'incertitude, la pensée fugace... serait-ce celui-ci qui avait tué Fanny, ou celle-là qui était au courant ?

— Il faut qu'on découvre la vérité ! insista-t-elle, refusant de capituler. Si c'est l'un d'entre nous, on le saura forcément. Une épouse, un frère, un ami finiront bien par tomber sur un indice !

— Pas nécessairement.

Charlotte la regarda en secouant légèrement la tête.

— S'il a réussi à cacher son jeu pendant aussi longtemps, pourquoi pas jusqu'à la fin de ses jours ? Peut-être quelqu'un le sait-il déjà. Mais il ou elle n'est pas forcé de l'admettre, pas même en son for intérieur. Il y a des choses qu'on n'a pas envie de s'avouer.

— Un viol ? souffla Emily, incrédule. Mais pourquoi, au nom du ciel, une femme protégerait-elle un homme qui a... ?

Le visage de Charlotte s'assombrit.

— Pour mille raisons. Qui aimerait croire que son mari ou son frère est un violeur et un assassin ? On peut fermer les yeux définitivement sur ce qui s'est passé, si on le veut vraiment. Ou se convaincre que cela ne se reproduira plus, que ce n'était pas réellement sa faute. Tu l'as constaté toi-même, la moitié des gens d'ici ont déjà décidé que Fanny était une fille facile, qu'elle l'avait cherché, voire mérité...

— Arrête !

S'extirpant de son lit, Emily se planta rageusement devant Charlotte.

— Tu n'as pas le monopole de la vérité, tu sais ! Ta suffisance me rend malade. Nous ne sommes pas tous des hypocrites à Paragon Walk, juste parce que nous avons du temps et de l'argent, et que nous nous habillons bien, pas plus que vous dans ta petite rue minable, parce que vous travaillez toute la journée. Vous aussi avez vos mensonges et vos convenances !

Charlotte était très pâle, et Emily fut immédiatement prise de remords. Elle aurait voulu lui tendre les mains, la serrer dans ses bras, mais elle n'osa pas. Elle lui jeta un regard apeuré. Charlotte était la seule personne à qui elle pouvait parler, qui l'aimait inconditionnellement, avec qui elle pouvait partager les craintes et les désirs cachés que toute femme nourrit dans son cœur.

— Charlotte ?

Charlotte ne bougea pas.

— Charlotte ? insista Emily. Je suis désolée.

— Je sais, répondit Charlotte tout bas. Tu aimerais connaître la vérité sur George, et ça te fait peur.

Le temps cessa d'exister. Pendant quelques secondes immobiles, Emily hésita. Puis elle posa la question fatidique.

— Tu es au courant ? Thomas te l'a dit ?

Charlotte ne savait pas mentir. Bien que plus âgée, elle n'avait jamais réussi à duper Emily dont l'œil perçant, exercé, décelait la réticence, l'indécision avant le mensonge.

— Oui, fit Emily, répondant à sa propre question. Dis-le-moi.

Charlotte fronça les sourcils.

— C'est du passé maintenant.

— Dis-le-moi, répéta Emily.

— Ne serait-il pas mieux...

Emily attendit. Elles savaient toutes deux que la vérité, quelle qu'elle fût, valait mieux que l'épuisant va-et-vient entre la peur et l'espoir, le laborieux effort pour se leurrer soi-même, les affres d'une imagination débridée.

— Est-ce Selena ? demanda-t-elle.

— Oui.

Finalement, ce n'était pas si terrible que ça. Peut-être s'en doutait-elle déjà sans vouloir l'admettre.

Était-ce donc ça dont George avait si peur ? Que c'était bête ! Vraiment très bête. Elle allait y mettre le holà, bien sûr. Elle s'arrangerait pour faire perdre ses airs sournois à Selena, la dépouiller de sa complaisance. Elle ignorait encore comment, ou même si elle ferait comprendre à George qu'elle était au courant. Elle joua avec l'idée de le laisser mariner dans ses angoisses, d'attendre que la peur le ronge pour qu'il n'oublie pas de sitôt combien cela pouvait faire mal. Et si elle ne lui en parlait pas du tout ?

Charlotte la regardait anxieusement, guettant sa réaction. Souriante, Emily revint à l'instant présent.

— Merci, dit-elle posément, presque gaiement. Maintenant, je sais à quoi m'en tenir.

— Emily...

— Ne t'inquiète pas.

Elle toucha Charlotte du bout des doigts.

— Je ne vais pas me quereller avec lui. D'ailleurs, je crois que je ne vais rien faire, du moins pour le moment.

Pitt continuait ses investigations dans Paragon Walk. Forbes avait recueilli des informations étonnantes sur Diggory Nash. Au fond, il n'y avait pas vraiment de quoi être surpris, et Pitt s'en voulait de s'être laissé influencer dans ses opinions par ses préjugés. Au vu du raffinement extérieur, du confort, de l'argent, et parce que ces gens-là menaient tous la même vie, venaient à Londres pour la saison, fréquentaient les mêmes clubs et les mêmes cercles, il avait déduit qu'ils étaient tous pareils sous leurs habits uniformément élégants et leurs manières uniformément policées.

Diggory Nash était un joueur à la tête d'une fortune qu'il n'avait pas méritée et qui courtisait, presque par habitude, toutes les femmes tant soit peu avenantes et disponibles. Mais c'était aussi quelqu'un de généreux. Pitt fut déconcerté et honteux de son propre jugement rapide quand Forbes lui apprit que Diggory subventionnait un asile pour femmes sans domicile. Elles étaient légion, les jeunes servantes enceintes qu'on mettait chaque année à la porte des maisons respectables; une fois à la rue, elles finissaient dans un atelier crasseux, un hospice pour pauvres ou un bordel. Quelle surprise que ce fût Diggory Nash, précisément, qui offrît un abri précaire à certaines d'entre elles! Un vieux remords, peut-être? Ou bien simple pitié?

D'une manière ou d'une autre, ce fut avec embarras que Pitt franchit la porte du petit salon de Jessamyn. Elle ne se doutait pas des pensées qu'il avait entretenues, mais lui les connaissait, et cela suffisait à le rendre inhabituellement gauche et timide. L'idée que Jessamyn n'était probablement pas au courant des activités de Diggory ne le consolait guère.

Lorsqu'elle parut, il fut à nouveau frappé par l'impact émotionnel de sa beauté. C'était bien plus qu'une question de carnation ou de symétrie des pommettes et du front. C'était dans la courbe de ses lèvres, l'éclat quasi insoutenable de ses yeux bleus, son cou gracile. Pas étonnant qu'elle s'empare de ce qu'elle désirait : tout lui était accordé d'avance. Et pas étonnant que Selena n'accepte pas de capituler devant cette créature sublime. Il se demanda fugitivement, avant qu'elle ne lui adresse la parole, comment Charlotte aurait réagi face à une telle rivale, si par exemple elle aussi avait jeté son dévolu sur le Français ? L'une ou l'autre aimaient-elles réellement Alaric, ou représentait-il simplement un prix, l'enjeu symbolique de la victoire ?

— Bonjour, inspecteur, dit Jessamyn tranquillement.

Vêtue de soie vert pâle, elle avait l'air aussi fraîche et ferme qu'une jonquille.

— Je ne vois pas ce que je peux faire de plus, mais si vous avez encore des questions, je tâcherai naturellement d'y répondre.

— Merci, madame.

Il attendit qu'elle se fût assise et prit place à son tour, comme d'habitude, laissant ses basques retomber au petit bonheur.

— Nous n'avons toujours pas, hélas, retrouvé la trace de Mr. Fulbert.

Le visage de Jessamyn se crispa imperceptiblement. Elle contempla ses mains.

— Je m'en doute, sinon vous nous auriez prévenus. Vous n'êtes pas venu uniquement pour me dire ça ?

— Non.

Il ne voulait pas qu'elle le surprenne à la dévisager trop ouvertement ; néanmoins, son sens du devoir et une fascination instinctive le contraignirent à ne pas la quitter des yeux. Elle l'attirait comme une lumière solitaire dans une pièce. Bon gré mal gré, il était impossible de s'en détacher.

Elle leva les yeux. Son visage était lisse ; son regard, clair et brillamment direct.

— Que vous dire d'autre ? Vous avez parlé à tout le monde. Vous connaissez assurément tout ce que nous savons de ses derniers jours ici. Si vous n'avez pas retrouvé sa trace en ville, ou bien il a fui sur le continent, ou bien il est mort. Aussi pénible que soit cette hypothèse, je ne puis m'y soustraire.

Avant de sortir, il avait mis de l'ordre dans les questions qu'il entendait poser. A présent, elles lui semblaient beaucoup moins ordonnées, voire moins utiles. Il ne fallait pas non plus paraître impertinent. Elle pouvait facilement s'emporter et refuser de répondre ; or le silence ne lui apprendrait pas grand-chose. Attention aussi à la flagornerie : elle avait l'habitude des compliments, et il la jugeait trop intelligente, trop cynique même, pour s'y laisser prendre. Il commença donc avec la plus grande prudence :

— S'il est mort, madame, il est fort probable qu'on l'a assassiné parce qu'il savait quelque chose que son meurtrier ne pouvait se permettre de le voir divulguer.

— C'est une conclusion évidente, acquiesça-t-elle.

— La seule chose à ce point monstrueuse que nous puissions envisager, c'est l'identité du violeur et de l'assassin de Fanny.

Il fallait prendre garde à ne pas lui parler avec condescendance ni lui donner l'impression qu'il cherchait à l'influencer.

Elle esquissa une moue ironiquement amère.

— Nous tenons tous à préserver notre vie privée, Mr. Pitt, mais pas au point d'aller jusqu'à tuer nos voisins. Faute de preuves, il serait grotesque de croire qu'il existe deux secrets aussi dangereux à Paragon Walk.

— Tout à fait.

Elle poussa un soupir à peine audible.

— Ce qui revient à nous demander qui a violé la pauvre Fanny, dit-elle lentement. Évidemment, on s'est tous posé la question. C'eût été difficile d'y échapper.

— Certes, surtout lorsqu'on a été aussi proches qu'elle et vous.

Ses yeux s'agrandirent.

— Bien sûr, poursuivit-il un peu trop précipitamment peut-être, si vous saviez quelque chose, vous nous l'auriez dit. Cela ne vous empêche pas toutefois d'avoir une opinion, pas un soupçon à proprement parler, mais, comme vous l'avez fait remarquer...

Il l'observait de près pour juger jusqu'où il pouvait aller entre le discours clair et la suggestion.

— ... il est difficile de ne pas y penser.

— Vous voulez savoir si je suspecte l'un de mes voisins ?

Son regard bleu était presque hypnotique. Il se sentait incapable de s'y arracher.

— Eh bien ?

Longtemps, elle garda le silence. Ses mains remuaient doucement, dénouant un nœud invisible.

Il attendit.

Finalement, elle leva les yeux.

— Oui. Mais comprenez-moi bien, ce n'est qu'un sentiment, un ensemble d'impressions.

— Bien entendu.

Il ne voulait pas l'interrompre. A défaut d'apprendre quelque chose, il en saurait davantage sur elle.

— J'ai peine à croire que quelqu'un de normalement constitué, en pleine possession de ses facultés, puisse commettre un acte pareil.

Elle semblait peser chaque mot, comme si le devoir seul la poussait à vaincre sa réticence.

— Je connais tout le monde ici depuis des années. J'ai tourné et retourné le problème dans ma tête, et je n'arrive pas à m'imaginer qu'un tel tempérament soit passé inaperçu.

Il éprouva une brusque déception. Voilà qu'elle allait lui servir quelque couplet invraisemblable sur les étrangers.

Ses doigts rigides reposaient sur ses genoux, blancs sur le fond vert de sa robe.

— En effet, fit-il d'une voix atone.

Elle se redressa. Le sang lui monta aux joues; elle inspira profondément et se reprit.

— J'entends par là, Mr. Pitt, qu'on agit de la sorte seulement sous l'empire d'un sentiment tout à fait anormal, ou alors en état d'ébriété. Quelqu'un qui a trop bu commet parfois des actes qui ne lui viendraient même pas à l'esprit en temps ordinaire. Et par la suite, il ne s'en souvient pas toujours, paraît-il. Cela expliquerait aussi une apparence d'innocence, non? Si celui qui a tué Fanny n'en a gardé qu'un vague souvenir...?

Il repensa à George frappé d'amnésie quant à ses occupations ce soir-là; à Algernon Burnon, peu enclin à citer la personne qui lui avait tenu compagnie; à la partie de jeu anonyme de Diggory. Mais c'était surtout Hallam Cayley qui s'enivrait dernièrement au point d'être incapable d'émerger le matin. D'après Afton, il avait été en proie à la torpeur éthylique le matin même où l'on avait découvert la disparition de Fulbert. La suggestion n'était pas si bête. Cela expliquerait l'absence de mensonges, de toute tentative de brouiller les pistes. Un assassin qui ne se rappelait même pas son propre crime ! Il devait y avoir un trou noir, terrifiant, dans son esprit ; il se posait des questions ; la nuit, les cauchemars peuplaient son sommeil de bribes de violence, d'images, de l'odeur et du bruit de l'innommable. Mais la boisson l'aidait à oublier.

— Merci, dit-il poliment.

Elle reprit une grande inspiration.

— Peut-on condamner quelqu'un pour ce qu'il a fait en état d'ivresse ? s'enquit-elle lentement, avec un petit froncement de sourcils.

— Si Dieu le condamne, ça, je n'en sais rien, répondit Pitt honnêtement. Mais la justice s'en chargera certainement. On n'a pas besoin de s'enivrer.

Sans broncher, elle poursuivit le cours de ses pensées.

— Quelquefois, on boit pour noyer son chagrin.

Chaque mot était pesé avec le plus grand soin.

— Parce qu'on est malade, qu'on souffre ou qu'on a perdu un être cher.

Il songea immédiatement à la femme de Hallam Cayley. Était-ce là ce qu'elle cherchait à lui suggérer ? Il la regarda, mais son visage était aussi lisse que du satin blanc. Il résolut de se jeter à l'eau.

— Pensez-vous à quelqu'un en particulier, Mrs. Nash ?

Elle détourna brièvement les yeux ; leur éclat bleu s'était voilé.

— Je préfère ne pas entrer dans les détails, Mr. Pitt. Je ne saurais vous répondre. S'il vous plaît, n'essayez pas de m'arracher des accusations.

Elle le contempla à nouveau, le regard clair, d'une franchise éblouissante.

— Si j'apprends quelque chose, je vous tiendrai au courant, c'est promis.

Il se leva. Il savait qu'elle n'en dirait pas plus.

— Merci, Mrs. Nash. Votre aide m'a été précieuse. Vous m'avez fourni matière à réflexion.

Il s'abstint de conclure par une banalité comme quoi l'affaire serait bientôt résolue. C'eût été insultant pour elle.

Elle sourit imperceptiblement.

— Merci, Mr. Pitt. Bonne journée.

— Bonne journée à vous, madame.

Et il se laissa reconduire dehors.

Une fois dans Paragon Walk, il traversa la chaussée en direction de la pelouse d'en face. Il n'avait pas le droit de marcher sur l'herbe — c'était spécifié sur un écriteau —, mais il aimait à la sentir sous les semelles de ses bottes. Les pavés étaient inanimés, dénués de grâce : indispensables s'ils devaient être foulés par des milliers de passants, mais ils cachaient la terre.

Que s'était-il passé dans cette promenade élégante, ordonnée, ce fameux soir ? Quel chaos soudain avait bouleversé cette quiétude pour retomber en un tas de débris totalement informes ?

Les sentiments lui échappaient. Tout ce qu'il touchait se fragmentait et se désintégrait.

Il fallait en revenir aux choses pratiques, à la mécanique du meurtre. Les gentlemen des beaux quartiers se promenaient rarement avec un couteau. Pourquoi, comme par hasard, le violeur en avait-il un sur lui ? Était-ce possible qu'il n'eût pas agi sous l'empire d'une passion aveugle, mais bel et bien avec préméditation ? Se pouvait-il qu'il eût projeté cet assassinat, et que le viol fût accessoire, une impulsion ou bien une feinte ?

Mais pourquoi assassiner Fanny Nash ? Il ne

connaissait personne de plus inoffensif. Elle n'avait pas de fortune à hériter, pas d'amant; aucun homme, d'après ses renseignements, ne s'était intéressé à elle, à l'exception d'Algernon Burnon... et encore, la raison, dans cette histoire, semblait l'emporter sur les sentiments.

Fanny aurait-elle, en toute innocence, découvert quelque secret qui lui avait coûté la vie ? Peut-être même sans se rendre compte de ce que c'était ?

Et le couteau, qu'était-il devenu ? L'assassin était-il toujours en sa possession ? Était-il caché quelque part, loin d'ici, au fond du fleuve ?

Autre question pratique : elle avait été poignardée à mort; il revoyait encore l'épaisse coulée de sang sur son corps. Pourquoi n'y avait-il pas de sang sur la route, aucune trace entre le salon et le lieu de l'agression ? Il n'avait pas plu depuis. L'assassin avait pu se débarrasser de ses vêtements; l'explication était simple, même si, en dépit de sa diligence, Forbes n'avait pas réussi à trouver un seul valet qui aurait remarqué un manque dans la garde-robe de son maître ou des débris calcinés dans une chaudière ou un foyer de cheminée.

Mais pourquoi pas de sang sur la route ?

Cela aurait-il pu arriver ici, sur l'herbe, ou au milieu d'un parterre de fleurs où les marques auraient été ensevelies ? Dans les buissons où elles seraient passées inaperçues ? Mais ni lui ni Forbes n'avaient relevé de traces de lutte : pas de fleurs piétinées, pas de branches cassées pouvant s'expliquer autrement que par le passage d'un chien, de quelqu'un qui aurait trébuché dans le noir, par la maladresse d'un aide-jardinier ou le batifolage entre une bonne et un valet.

S'il y avait eu quelque chose, ils ne l'avaient pas trouvé ni identifié; depuis, l'assassin ou d'autres l'avaient fait disparaître.

Il se tourna à nouveau vers les mobiles et les protagonistes. Pourquoi ? Pourquoi Fanny ?

Il fut tiré de ses réflexions par un raclement de gorge discret, à quelques pas de lui, de l'autre côté des rosiers. Il leva les yeux. Un majordome âgé et morose se tenait dans l'allée, le regardant d'un air gêné.

— C'est moi que vous cherchez ? s'enquit Pitt, feignant de ne pas remarquer qu'il marchait sur le gazon.

— Oui, monsieur. Si vous voulez bien avoir l'obligeance, monsieur, Mrs. Nash aimerait vous voir.

— Mrs. Nash ?

Il pensa aussitôt à Jessamyn.

— Oui, monsieur.

Le majordome s'éclaircit la voix.

— Je veux dire, Mrs. Afton Nash, monsieur.

Phoebe !

— Mais certainement, répondit Pitt sur-le-champ. Est-elle chez elle ?

— Oui, monsieur. Si vous voulez bien me suivre.

Pitt lui emboîta le pas. Ils traversèrent la chaussée en direction de la maison d'Afton Nash. La porte s'ouvrit avant qu'ils n'eussent gravi les marches du perron, et on les fit entrer. Phoebe était dans un petit salon, au fond. Une haute fenêtre donnait sur la pelouse.

— Mr. Pitt !

Légèrement essoufflée, elle semblait presque surprise.

— Comme c'est gentil d'être venu ! Hobson, envoyez-nous Nellie avec un plateau. Vous prendrez bien une tasse de thé ? Mais oui, bien sûr. Je vous en prie, asseyez-vous.

Le majordome disparut, et Pitt s'assit docilement, après l'avoir remerciée.

— La chaleur est toujours aussi épouvantable, fit-elle en gesticulant. Je n'aime pas beaucoup l'hiver, mais en ce moment, j'en viendrais presque à le regretter !

— Il va bientôt pleuvoir, et le temps se rafraîchira sûrement.

Il ne savait pas comment la mettre à l'aise. Elle ne l'écoutait pas vraiment et ne l'avait pas regardé une seule fois.

— Ah, je l'espère de tout cœur.

Elle s'assit et se releva aussitôt.

— Tout cela est très éprouvant. Ne trouvez-vous pas ?

— Vous désiriez me voir, Mrs. Nash ?

Visiblement, elle n'allait pas en venir au fait d'elle-même.

— Moi ? Eh bien...

Elle toussota pour gagner quelques secondes supplémentaires.

— Vous n'avez toujours pas retrouvé la trace du pauvre Fulbert ?

— Non, madame.

— Oh, mon Dieu !

— Vous savez quelque chose ?

A l'évidence, il fallait lui tirer les vers du nez.

— Oh non ! Bien sûr que non. Sinon je vous l'aurais dit.

— Mais vous m'avez fait venir pour me parler, observa-t-il.

Elle s'agita.

— Oui, oui, je le reconnais... seulement, ça ne concerne pas le pauvre Fulbert, je le jure.

— Alors de quoi s'agit-il, Mrs. Nash ?

Il voulait bien employer la douceur, mais le temps pressait. Si elle détenait des informations, il avait besoin de les connaître. Il tâtonnait dans le noir, autant que le premier jour quand il avait vu le corps de Fanny à la morgue.

— Dites-le-moi.

Elle se figea. Puis elle porta les mains à son cou, au volumineux crucifix qui l'ornait et qu'elle serra entre ses doigts, enfonçant ses ongles dans ses paumes.

— Le mal est à l'œuvre, Mr. Pitt. Il se passe des choses terribles ici, des choses effrayantes.

Était-ce son imagination débridée, frisant l'hystérie ? Que savait-elle au juste ? Ou bien éprouvait-elle seulement de vagues craintes qui enfiévraient sa tête de linotte ? Il regarda son visage, ses mains.

— Quelle sorte de mal, Mrs. Nash ? demanda-t-il avec calme.

Que la cause fût réelle ou imaginaire, sa peur — il l'aurait juré — n'était pas feinte.

— Auriez-vous vu quelque chose ?

Elle fit un signe de croix.

— Oh, doux Jésus !

— Qu'avez-vous vu ? persista-t-il.

Était-ce Afton Nash, et elle le savait, mais comme il était son mari, elle ne se décidait pas à le trahir ? Ou bien était-ce Fulbert, coupable de viol, d'inceste et de suicide, et elle le savait aussi ?

Se levant, il tendit la main vers elle, non pas pour la toucher, mais dans un geste de soutien.

— Qu'avez-vous vu ? répéta-t-il.

Elle se mit à trembler, d'abord la tête, animée de petites secousses de gauche à droite, puis les épaules, et finalement le corps tout entier. Et elle geignait légèrement, comme un enfant.

— Quelle sottise ! lâcha-t-elle furieusement entre ses dents. Mais quelle sottise ! Et maintenant, c'est devenu réalité, que Dieu nous protège !

— Qu'est-ce qui est devenu réalité, Mrs. Nash ? questionna-t-il d'un ton pressant. Que savez-vous ?

— Oh !

Elle leva la tête et le contempla fixement.

— Rien ! Je dois divaguer. Jamais on n'en sortira vainqueurs. On est tous perdus, par notre faute. Allez-vous-en et laissez-nous tranquilles. Vous êtes quelqu'un d'honnête dans votre genre. Allez-vous-en. Priez, si vous le souhaitez, mais partez avant que ça ne vous gagne à votre tour. Et ne me dites pas que je ne vous aurai pas prévenu !

— Vous ne m'avez pas prévenu. J'ignore d'où vient le danger, fit-il, désemparé. Qu'est-ce que c'est ? De quoi s'agit-il ?

— Le mal !

Son visage se ferma ; elle avait le regard dur et sombre.

— L'abomination règne dans Paragon Walk. Fuyez-la alors qu'il est encore temps.

Il ne voyait pas ce qu'il pouvait faire d'autre. Pendant qu'il cherchait quelque chose à dire, la bonne apporta le plateau de thé.

Phoebe l'ignora.

— Je ne puis m'en aller, madame. Je dois rester jusqu'à ce que je trouve le coupable. Mais je ferai attention. Merci de votre sollicitude. Au revoir.

Elle ne répondit pas et se contenta de fixer le plateau.

Pauvre femme, pensa-t-il dehors, dans la canicule. Tout l'épisode, d'abord sa belle-sœur, et maintenant son beau-frère, avait été trop pour elle. Elle avait sombré dans l'hystérie. Et il ne fallait pas qu'elle compte sur la compassion d'Afton. Dommage qu'elle n'eût pas une occupation, des enfants pour lui accaparer l'esprit et l'empêcher de déraisonner. Il y avait des moments, surprenants et déconcertants, où il plaignait les riches autant que les traîne-misère. Certains d'entre eux étaient tout aussi pathétiques, prisonniers de la hiérarchie... enchaînés à leur fonction, ou à l'absence de celle-ci.

Tard dans l'après-midi, Emily reçut la visite des demoiselles Horbury, bien plus tard en fait que la bienséance ne l'autorisait. Quand la bonne vint les annoncer, Emily ne cacha pas son irritation. Elle envisagea même de faire dire qu'elle n'était pas disponible, mais comme elles habitaient tout près et qu'elle les croisait régulièrement, mieux valait ne pas les froisser, malgré la singularité de leur conduite.

Elles parurent dans un nuage de jaune, qui leur seyait très mal à l'une et à l'autre, bien que pour des raisons tout à fait différentes. A Miss Laetitia, il conférait un teint cireux : on eût dit qu'elle avait la jaunisse. Chez Miss Lucinda, il jurait avec ses cheveux filasse, lui donnant l'allure d'un petit oiseau belliqueux qui serait allé trop loin dans le processus de la mue. Ses petites mèches tressautaient quand elle fit irruption dans la pièce, les yeux rivés sur Emily.

— Bonjour, Emily, ma chère !

Son ton, inhabituellement désinvolte, frisait la familiarité.

— Bonjour, Miss Horbury, répondit Emily avec froideur. Quelle agréable surprise !

Elle mit l'accent sur le mot « surprise ». A Miss Laetitia, qui se tenait avec réticence un peu à l'écart, elle adressa un sourire distant.

Miss Lucinda s'assit sans y avoir été invitée.

Emily n'avait aucune intention de leur offrir un rafraîchissement à cette heure de l'après-midi. Avaient-elles perdu tout sens des convenances ?

— La police n'a pas l'air d'avancer dans son enquête, remarqua Miss Lucinda, s'enfonçant dans son fauteuil. A mon avis, ils n'ont pas la moindre piste.

— Même s'ils en avaient une, ils ne nous le diraient pas, fit Miss Laetitia à la cantonade. Pourquoi nous tiendraient-ils au courant ?

Emily s'assit, résignée à être polie, du moins au début.

— Je ne sais pas, répondit-elle avec lassitude.

Miss Lucinda se pencha en avant.

— Je crois qu'il se passe quelque chose !

— Ah oui ?

Emily était partagée entre la colère et l'envie de rire.

— Absolument ! Et j'entends découvrir ce que c'est. Je viens ici tous les ans pour la saison depuis mon enfance !

Que répondre à cela ?

— Ah bon, fit Emily d'un ton réservé.

— Qui plus est, poursuivit Miss Lucinda, ça m'a l'air parfaitement scandaleux, et il est de notre devoir d'y mettre fin !

— Oui...

Emily pataugeait complètement.

— ... Sûrement.

— A mon avis, ça a un rapport avec ce Français, décréta Miss Lucinda avec conviction.

Miss Laetitia secoua la tête.

— Lady Tamworth dit que c'est le Juif.

Emily cligna des yeux.

— Quel Juif?

— Mais Mr. Isaacs, voyons!

Miss Lucinda commençait à perdre patience.

— C'est stupide, personne ne le reçoit, sauf pour affaires. Non, ce sont ces soirées chez Lord Dilbridge. Je me demande comment la pauvre Grace peut supporter tout ça.

— Quoi donc? dit Emily.

Elle ne savait même pas si elle devait prêter l'oreille à ce galimatias.

— Tout ce qui se passe! Franchement, ma chère Emily, vous devriez vous intéresser aux événements dans votre voisinage immédiat. Sinon, comment les enrayer? Car c'est à nous de veiller au respect des valeurs.

— Elle est très attachée aux valeurs, glissa Miss Laetitia.

— Heureusement, siffla Miss Lucinda. Il faut bien que quelqu'un s'en préoccupe, et c'est loin d'être le cas de tout le monde!

— Je n'ai aucune idée de ce qui se passe.

Emily était un peu gênée par les sous-entendus qu'elles se renvoyaient au visage.

— Je ne vais pas aux soirées chez les Dilbridge et, très honnêtement, j'ignorais qu'ils en donnaient plus que la moyenne des gens en période estivale.

— Moi non plus, ma chère, je n'y « vais » pas. Et je ne pense pas qu'ils en donnent plus que d'autres. Ce n'est pas le nombre qui compte, c'est le contenu. Je vous le dis, chère Emily, il se passe quelque chose de bizarre, et j'ai bien l'intention de découvrir quoi !

— A votre place, je serais prudente.

Emily se sentit obligée de la mettre en garde.

— Rappelez-vous les drames qui se sont produits ici. Ne vous exposez pas à un danger.

Elle songeait davantage aux susceptibilités que Miss Lucinda risquait de froisser par sa curiosité qu'à un quelconque péril pour Lucinda elle-même.

Miss Lucinda se leva, le buste en avant.

— Je suis d'un courage inébranlable quand j'ai une vision claire de mon devoir. Et je compte sur votre aide, si vous apprenez quelque chose d'important !

— Mais tout à fait, acquiesça Emily.

Rien de ce qui touchait au royaume du « devoir » de Miss Lucinda ne pouvait avoir d'importance pour elle.

— Parfait ! Et maintenant, il faut que j'aille voir la pauvre Grace.

Avant qu'Emily ne trouve ses mots pour faire remarquer poliment l'heure tardive, elle sortit, entraînant Miss Laetitia dans son sillage.

Debout dans le jardin au crépuscule, Emily offrait son visage à la brise du soir. Une fragrance douce, délicate, de roses et de réséda flottait au-dessus de l'herbe sèche. Une étoile brillait déjà dans le ciel, bien qu'il fût encore bleu-gris et teinté de couleur à l'horizon.

Elle pensait à Charlotte qui n'avait pas de jardin, pas de place pour les fleurs : elle éprouvait une vague culpabilité d'avoir été tant gâtée par la chance sans le moindre effort de sa part. Et elle décida de trouver un moyen élégant pour partager davantage, sans que Charlotte s'en aperçoive... Charlotte ou Pitt. Car outre le fait qu'il était le mari de Charlotte, Emily aimait bien Pitt pour lui-même.

Elle se tenait immobile, face à la brise, quand elle l'entendit : un hurlement strident, déchirant, qui n'en finissait plus, fendant le crépuscule. Il se répercuta dans l'air paisible, puis recommença, guttural, à vous glacer le sang dans les veines.

Emily se figea : elle en avait la chair de poule. Un lourd silence plana sur les lieux.

Quelque part, on cria.

Soulevant ses jupes, Emily se précipita dans la maison. Elle traversa en courant le salon, le vestibule et se rua dehors, appelant le valet et le majordome.

Dans l'allée, elle s'arrêta. Des lumières s'allumaient dans Paragon Walk ; une voix d'homme résonna à deux cents mètres de là.

Soudain, elle vit Selena qui courait au milieu de la route ; ses cheveux défaits cascadaient dans son dos, et son corsage déchiré révélait sa chair blanche.

Emily s'avança vers elle. Au fond de son cœur, elle savait déjà ce que c'était. Pas besoin d'entendre les paroles haletantes, sanglotantes de Selena.

Elle tomba dans les bras d'Emily.

— J'ai été... violentée !

— Chut ! fit Emily, la serrant contre elle. Chut !

Elle ne se souciait pas de ce qu'elle disait : c'était le son de la voix qui comptait.

— C'est fini maintenant. Venez, venez avec moi.

Selena était en larmes. Avec douceur, Emily l'entraîna vers la maison.

Une fois à l'intérieur, elle ferma la porte du salon et la fit asseoir. Les domestiques étaient tous dehors, à la recherche de l'homme, un inconnu, quiconque dont la présence ne se justifiait pas... bien qu'il vînt fugitivement à l'esprit d'Emily qu'il suffisait à l'individu en question de se joindre aux poursuivants pour passer pratiquement inaperçu.

Peut-être, une fois qu'elle aurait réfléchi, recouvré son calme, Selena parlerait moins, se montrerait confuse ou gênée.

S'agenouillant devant elle, Emily lui prit les mains.

— Comment est-ce arrivé? demanda-t-elle avec autorité. Qui est-ce?

Selena releva la tête. Elle était rouge; ses yeux agrandis brillaient.

— C'est affreux! chuchota-t-elle. Un appétit violent, comme je n'en ai jamais connu de ma vie! J'en garderai le souvenir — et l'odeur — jusqu'à la fin de mes jours!

— Qui est-ce? répéta Emily.

— Il était grand, fit Selena lentement. Grand et mince. Et... Dieu qu'il était fort!

— Qui?

— Je... Oh, Emily, jurez-moi devant Dieu que vous ne direz rien... jurez-le-moi!

— Pourquoi?

— Parce que...

Elle déglutit avec effort. Les yeux immenses, elle était secouée d'un tremblement.

— Je... je crois que c'était M. Alaric, mais...

mais je n'en suis pas sûre. Jurez-le, Emily ! Si vous l'accusez à tort, nous courrons toutes les deux un terrible danger. Souvenez-vous de Fanny ! Moi, je jurerai que je ne sais rien du tout.

8

On appela Pitt, bien sûr, et il partit sur-le-champ, dans le même cab qui lui avait délivré le message. En arrivant à Paragon Walk, il trouva Selena, vêtue d'une robe sobre d'Emily, assise sur le grand canapé du salon. Elle avait repris ses esprits. Le visage en feu, ses mains blanches nouées sur ses genoux, elle lui narra néanmoins sa mésaventure d'un ton parfaitement calme.

Elle revenait d'une brève visite chez Grace Dilbridge, pressant le pas pour rentrer avant la tombée de la nuit, quand elle fut attaquée par-derrière par un homme d'une taille au-dessus de la moyenne et d'une force phénoménale. Il la jeta sur l'herbe, à côté du parterre de roses, d'après ce qu'elle avait cru remarquer. La suite était trop atroce... sensible comme il l'était, Pitt n'allait certainement pas lui demander de la décrire ? Il suffisait de savoir qu'elle avait été violentée. Par qui, elle n'en avait pas la moindre idée. Elle n'avait pas vu son visage, et elle était incapable de fournir son signalement, outre sa force herculéenne et la brutalité de son comportement bestial.

Il la questionna sur les détails qu'elle aurait pu

noter involontairement : ses habits, étaient-ils rugueux ou de belle texture, portait-il une chemise sous sa veste, blanche ou de couleur sombre ? Avait-il les mains calleuses ?

Elle réfléchit juste une fraction de seconde.

— Oh ! fit-elle, frémissant de surprise. Oui, vous avez raison. Il était bien habillé. Ce devait être un gentleman. Je me souviens de manchettes blanches. Et il avait les mains douces, mais...

Elle baissa les yeux.

— ... d'une force inouïe !

Il poursuivit l'interrogatoire, mais elle n'avait rien d'autre à lui révéler. Son agresseur n'avait pas prononcé un mot ; elle se tut finalement, bouleversée, incapable de continuer.

Pitt dut capituler et se rabattre sur la routine de la recherche d'indices. Au cours d'une longue et épuisante nuit, Forbes et lui interrogèrent tous les hommes de Paragon Walk qu'ils furent obligés de tirer du lit, furieux et effrayés. Comme la première fois, chacun put fournir un alibi suffisamment plausible, mais sans la preuve formelle qu'il ne s'était pas trouvé dehors pendant ces quelques instants fatidiques.

Afton Nash était dans son bureau, mais celui-ci donnant sur le jardin, il aurait pu aisément se glisser à l'extérieur sans être vu. Jessamyn Nash jouait du piano ; elle n'aurait su dire si Diggory était resté dans la pièce toute la soirée. Freddie Dilbridge était seul dans son jardin d'hiver qu'il envisageait de redécorer, expliqua-t-il. Grace n'était pas avec lui. Hallam Cayley et Paul Alaric vivaient seuls. Unique consolation, George était allé en ville, et il semblait hautement improbable qu'il eût regagné Paragon Walk en douce.

Les domestiques furent tous questionnés, et leurs réponses, comparées. Certains avaient été occupés à des activités qu'ils auraient préféré garder secrètes : il y avait trois liaisons sentimentales distinctes et une partie de cartes au cours de laquelle une forte somme d'argent avait changé de mains. Il y aurait peut-être des congédiements dans la matinée ! Mais la plupart d'entre eux soit avaient un alibi, soit s'étaient trouvés précisément là où ils étaient censés être.

Pour finir, dans l'aube tiède et immobile, la gorge sèche et les yeux rougis par le manque de sommeil, Pitt dut admettre qu'il n'avait pas avancé d'un pouce.

Deux jours plus tard, il reçut enfin une réponse de Paris concernant Paul Alaric. Debout au milieu du poste de police, il contempla la lettre, plus désorienté que jamais. La police française n'avait relevé aucune trace de lui ; elle s'excusait de ce retard, mais une demande de renseignements avait été expédiée dans toutes les grandes villes de France, sans résultat précis. Il y avait, bien sûr, une ou deux familles qui portaient ce nom-là, mais aucun de leurs membres ne correspondait de par son âge ou son physique au signalement de l'intéressé. Et ils possédaient tous un alibi. Enfin, il n'existait pas dans les archives judiciaires de Paul Alaric poursuivi, ou *a fortiori* inculpé pour attentat à la pudeur.

Pitt se demanda pourquoi Alaric avait menti sur ses origines.

Puis il se rappela qu'Alaric n'en avait jamais parlé. Tout le monde disait qu'il était français, mais lui-même n'avait rien dit du tout, et Pitt n'avait pas jugé utile de lui poser la question. Grace Dilbridge avait probablement raison : Freddie l'avait accusé dans le seul but de détourner l'attention de ses propres amis. Quoi de plus facile que de charger l'unique étranger ?

Pitt classa la réponse de Paris et retourna à ses investigations sur le terrain.

L'enquête se prolongea pendant de longues et suffocantes journées et, d'une question routinière à l'autre, Pitt dut progressivement se consacrer aux autres crimes. Le reste de Londres ne s'était pas subitement trouvé délivré des cambriolages, escroqueries et agressions, et il ne pouvait passer tout son temps sur une seule énigme, aussi tragique ou dangereuse fût-elle.

Lentement, la vie à Paragon Walk reprit son cours. Bien sûr, l'épreuve de Selena n'avait pas été oubliée. Les réactions qu'elle suscitait variaient. Curieusement, c'était Jessamyn qui se montrait la plus compatissante. Leur ancienne animosité semblait s'être totalement dissipée. Emily n'en revenait pas, non seulement parce qu'elles affichaient maintenant leur amitié, mais parce qu'on les sentait satisfaites, comme si chacune était convaincue d'avoir remporté une énorme victoire.

Jessamyn débordait de sollicitude pour la triste mésaventure de Selena et profitait du moindre prétexte pour la cajoler, incitant même les autres à suivre son exemple. Incidemment, l'événement demeurait ainsi dans toutes les mémoires, fait qu'Emily nota avec ironie et dont elle fit part à Charlotte quand elle alla lui rendre visite.

Étrangement, Selena elle-même n'y voyait pas

d'inconvénient. Elle s'empourprait violemment, les yeux brillants, chaque fois qu'on y faisait allusion, indirectement, bien sûr — personne n'était assez vulgaire pour employer les mots déplaisants —, mais elle ne semblait pas en prendre ombrage.

D'autres, évidemment, avaient une attitude tout à fait différente. George, pour sa part, évitait soigneusement le sujet, et pendant quelque temps Emily le laissa faire. Au départ, elle avait décidé d'ignorer sa liaison avec Selena, du moment que cela ne se reproduisait pas. Mais un matin, l'occasion se présenta d'elle-même, si belle que, presque inconsciemment, Emily résolut d'en tirer parti.

George leva les yeux de la table du petit déjeuner. Descendue de bonne heure, tante Vespasia s'était servi délicatement un peu de confiture d'abricots aux noisettes et une fine tranche de pain grillé.

— Que comptez-vous faire aujourd'hui, tante Vespasia ? s'enquit George poliment.

— M'employer à éviter Grace Dilbridge, et ce ne sera pas facile, car j'ai un certain nombre de visites à rendre, à titre obligatoire, et sans nul doute elle aura prévu les mêmes. Ça va demander de l'organisation, de veiller à ne pas nous croiser à chaque coin de rue.

George dit automatiquement, en partie parce qu'il n'écoutait pas vraiment :

— Mais pourquoi l'éviter ? Elle est plutôt inoffensive.

— Elle est tout à fait assommante, répliqua tante Vespasia avec vivacité, finissant son toast. Je croyais que ses airs de martyre et ses yeux éternellement levés au ciel étaient le summum de l'insupportable. Mais ce n'était rien, comparé à ses opinions sur les femmes brutalisées, la bestialité des hommes en général, et les créatures qui contribuent au malheur de la société par leur conduite provocante. Non, cela est au-dessus de mes forces.

Emily parla, pour une fois, avant de réfléchir complètement : ses sentiments pour Selena l'avaient emporté sur sa prudence naturelle.

— Pourtant, je pensais qu'à certains égards au moins vous partagiez son point de vue, fit-elle, acide, se tournant vers Vespasia.

Les yeux gris de Vespasia s'étrécirent.

— Désapprouver Grace Dilbridge tout en étant forcée de l'écouter poliment fait partie des corvées mondaines habituelles, ma chère. Mais être obligée, par honnêteté, de lui donner raison, tout haut de surcroît, c'est trop en demander ! C'est la seule et unique fois que nous sommes d'accord sur une question de fond, et je trouve ça intolérable. Évidemment que Selena est une traînée ! N'importe quel imbécile le sait.

Elle se leva, balayant une miette imaginaire de sa jupe.

Emily baissa les yeux pendant un long moment ; puis elle regarda George. Il suivit du regard tante Vespasia qui sortait, avant de se retourner vers elle.

— Pauvre tante Vespasia, dit-elle prudemment. C'est un véritable calvaire. Grace et ses discours moralisateurs ! Mais il faut bien l'admettre, en l'occurrence elle a raison. J'ai horreur de critiquer mon propre sexe, surtout lorsqu'il s'agit d'une amie, mais Selena s'est comportée dans le passé de façon à... pas vraiment inciter...

Elle hésita.

— Sa conduite prêtait à confusion...

Elle s'interrompit et fixa George droit dans les yeux. Il était pâle, crispé d'appréhension.

— Quoi ? demanda-t-il dans le silence.
— Eh bien...

Elle eut un petit sourire fin et paisible.

— Elle s'est octroyé quelques... libertés, n'est-ce pas, mon cher ? Or, ce sont ces femmes-là qui attirent...

Elle s'arrêta là. Elle savait, d'après son expression, qu'il avait parfaitement compris. Il n'y avait plus de secrets entre eux.

— Emily, commença-t-il, renversant sa tasse avec sa manche.

Elle ne tenait pas à en discuter. Les excuses, c'était toujours pénible. Et elle ne voulait pas les entendre dans la bouche de George. Elle feignit donc de croire qu'il allait la réprimander.

— Oh, je sais, vous allez me dire que j'ai tort de parler d'elle en ces termes, alors qu'elle a tant souffert.

Elle tendit la main vers la théière pour faire quelque chose, mais son geste fut moins assuré qu'elle ne l'eût souhaité.

— Seulement, je vous l'assure, tante Vespasia ne se trompe guère, je le sais moi-même. Je suis certaine cependant que cela ne se reproduira plus. Tout va changer pour elle à partir de maintenant, la pauvre !

Elle composa son visage de sorte à lui sourire et leva la théière sans frémir.

— Encore un peu de thé, George ?

Il la dévisagea, incrédule et impressionné à la fois.

Un frisson de satisfaction, tiède et exquis, parcourut Emily.

L'espace d'un instant, ils restèrent sans bouger, le temps de digérer la situation.

— Thé ? répéta-t-elle enfin.

Il lui tendit sa tasse.

— Vous avez probablement raison, acquiesça-t-il lentement. J'en suis persuadé même. C'est tout à fait vrai, plus rien ne sera comme avant.

Elle se détendit entièrement et, avec un sourire radieux, laissa couler le thé dans sa tasse, qu'elle remplit beaucoup trop pour quelqu'un de bien élevé.

Il considéra sa tasse d'un air interloqué, puis sourit à son tour, d'un grand sourire épanoui, comme si l'on venait de lui faire une charmante surprise.

Miss Laetitia ne fit aucun commentaire sur l'affaire Selena, mais Miss Lucinda s'en donna à cœur joie : les sentences tombaient de sa bouche comme les emplettes d'un panier percé, de toutes les formes et de toutes les couleurs, renforçant sa conviction qu'il se passait quelque chose de grave dans Paragon Walk et qu'elle consacrerait tout son courage à découvrir ce que c'était. Lady Tamworth l'appuyait avec véhémence, mais sans bouger le petit doigt.

Afton Nash estimait que les femmes qui se faisaient malmener l'avaient cherché ; par conséquent, elles ne méritaient pas la pitié. Phoebe se tordait les mains, et sa peur grandissait de jour en jour.

Hallam Cayley continuait à boire.

Aussitôt après l'événement suivant, Emily réclama son équipage dans la matinée et se précipita impromptu chez Charlotte pour lui annoncer l'extraordinaire nouvelle. Dans sa hâte, elle trébucha presque en descendant, sans se préoccuper du valet qui s'apprêtait à l'aider, et oublia de lui donner des instructions. Elle tambourina sur la porte de Charlotte.

Le tablier jusqu'au menton, une pelle à poussière dans la main, Charlotte ouvrit, la mine ébahie.

Emily fit irruption dans l'entrée, laissant la porte ouverte.

— Tu vas bien ?

Charlotte poussa la porte et la suivit dans la cuisine où Emily se percha sur une chaise.

— Je me porte à merveille. Tu ne devineras jamais ce qui est arrivé. Miss Lucinda a vu une apparition !

— Une quoi ?

Charlotte la contempla d'un air incrédule.

— Assieds-toi, ordonna Emily. Et fais-moi du thé. Je meurs de soif. Miss Lucinda a vu une apparition ! Hier soir. Depuis, elle est affalée sur une chaise longue au salon, complètement prostrée, et tout le monde se bouscule autour d'elle pour en savoir plus. Elle est en train de se constituer une cour. J'aurais adoré aller là-bas, mais il fallait que je te raconte. N'est-ce pas grotesque ?

Charlotte mit l'eau à chauffer ; le service à thé était déjà prêt car elle avait l'intention de boire une tasse elle-même d'ici une heure ou deux. Elle s'assit en face d'Emily et regarda son visage empourpré.

— Une apparition ? Que veux-tu dire par là ? Le fantôme de Fanny, c'est ça ? Elle est folle. Crois-tu qu'elle boive, hein ?

— Miss Lucinda ? Bonté gracieuse, non ! Si tu savais ce qu'elle pense des gens qui boivent !

— Cela ne veut rien dire.

— Eh bien, non. Et ce n'était pas un fantôme, mais quelque chose de hideux, d'effrayant, qui la fixait par la fenêtre, la figure collée à la vitre. D'après elle, c'était vert pâle, avec des yeux rouges et des cornes au-dessus de la tête.

— Oh, Emily !

Charlotte éclata de rire.

— Ce n'est pas possible. Ça n'existe pas !

Emily se pencha en avant.

— Ce n'est pas tout, fit-elle d'un ton pressant. Une bonne a vu quelqu'un s'enfuir à grands bonds : il a carrément sauté par-dessus la haie. Et le chien de Hallam Cayley a hurlé la moitié de la nuit !

— C'était peut-être justement le chien de Hallam Cayley ? Et il hurlait parce qu'il a été enfermé ou battu pour s'être sauvé.

— Sottises ! C'est un tout petit chien, et il n'est pas vert !

— Elle aurait pu prendre ses oreilles pour des cornes.

Charlotte ne désarmait pas. Soudain, elle eut un accès de fou rire.

— J'aurais adoré voir la tête de Miss Lucinda. Elle devait être aussi verte que cette chose à la fenêtre.

Emily s'esclaffa aussi. La vapeur qui sortait de la bouilloire envahissait toute la cuisine, mais ni l'une ni l'autre n'y prêtèrent attention.

— Ce n'est vraiment pas drôle, dit Emily finalement en essuyant ses larmes.

Charlotte aperçut la bouilloire et se leva pour préparer le thé. Elle reniflait, se frottant les joues avec un bout de son tablier.

— Je sais, acquiesça-t-elle. Je suis désolée, mais c'est tellement bête que je n'arrive pas à garder mon sérieux. J'imagine que la pauvre Phoebe sera encore plus terrorisée maintenant.

— On ne m'a rien dit, mais ça ne m'étonnerait pas qu'elle s'alite également. Elle porte en permanence un crucifix de la taille d'une petite cuillère. Je vois mal comment cela peut dissuader un homme qui vous agresse dans le noir !

— Pauvre femme !

Charlotte posa la théière sur la table et se rassit.

— Je me demande s'ils vont faire venir Thomas.

— Pour une apparition ? Plutôt un pasteur, oui.

— Un exorcisme ? s'exclama Charlotte, ravie. J'aurais bien aimé voir ça. Tu le crois vraiment ?

Haussant les sourcils, Emily pouffa de rire.

— Comment se débarrasser autrement d'un monstre vert et cornu ?

— Un peu plus d'eau et un peu moins d'imagination, déclara Charlotte sans aménité.

Puis son visage se radoucit.

— La pauvre ! Elle n'a pas grand-chose d'autre à faire. Les seuls événements importants de sa vie sont ceux qu'elle échafaude dans ses rêves. Personne n'a réellement besoin d'elle. Au moins, ça va la rendre célèbre pendant quelques jours.

Emily versa le thé en silence. Le constat était pathétique, et elle n'avait plus envie de rire.

Fin août, les Dilbridge organisèrent un dîner auquel ils convièrent George et Emily, avec le reste du voisinage. Étonnamment, l'invitation incluait aussi Charlotte, si elle souhaitait se joindre à eux.

C'était dix jours après la vision de Miss Lucinda, et la curiosité de Charlotte était intacte. Elle ne se souciait même plus de son apparence : puisque Emily lui avait transmis l'invitation, elle devait avoir en tête une tenue convenable pour elle. Comme toujours, l'intérêt l'emporta sur l'amour-propre, et elle accepta sans sourciller une autre robe de tante Vespasia, largement retouchée par la femme de chambre d'Emily. Elle était en satin gris perle bordé de dentelle, dont la majeure partie avait été remplacée par de la mousseline pour lui donner une allure plus jeune. L'effet d'ensemble, lorsqu'elle se tourna lentement devant la psyché, plut beaucoup à Charlotte. Et quel bonheur que de se faire coiffer par quelqu'un d'autre ! Il était extrêmement difficile de nouer élégamment ses propres cheveux sur sa nuque. Ses mains semblaient toujours se tromper de direction.

— C'est très bien, lança Emily d'un ton sec. Arrête de t'admirer ! Tu deviens futile, et ça ne te va guère.

Charlotte eut un large sourire.

— Peut-être, mais c'est merveilleux !

Elle souleva ses jupes dans un bruissement soyeux et suivit Emily au rez-de-chaussée où George les attendait dans le couloir. Tante Vespasia avait choisi de ne pas les accompagner, bien que, naturellement, elle fût invitée aussi.

Voilà longtemps que Charlotte n'était pas allée à une réception. Dans le passé, elle n'aimait pas beaucoup ça, mais cette fois-ci, c'était différent. Il n'était plus question d'escorter maman pour être exhibée devant les candidats potentiels au mariage. Bien à l'abri de l'amour de Pitt, elle ne se préoccupait pas de ce que la société allait penser d'elle et ne cherchait pas spécialement à faire bonne impression. Elle pouvait s'y rendre tout en restant elle-même ; il n'y avait pas d'effort à accomplir puisqu'elle y allait essentiellement en spectatrice. Les drames de Paragon Walk ne l'affectaient pas, du moment que la principale tragédie ne concernait pas Emily, et si Emily avait envie de se mêler des farces mineures, c'était son problème.

Le nombre de convives était relativement restreint, comparé aux soirées habituelles chez les Dilbridge. Charlotte ne vit que deux ou trois visages inconnus. Il y avait là Simeon Isaacs, avec Albertine Dilbridge, au grand dam de Lady Tamworth. Les demoiselles Horbury s'étaient habillées en rose, couleur qui s'avéra remarquablement flatteuse pour Miss Laetitia.

Auréolée de gris argenté, Jessamyn Nash resplendissait. Elle seule était capable d'insuffler la vie à cette teinte-là tout en préservant son aspect fantomatique. L'espace d'un instant, Charlotte se surprit à l'envier.

Soudain, elle aperçut Paul Alaric, debout à côté de Selena, la tête légèrement penchée pour l'écouter, élégant et vaguement ironique.

Relevant le menton, Charlotte se dirigea vers eux avec un sourire éblouissant.

— Mrs. Montague, fit-elle avec entrain, je suis ravie de vous trouver en aussi bonne forme.

Elle ne voulait pas insister trop lourdement, surtout devant Alaric. Même si elle l'amusait, la rosserie ne devait pas lui plaire beaucoup.

Selena parut surprise. Visiblement, elle s'était attendue à autre chose.

— Ma santé est excellente, je vous remercie, répondit-elle, les sourcils arqués.

Pendant qu'elles échangeaient des banalités polies, Charlotte, en la regardant de plus près, constata que les apparences ne l'avaient pas trompée. Selena semblait se porter comme un charme. Elle n'avait rien d'une femme qui aurait récemment subi une agression et l'outrage d'un viol. Ses yeux brillaient; le rose de ses joues était si intense et en même temps si délicat que — Charlotte en était convaincue — il ne devait rien à l'artifice. Ses gestes étaient un peu rapides et saccadés; son regard faisait le tour de la salle. Si c'était là une preuve de courage, un défi au consensus tacite selon lequel une femme outragée avait mérité son sort et devait s'en souvenir sa vie entière, alors, malgré toute son antipathie, Charlotte ne pouvait que l'admirer.

Elle ne fit plus allusion à l'incident, et la conversation roula sur d'autres sujets, les bagatelles, les dernières nouveautés de la mode. Finalement, elle s'éloigna, laissant Selena seule avec Alaric.

— Elle a une mine splendide, ne trouvez-vous pas? fit Grace Dilbridge en secouant la tête. Je me demande comment elle peut supporter ça, la pauvre.

— Je pense qu'il faut avoir beaucoup de courage, répliqua Charlotte.

Il ne lui était pas facile de complimenter Selena, mais elle le fit par honnêteté.

— On ne peut que l'admirer pour ça.

— L'admirer!

Rouge de colère, Miss Lucinda pivota sur elle-même.

— Admirez qui vous voulez, Mrs. Pitt, mais moi, j'appelle cela de l'impudence. Elle déshonore les femmes dans leur ensemble. Franchement, je crois que j'irai passer la prochaine saison ailleurs. Ce sera très dur pour moi, mais Paragon Walk a été souillée au-delà de tout entendement.

Charlotte fut trop surprise pour répondre, et même

Grace Dilbridge se trouva momentanément à court de mots.

— De l'impudence, répéta Miss Lucinda en toisant Selena qui se dirigeait au bras d'Alaric vers les portes-fenêtres ouvertes.

Alaric souriait, mais quelque chose dans l'inclinaison de sa tête trahissait la courtoisie plutôt que l'intérêt. Il paraissait même vaguement amusé.

Miss Lucinda renifla.

Charlotte retrouva enfin sa voix.

— C'est une remarque très méchante, Miss Horbury, et tout à fait injuste! Mrs. Montague a été la victime et non l'auteur du crime.

— Quelle ineptie!

C'était Afton Nash, pâle, les yeux luisants.

— J'ai du mal à croire que vous soyez réellement aussi naïve, Mrs. Pitt. Les charmes féminins exercent un attrait incontestable... sur certains.

Il la détailla des pieds à la tête avec un mépris qui parut la dépouiller de son superbe satin et l'offrir nue à la curiosité et à la dérision générales.

— Mais si vous imaginez qu'ils puissent pousser un homme à forcer une femme contre son gré, vous surestimez votre sexe.

Il eut un sourire glacial.

— Il y en a suffisamment qui ne demandent que ça, qui trouvent même un plaisir pervers dans la violence et la soumission. Pas besoin de risquer sa réputation en agressant une femme qui ne veut pas de vous, quoi qu'elles en disent par la suite.

— C'est parfaitement révoltant!

Algernon Burnon, qui n'était pas loin, avait tout entendu. Il s'avança, livide; son corps fluet était secoué d'un tremblement.

— Je vous prie de retirer ce que vous venez de dire et de vous excuser !

— Sinon... quoi ?

Le sourire d'Afton ne vacilla pas.

— Vous me sommerez de choisir entre l'épée et le pistolet ? Ne soyez pas ridicule, mon vieux. Cuvez votre rancœur, si ça vous chante. Croyez ce que vous voulez à propos des femmes, mais ne cherchez pas à m'imposer votre point de vue.

— Un honnête homme, fit Algernon avec raideur, ne parle pas de cette façon des morts ni n'insulte le chagrin d'un autre. Et, quelles que soient les faiblesses ou les tares cachées de quelqu'un, il ne s'en moque pas en public !

A la stupeur de Charlotte, Afton ne répondit pas. Le visage exsangue, il fixa Algernon comme s'il n'y avait personne d'autre dans la pièce. Les secondes passaient, et même Algernon parut effrayé par l'intensité figée de cette haine. Puis Afton pivota sur ses talons et s'éloigna.

Charlotte reprit lentement son souffle ; elle ne savait même pas pourquoi elle avait peur. Elle ne comprenait pas ce qui était arrivé. Pas plus qu'Algernon lui-même, apparemment. Clignant des yeux, il se tourna vers elle.

— Je suis navré, Mrs. Pitt. Nous avons dû vous mettre mal à l'aise. Ces choses-là, on n'en discute pas devant les dames. Mais...

Il inspira profondément.

— ... je vous suis reconnaissant d'avoir défendu Selena... en mémoire de Fanny... vous...

Charlotte sourit.

— C'est normal. Quiconque prétend au titre d'ami aurait réagi de la sorte.

Ses traits se détendirent légèrement.

— Merci, dit-il à voix basse.

Quelques instants plus tard, Emily se matérialisa à ses côtés.

— Que se passe-t-il ? s'enquit-elle anxieusement. Cela avait l'air affreux !

— C'était désagréable, oui. Mais je ne sais pas vraiment ce que ça signifiait.

— Qu'as-tu encore fait ? siffla Emily.

— J'ai exprimé mon admiration pour le courage de Selena, rétorqua Charlotte, la regardant droit dans les yeux.

Elle n'avait aucune intention de revenir en arrière et entendait bien le faire comprendre à sa sœur.

Emily plissa le front : sa colère s'était muée en perplexité.

— Oui, n'est-ce pas extraordinaire ? On la dirait presque... exaltée ! Comme si elle avait remporté une victoire secrète à l'insu de nous tous. Elle est même gentille avec Jessamyn. Et Jessamyn avec elle. C'est absurde !

— Moi non plus, je n'aime pas beaucoup Selena, reconnut Charlotte. Mais son audace force mon admiration. Braver toutes ces vieilles bigotes qui la jugent responsable de ce qui lui est arrivé ! Quelqu'un qui a ce cran-là mérite mon estime.

Emily contemplait Selena qui, à l'autre bout de la pièce, parlait avec Albertine Dilbridge et Mr. Isaacs. A quelques pas d'eux, une coupe de champagne à la main, Jessamyn observait Hallam Cayley qui en était à son troisième ou quatrième punch depuis son arrivée. Son expression était indéchiffrable. Pitié ou mépris, cela n'avait peut-être rien à voir avec Hallam. Mais quand son regard se posa sur Selena, il pétillait purement, délicieusement, de rire.

Emily secoua la tête.

— J'aimerais comprendre, dit-elle lentement. C'est peut-être mesquin de ma part, mais à mon avis, ce n'est pas seulement une question de courage. Je n'ai jamais vu Selena dans cet état-là. Ou alors, c'est ma faute, je n'en sais rien. Ce n'est pas de la bravade ; elle est contente d'elle. Je te le jure. Elle a jeté son dévolu sur M. Alaric, tu es au courant ?

Charlotte la considéra d'un œil noir.

— Évidemment ! Crois-tu que je sois sourde et aveugle, par-dessus le marché ?

Emily ne releva pas la pique.

— Promets-moi de ne pas en parler à Thomas, ou je ne te dirai rien.

Charlotte promit sur-le-champ. Elle ne pouvait vraiment pas passer à côté d'un secret, quitte à en subir les conséquences par la suite.

Emily esquissa une moue.

— Le soir où c'est arrivé, j'étais la première sur les lieux, comme tu le sais déjà...

Charlotte hocha la tête.

— Eh bien, je lui ai carrément demandé qui c'était. Et sais-tu ce qu'elle m'a répondu ?

— Bien sûr que non, voyons !

— Elle m'a fait jurer de ne pas proférer d'accusations contre lui, mais d'après elle, c'était Paul Alaric.

Et, s'écartant, elle guetta la stupéfaction sur le visage de Charlotte.

La première réaction de Charlotte fut le dégoût, non pas envers Selena, mais vis-à-vis d'Alaric. Puis elle rejeta cette idée, la chassa de sa tête.

— C'est ridicule ! Allons, pourquoi l'aurait-il

agressée ? Elle le poursuit avec tant d'assiduité qu'il lui suffirait de cesser de fuir pour la cueillir !

Elle se montrait délibérément cruelle.

— Exactement, acquiesça Emily. Du coup, le mystère s'épaissit. Et pourquoi Jessamyn ne s'en formalise-t-elle pas ? Si M. Alaric était fou de Selena au point de se précipiter sur elle dans la rue, elle aurait dû écumer de rage... non ? Mais pas du tout : elle en rit. Je le vois dans ses yeux chaque fois qu'elle regarde Selena.

— Elle n'est donc pas au courant, fit Charlotte, logique.

Puis, après avoir réfléchi plus sérieusement :

— Le viol n'a rien à voir avec l'amour, Emily. Ce n'est que violence, possession. Un homme fort, capable d'aimer, ne forcera pas une femme. Il prendra l'amour qu'on lui donne, sachant que celui qu'on exige n'a pas de sens. L'essence de la force n'est pas de dominer les autres, mais de se maîtriser soi-même. Aimer, c'est savoir donner, ainsi que recevoir : une fois qu'on a connu l'amour, le besoin de conquérir apparaît comme une preuve de faiblesse et d'égoïsme, la satisfaction éphémère d'un désir. Ce n'est plus attrayant du tout, alors ; c'est simplement triste.

Emily fronça les sourcils ; son regard s'était voilé.

— Tu parles d'amour, Charlotte. Moi, je ne pensais qu'à l'aspect physique. C'est tout à fait différent : l'amour n'a rien à voir là-dedans. La haine, en revanche, si. Peut-être que Selena s'en est secrètement réjouie. Coucher de son plein gré avec M. Alaric serait un péché. Même si ses relations mondaines s'en moquaient, ses amis et sa famille réagiraient tout autrement. Mais être la victime, voilà la bonne excuse, du moins à ses propres yeux. Si ce n'était pas désagréable et qu'elle en a profité au lieu de se révolter, alors elle a gagné sur les deux tableaux. Elle est innocente et, en même temps, elle a pris son plaisir.

Charlotte réfléchit un instant et décida que c'était impossible, peut-être pas avec raison, mais parce qu'elle se refusait à y croire.

— Je doute que ce soit un plaisir. Et qu'est-ce qui amuse tant Jessamyn ?

— Je n'en sais rien, fit Emily, vaincue. Mais ce n'est pas aussi simple que ça en a l'air.

Elle s'éloigna pour rejoindre George qui essayait en vain de rassurer Phoebe : extrêmement embarrassé, il lui marmonnait des paroles apaisantes. Phoebe qui avait un nouveau dada — la religion — et qui ne se séparait jamais de son crucifix. Ne sachant que lui dire, il fut infiniment soulagé de passer la main à Emily, qui détourna résolument la conversation du salut des âmes vers des sujets plus banals : par exemple, comment former une femme de chambre de qualité. Charlotte admira la dextérité avec laquelle l'opération fut menée à bien. Emily avait beaucoup appris depuis Cater Street.

— Le spectacle vous plaît ? fit une voix douce, très mélodieuse, juste derrière elle.

Elle pivota, un peu trop vite pour préserver la grâce de son maintien. Paul Alaric haussa imperceptiblement les sourcils.

— Ça oscille entre la tragédie et la farce, n'est-ce pas ? dit-il avec un lent sourire. Mr. Cayley, je le crains, est voué à la tragédie. Les ténèbres qui l'envahissent vont l'engloutir d'ici peu. Et la pauvre Phoebe... morte de peur, alors qu'il n'y a pas de quoi.

Charlotte, désarçonnée, n'était pas prête à discuter de la situation avec lui. Elle ignorait du reste, encore maintenant, s'il parlait sérieusement, ou s'il s'agissait d'un simple jeu verbal. Elle chercha une réponse qui lui éviterait de se compromettre.

Il attendait, l'œil velouté, sombre comme chez tous les Méridionaux, mais sans cette lasciveté flagrante qu'elle attribuait aux Italiens. Il semblait lire en elle sans le moindre effort.

— Comment savez-vous qu'il n'y a pas de quoi? demanda-t-elle.

Son sourire s'épanouit.

— Ma chère Charlotte, je sais de quoi elle a peur... or ça n'existe pas, du moins pas ici, pas à Paragon Walk.

— Alors, pourquoi ne pas le lui dire? fit-elle, exaspérée.

La terreur de Phoebe lui faisait pitié.

Il la considéra avec patience.

— Parce qu'elle ne me croira pas. Elle a réussi à se convaincre, exactement comme Miss Lucinda Horbury.

— Ah, vous voulez parler de l'apparition de Miss Lucinda?

Elle défaillit presque de soulagement.

Il rit de bon cœur.

— Je ne doute pas qu'elle ait vu quelque chose. Si elle continue à fourrer son nez vertueux dans les affaires des autres, la tentation est grande de lui donner un os à ronger. Il devait être tout à fait réel, son monstre vert... du moins, pour la circonstance.

Elle tenait à lui faire part de sa désapprobation, mais surtout, elle avait envie de le croire.

— C'est totalement irresponsable, déclara-t-elle

d'une voix qui se voulait pincée. La pauvre femme aurait pu avoir une attaque.

Il ne fut pas dupe un seul instant.

— Ça m'étonnerait. C'est une vieille dame très coriace. Son indignation la maintiendra en vie, ne serait-ce que pour découvrir ce qui se passe.

— Savez-vous qui c'était ?

Il ouvrit de grands yeux.

— J'ignore complètement si ça a même eu lieu ainsi. Il s'agit d'une simple déduction.

Elle ne sut que dire d'autre. Sa proximité la gênait. Il n'avait pas besoin de la toucher ou de lui parler pour éclipser de sa présence tous les autres convives. Avait-il agressé Fanny, puis Selena ? Ou bien était-ce quelqu'un d'autre, et Selena s'était seulement mis en tête que c'était lui ? Ça encore, c'était compréhensible. Tout à coup, une réalité sordide et humiliante se muait en une aventure dangereuse, certes, mais non dénuée de frisson.

Prétendre, même intérieurement, que cet homme n'exerçait pas un effet profondément troublant de domination eût été malhonnête. Était-ce une perception inconsciente de la violence en lui qui la fascinait ? Était-il vrai que les femmes, dans quelque tréfonds primitif et inavouable de leur âme, rêvaient de viol ? Nourrissaient-elles toutes, y compris elle-même, une passion secrète pour Paul Alaric ?

« La femme pleurant son amant démoniaque »... un vers brutalement approprié lui revint en mémoire. Elle le chassa, plaquant un sourire — qu'elle sentait grotesque et artificiel — sur son visage.

— Je vois mal quelqu'un s'affubler d'un accoutrement aussi incongru, dit-elle, s'efforçant de prendre un ton léger. A mon avis, c'était plutôt un animal égaré, ou alors les branches d'un buisson à la lueur des becs de gaz.

— Possible, répondit-il avec douceur. Je ne tiens pas à polémiquer avec vous.

Du reste, l'arrivée des demoiselles Horbury en personne, flanquées de Lady Tamworth, les empêcha de poursuivre cette discussion.

— Bonsoir, Miss Horbury, fit Charlotte poliment. Lady Tamworth.

— Comme c'est intrépide à vous d'être venue, ajouta Alaric.

Charlotte l'aurait giflé.

Miss Lucinda s'empourpra. Elle ne l'estimait pas et donc ne l'aimait pas, mais un compliment, cela ne se refusait pas.

— C'était mon devoir, répliqua-t-elle avec retenue. Et je ne rentrerai pas seule.

Elle le fixa ostensiblement de son œil bleu pâle.

— Je ne commettrais pas la sottise de sortir non accompagnée.

Voyant Alaric hausser imperceptiblement ses sourcils fins, Charlotte devina ce qu'il pensait. Elle réprima avec peine un accès de fou rire. L'idée qu'un homme, surtout Paul Alaric, accoste par force Miss Lucinda était absurde.

— Voilà qui est très sage, acquiesça-t-il, soutenant son regard direct sans ciller. A vous trois, vous n'avez aucune crainte à avoir : rien ni personne n'osera s'attaquer à vous.

Une expression vaguement suspicieuse se peignit sur les traits de Miss Lucinda à la pensée que peut-être il se moquait d'elle, mais comme elle-même n'y voyait rien de drôle, elle décida que c'était de l'humour étranger, indigne d'attention.

— Ça, c'est certain, confirma Lady Tamworth avec véhémence. On peut accomplir de grandes choses si l'on se serre les coudes. Et il y a tant à faire, si l'on veut sauver la société.

Elle regarda d'un œil torve Simeon Isaacs qui, l'air animé, se penchait vers Albertine Dilbridge.

— Pour réussir, il faut agir vite. Au moins, cet abominable Mr. Darwin est mort : il n'est donc plus en état de nuire.

— Une fois qu'une idée est rendue publique, Lady Tamworth, peu importe si son auteur est vivant ou non, observa Alaric. Pas plus qu'une graine n'a besoin du semeur pour germer.

Elle le considéra avec aversion.

— Évidemment, vous n'êtes pas anglais, monsieur Alaric. Il est normal que vous ne compreniez pas les Anglais. Nous n'accordons pas foi à de tels blasphèmes.

Alaric feignit l'innocence.

— Mr. Darwin n'était donc pas anglais ?

Lady Tamworth haussa une épaule avec brusquerie.

— Je ne sais rien de lui et je ne veux rien savoir. Les gens comme il faut ne s'intéressent pas à ce genre d'individus.

Alaric suivit sa ligne de mire.

— Je suis sûr que Mr. Isaacs serait d'accord avec vous, dit-il avec l'ombre d'un sourire.

Charlotte dut faire mine d'éternuer pour se retenir de pouffer.

— Étant juif, poursuivit Alaric en évitant de la regarder, il ne saurait approuver les théories révolutionnaires de Mr. Darwin.

Hallam Cayley passait par là, la figure bouffie, un autre verre à la main.

— Sûrement pas, fit-il avec un coup d'œil hostile en direction d'Alaric. Il croit, le pauvre crétin, que l'homme a été créé à l'image de Dieu. Moi, je penche davantage pour le singe.

— Vous n'allez pas me dire que Mr. Isaacs est chrétien ? se rebiffa Lady Tamworth.

— Il est juif, rétorqua Hallam distinctement, avec soin, avant de boire une gorgée. La Création fait partie de l'Ancien Testament. Ne l'avez-vous pas lu ?

— J'appartiens à l'Église d'Angleterre, répliqua-t-elle d'un ton guindé. Je ne lis pas les doctrines étrangères. Voilà ce qui ne va pas de nos jours : il y a trop de nouveau sang étranger. Des noms dont je n'ai jamais entendu parler quand j'étais jeune fille. Il n'y a plus de lignées. Dieu seul sait d'où ils viennent, tous ces gens-là !

— Ils ne sont pas franchement nouveaux, madame.

Alaric se tenait si près de Charlotte qu'elle eut l'impression de sentir la chaleur de son corps à travers l'épais satin de sa robe.

— L'ascendance de Mr. Isaacs remonte à Abraham, qui lui-même descend de Noé, et ainsi de suite jusqu'à Adam.

— Et donc jusqu'à Dieu !

Hallam vida son verre et le laissa tomber sur le parquet.

— Impeccable !

Il toisa Lady Tamworth d'un air triomphant.

— A côté, on a tous l'air de bâtards tombés de la dernière pluie.

Il les gratifia d'un large sourire et les laissa.

Lady Tamworth tremblait de rage. On entendait distinctement ses dents s'entrechoquer. Charlotte eut pitié d'elle : son univers était en train de changer, et elle ne s'y retrouvait plus ; elle n'y avait pas sa place. Dangereuse et ridicule comme les dinosaures de Mr. Darwin, elle avait fait son temps.

— Je crois qu'il a trop bu, lui dit-elle. Il faut l'excuser. Il ne cherchait pas à vous offenser.

Mais Lady Tamworth refusa de mollir. Elle n'était pas prête à passer l'éponge.

— Quel goujat ! C'est la fréquentation d'hommes comme lui qui a dû inspirer ses idées à Mr. Darwin. S'il ne part pas, c'est moi qui m'en irai.

— Voulez-vous que je vous raccompagne ? proposa Alaric instantanément. Car je doute que Mr. Cayley quitte la soirée.

Elle le considéra avec répulsion, mais se força à décliner poliment son offre.

Prise de fou rire, Charlotte se cacha le visage dans les mains.

— Vous avez été atroce ! lui reprocha-t-elle, furieuse contre elle-même.

Elle savait que c'était un rire nerveux, engendré par l'anxiété et la tension autant que par le burlesque de la situation, et elle en avait honte.

— Vous n'avez pas le monopole de l'outrecuidance, Charlotte, répondit-il tout bas. Laissez-moi m'amuser un peu, moi aussi.

Quelques jours plus tard, Charlotte reçut un billet d'Emily, rédigé à la hâte et avec une certaine effervescence. A la suite d'une remarque de Phoebe, Emily était convaincue maintenant qu'en dépit de sa curiosité drapée de vertu, Miss Lucinda avait raison : il se passait quelque chose à Paragon Walk. Elle-même avait trouvé un moyen plus pratique de lever le voile sur le mystère, surtout s'il était lié à la mort de Fanny et à la disparition de Fulbert. Le contraire, d'ailleurs, eût été surprenant.

Naturellement, Charlotte s'arrangea aussitôt pour faire garder Jemima et, à onze heures du matin, elle frappait à la porte d'Emily. Cette dernière accourut presque en même temps que la bonne et propulsa Charlotte en direction du petit salon.

— Lucinda a raison, fit-elle d'un ton pressant. Elle est horrible, bien sûr : tout ce qu'elle veut, c'est déterrer un scandale pour aller crier sa propre supériorité sur les toits. Elle en ferait ses choux gras pour le reste de la saison. Mais elle ne trouvera rien, parce qu'elle ne cherche pas là où il faut.

— Emily !

Hantée par la pensée de Fulbert, Charlotte lui agrippa le bras.

— Pour l'amour du ciel, ne fais pas ça ! Songe à ce qui est arrivé à Fulbert !

— Nous ignorons ce qui est arrivé à Fulbert, répondit Emily avec raison, se dégageant impatiemment. Mais j'aimerais bien le savoir... pas toi ?

Charlotte hésita.

— Comment ?

Flairant la victoire, Emily n'insista pas, mais opta pour une flatterie justifiée.

— Ton idée... j'ai compris que c'était la bonne. Thomas ne pourra pas le faire. Il faudrait n'avoir l'air de rien...

— Quoi ? Explique-toi, Emily, avant que j'explose !

— Les domestiques !

Rayonnante, Emily se pencha vers elle.

— Les servantes remarquent tout, entre elles.

Elles ne se rendent pas forcément compte de la signification de tel ou tel détail, mais nous, si !

— Et Thomas... commença Charlotte, sachant pertinemment qu'Emily avait raison.

— Sottises ! Aucune servante n'acceptera de parler à un policier.

— Mais on ne peut pas aller interroger les domestiques des autres !

— Bonté divine, s'écria Emily, exaspérée, je n'ai pas l'intention de mettre les pieds dans le plat ! J'inventerai un prétexte : une recette que je convoite, ou alors une ou deux vieilles robes que je pourrais porter à la femme de chambre de Jessamyn...

— Tu n'y penses pas ! fit Charlotte, horrifiée. Jessamyn doit lui donner ses propres habits usagés. Elle en a sûrement des dizaines. Tu n'auras aucune explication plausible...

— Bien sûr que si. Jessamyn ne donne pas ses vieux habits. Elle ne donne jamais rien. Quand quelque chose lui a appartenu, elle le garde ou elle le brûle. Elle ne laisse ses affaires à personne. Qui plus est, sa femme de chambre est à peu près de ma taille. J'ai une robe de mousseline de l'année dernière qui lui ira parfaitement. Elle pourra la mettre pendant ses après-midi de congé. On ira un jour que Jessamyn sera sortie.

Dubitative quant au projet lui-même, Charlotte craignait qu'il ne leur cause de l'embarras, mais puisque Emily était résolue à y aller coûte que coûte, la curiosité l'incita à venir aussi.

Elle avait mal jugé Emily. Même si elles n'apprirent rien d'intéressant chez Jessamyn, la femme de chambre fut enchantée du cadeau, et tout l'entretien se déroula sous le signe d'une spontanéité amicale.

Elles se rendirent ensuite chez Phoebe, au seul moment de la journée où elle était absente, pour obtenir la composition d'un excellent encaustique très agréablement parfumé. Apparemment, Phoebe avait pris l'habitude d'aller à l'église du coin aux heures les plus bizarres, et pratiquement un jour sur deux.

— Pauvre femme, dit Emily en partant. A mon avis, tous ces drames lui ont mis la tête à l'envers. Je me demande si elle prie pour Fanny ou quoi.

Charlotte ne voyait pas l'intérêt de prier pour les morts ; elle comprenait en revanche le besoin de réconfort, d'un lieu paisible où foi et simplicité avaient trouvé refuge depuis des générations. Elle était contente que Phoebe l'eût découvert : tant mieux si cela la calmait, l'aidait à tenir en respect les terreurs qui l'assiégeaient.

— Je vais voir la cuisinière de Hallam Cayley, annonça Emily. Le temps a changé aujourd'hui. Je suis gelée, bien que j'aie mis une robe plus épaisse. J'espère qu'il ne va pas faire mauvais ; la saison n'est pas encore terminée.

Le vent d'est était glacial, en effet, mais Charlotte ne se souciait guère du temps. Resserrant son châle, elle emboîta le pas à Emily.

— Tu ne peux pas entrer comme ça et demander à parler à sa cuisinière ! Sous quel prétexte, grand Dieu ? Tu vas éveiller ses soupçons, ou bien il te prendra pour quelqu'un de mal élevé.

— Il n'est pas là ! rétorqua Emily impatiemment. Je te l'ai dit, j'ai choisi mes moments avec le plus grand soin. Cette femme-là est nulle en pâtisserie : on pourrait ferrer les chevaux avec ses gâteaux. C'est pourquoi Hallam mange toujours des gâteaux quand il sort. Mais elle mitonne des sauces extraordinaires. Je lui quémanderai une recette pour épater tante Vespasia. Elle se sentira flattée, et nous pourrons passer à autre chose. Je suis sûre que Hallam est au courant de ce qui se trame. Depuis un mois, je lui trouve un air hagard. Je crois qu'à sa manière il est aussi terrifié que Phoebe !

Elles étaient presque à la porte. Emily s'arrêta, s'arrangeant pour que son châle retombe plus gracieusement, rajusta son chapeau et tira le cordon de la sonnette.

Un valet leur ouvrit aussitôt. A la vue de deux femmes non accompagnées, sa figure s'allongea de surprise.

— Lady... Lady Ashworth ! Je regrette, mais Mr. Cayley n'est pas là.

Il ignora Charlotte. Il ne savait pas très bien qui elle était et, de toute façon, il avait déjà assez de soucis comme ça.

Emily eut un sourire désarmant.

— Quel dommage ! Je me demandais s'il aurait la bonté de me laisser bavarder avec votre cuisinière. Mrs. Heath, c'est ça ?

— Mrs. Heath ? Oui, madame...

Emily lui décocha un regard enjôleur.

— Elle est renommée pour ses sauces et, comme la tante de mon mari, Lady Cumming-Gould, séjourne chez nous pendant la saison, j'aime bien l'impressionner par des plats qui sortent de l'ordinaire. Nous avons une excellente cuisinière, mais... je sais que c'est impertinent de ma part, mais peut-être Mrs. Heath aurait-elle la gentillesse de me donner une recette ? Ce ne sera pas pareil, bien sûr, préparé par quelqu'un d'autre, mais ce sera remarquable quand même.

Elle lui sourit avec espoir. Il faiblit : c'était un domaine qui lui était familier.

— Si vous voulez bien attendre au salon, madame, je vais vous chercher Mrs. Heath.

— Merci, vous êtes très aimable.

Et Emily entra, suivie de Charlotte.

— Tu vois ! déclara-t-elle, triomphante, quand elles se furent assises et que le valet se fut éclipsé. Il suffit de s'organiser.

Mrs. Heath arriva : au premier coup d'œil, il devint clair qu'elle avait décidé de profiter pleinement de son heure de gloire. Il allait falloir négocier, prodiguer tous les compliments possibles pour lui arracher le secret de ses créations. Qu'elle était d'ailleurs prête à dévoiler : c'était tout aussi clair... les trompettes de la renommée sonnaient déjà à ses oreilles.

Elles touchaient au but quand une petite bonne toute tachée dégringola l'escalier et fit irruption au salon, la coiffe de travers et les mains noircies.

Outrée, Mrs. Heath prit une inspiration pour la tancer vertement, mais la fille la devança.

— Mrs. Heath, s'il vous plaît ! La cheminée est en feu dans la chambre verte. J'ai allumé une flambée pour faire partir l'odeur comme vous me l'avez dit, et maintenant, il y a de la fumée partout, et je n'arrive pas à l'éteindre !

Mrs. Heath et Emily échangèrent un regard consterné.

— Il y a sûrement un nid d'oiseau dans le conduit, dit Charlotte, pragmatique.

Elle avait découvert ces choses-là depuis son mariage. Plus d'une fois, elle avait dû appeler le ramoneur pour sa propre maison.

— N'ouvrez pas les fenêtres : ça va créer un appel d'air, et le feu prendra pour de bon. Allez chercher un balai avec un long manche, et nous essayerons de le déloger.

Ne sachant pas si elle devait obéir à cette femme inconnue, la bonne ne bougea pas.

— Eh bien, allez-y, ma fille !

Mrs. Heath décida qu'elle aurait donné le même conseil, si son éducation ne l'avait pas empêchée de parler la première.

— Je ne vois pas pourquoi vous avez eu besoin de moi.

Emily saisit l'occasion pour tourner la situation à son avantage plutôt que d'échouer dans sa mission à cause d'un problème domestique imprévu.

— Le nid risque d'être assez haut. Peut-être pourrions-nous vous aider car, si c'est mal fait, il y a de quoi déclencher un vrai incendie.

Et, sans attendre leur assentiment, elle sortit résolument de la pièce et suivit la petite bonne dans l'escalier. Charlotte se joignit à elles, curieuse de voir le reste de la maison et d'entendre leur conversation, même si, contrairement à Emily, elle ne pensait pas apprendre grand-chose sur Fulbert ou Fanny.

La chambre verte était envahie de fumée qui leur emplit la gorge sitôt qu'elles eurent poussé la porte.

— Oh non !

Emily recula en toussant.

— Ah, c'est affreux ! Ce nid doit être énorme.

— Allez chercher un seau d'eau pour éteindre le feu, ordonna Charlotte d'un ton brusque. Prenez donc un broc dans la salle de bains, dépêchez-vous. Quand ce sera fini, nous ouvrirons toutes les fenêtres.

— Oui, madame.

La bonne fila, terrifiée à l'idée qu'on l'accuse d'avoir provoqué ce désastre.

Emily et Mrs. Heath continuaient à tousser, contentes de laisser les commandes à Charlotte.

La fille revint et, les yeux arrondis d'inquiétude, tendit le broc à Charlotte. Mrs. Heath ouvrit la porte et, ne voyant pas de flammes, décida de reprendre les choses en main. S'emparant du broc, elle traversa la pièce et jeta l'eau sur le foyer fumant. Un jet de vapeur et de suie jaillit sur son tablier blanc. Furieuse, elle bondit en arrière. La bonne pouffa de rire et, pour se rattraper, fit mine de s'étouffer.

Mais le feu était bel et bien éteint : des ruisseaux d'eau noire coulaient dans l'âtre.

— Allons-y ! lança Mrs. Heath avec détermination.

Elle avait un compte personnel à régler avec cette chose et elle ne se laisserait pas faire, surtout devant les visiteuses et sa propre bonne. Elle saisit le balai dont la fille se servait pour balayer le sol et marcha sur la cheminée. D'un geste prompt, elle l'enfonça dans le trou caverneux et rencontra quelque chose de dur. Elle grimaça, surprise.

— Il est drôlement gros, ce nid ! Je parie que l'oiseau est toujours là, d'après ce que je sens. Vous aviez raison, miss.

Elle le piqua vigoureusement et fut recompensée par une avalanche de suie. Oubliant momentanément ses manières, elle l'insulta copieusement.

— Essayez sur le côté, pour voir si on ne peut pas le déséquilibrer, suggéra Charlotte.

Emily observait la scène en plissant le nez.

— Ça ne sent pas très bon, dit-elle d'un air

morne. Je ne pensais pas que les cendres humides étaient aussi... aussi nauséabondes !

Mrs. Heath inclina le balai et poussa de toutes ses forces. Il y eut une nouvelle pluie de suie, un raclement ; puis, tout doucement, le cadavre de Fulbert Nash glissa le long du conduit et s'étala sur le foyer mouillé. Noirci par la suie et la fumée, il grouillait d'asticots. La puanteur était innommable.

9

Pitt ne tira aucune satisfaction de la découverte du corps de Fulbert, pas même celle d'avoir élucidé un mystère. Il s'attendait à ce que Fulbert fût mort ; cependant, la plaie profonde dans le dos rendait la thèse du suicide impossible, même si c'était quelqu'un d'autre qui avait enfoui le cadavre dans la cheminée. Du reste, pourquoi un innocent aurait-il agi de la sorte, excepté Afton Nash peut-être, pour cacher la culpabilité de son frère ? Pour tous les autres, le suicide était la réponse idéale au viol et au meurtre de Fanny.

La mort remontait à longtemps, sans doute au soir de sa disparition. Le cadavre, décomposé sous l'effet de la chaleur estivale, était infesté de vermine. Il n'était pas possible qu'il eût été en vie pour agresser Selena.

C'était un nouvel assassinat.

On apporta un cercueil scellé pour l'évacuer. Après quoi, Pitt fut confronté à l'inéluctable. Hallam Cayley attendait. Il avait une mine épouvantable, le visage blême et baigné de sueur ; ses mains tremblaient si fort que le verre se cognait à ses dents.

Pitt avait déjà vu des gens en état de choc ;

souvent, il assistait au face-à-face brutal avec l'horreur, le remords ou le chagrin indicible. Mais il était incapable de distinguer entre les différentes sortes de choc. Aussi la vue de Cayley ne le renseignait guère sur les sentiments de ce dernier, sinon qu'ils étaient violents et terribles. Son cerveau avait trié et formulé les questions à poser, mais, submergé de pitié, il fit taire momentanément la voix de la raison.

Hallam reposa son verre.

— Je ne sais rien, fit-il, désemparé. Dieu m'est témoin, je ne l'ai pas tué.

— Pourquoi est-il venu ici ? demanda Pitt.

— Il n'est pas venu !

Hallam haussa le ton ; sa contenance précaire menaçait de céder.

— Je ne l'ai pas vu, moi ! Bon sang, je n'ai pas la moindre idée de ce qui s'est passé !

Pitt ne s'attendait pas à des aveux, du moins pas encore. Cayley était peut-être de ceux qui niaient tout en bloc, même en présence de preuves. Ou alors, il n'était réellement pas au courant. Il allait falloir interroger tous les domestiques. Ce serait long et pénible. Démasquer un coupable, c'était dévoiler un drame. En entrant dans la police, il avait cru que son métier consisterait à résoudre les crimes, en toute impartialité. Maintenant, il savait que ce n'était pas vrai.

— Quand avez-vous vu Mr. Nash pour la dernière fois ?

Surpris, Hallam leva ses yeux injectés de sang.

— Grand Dieu, je n'en sais rien ! Il y a des semaines. Je ne me souviens plus quand je l'ai vu, mais ce n'était pas le jour de sa mort. Ça, j'en suis certain.

Pitt haussa légèrement les sourcils.

— Vous pensez qu'il a été assassiné le jour de sa disparition?

Hallam le dévisagea. Il rougit, puis pâlit à nouveau. La sueur perlait sur sa lèvre supérieure.

— Pas vous?

— C'est fort possible, répondit Pitt d'un ton las. Il est encore trop tôt pour se prononcer. J'imagine qu'il aurait pu rester là indéfiniment, du moment que la chambre n'était pas utilisée. L'odeur aurait empiré, évidemment. Est-ce vous qui avez donné l'ordre de faire le ménage là-haut?

— Nom d'un chien, je ne m'occupe pas de l'intendance, moi! Elles font le ménage quand elles veulent. Les domestiques sont là pour ça... pour m'épargner ce genre de soucis.

Inutile de lui demander si les domestiques connaissaient personnellement Fulbert. La question avait déjà été posée, et tout le monde avait nié, comme il fallait s'y attendre.

Ce fut Forbes qui découvrit un fait étonnant ou, du moins, une information. Le valet de pied avoua qu'il avait ouvert à Fulbert l'après-midi de sa disparition, pendant que Hallam était sorti, et Fulbert était monté en disant qu'il souhaitait parler au valet de chambre. Le valet de pied avait cru qu'il était reparti de lui-même, ce qui visiblement ne fut pas le cas. Pour excuser son mensonge, il expliqua que pour lui c'était sans importance et qu'il n'avait pas voulu compromettre son maître pour une coïncidence aussi minime, car tout naturellement il craignait pour son emploi.

L'affaire se terminait donc en impasse. Le valet de chambre nia avoir vu Fulbert, et ils ne disposaient d'aucune preuve. D'après Forbes, il existait de vieilles rivalités et querelles de clocher parmi le personnel, et il ne savait pas trop qui croire. Conformément aux témoignages antérieurs, l'un ou l'autre valet aurait pu tuer Fanny, si l'un d'eux au moins mentait, mais aucun d'eux n'aurait pu agresser Selena.

Pour finir, Pitt retourna au poste de police, laissant un agent sur place afin que personne parmi les serviteurs de Cayley ne quitte Paragon Walk. Malgré le goût amer de l'insatisfaction, il savait que poursuivre les interrogatoires ne mènerait à rien.

Fulbert fut enterré rapidement, au cours d'une cérémonie brève et lugubre comme si l'infâme cadavre était exposé au grand jour, et non solidement cloué dans une caisse en bois verni.

Pitt alla à l'enterrement, non parce qu'il plaignait le mort, mais pour observer l'assistance. Charlotte n'était pas venue, Emily non plus. Elles ne s'étaient pas encore bien remises de leur macabre découverte ; par ailleurs, Charlotte avait si peu connu le défunt que sa présence risquait de passer non pas pour du respect, mais pour de la simple curiosité. Quant à Emily, son état constituait un prétexte idéal pour rester à la maison. George, sombre et blanc comme un linge, les épaules rentrées contre le vent, était le seul à représenter la famille.

Pitt, qui avait emprunté un pardessus noir pour cacher son propre accoutrement multicolore, se tenait discrètement à l'écart, sous les ifs, dans l'espoir d'échapper aux regards, voire d'être pris pour un employé des pompes funèbres.

Pendant qu'il attendait, le cortège arriva, le crêpe

noir flottant au vent. Personne ne prit la parole, excepté l'officiant : sa litanie s'éleva parmi les pierres tombales, au-dessus de la terre glaise et de l'herbe rabougrie.

Il n'y avait pas de femmes en dehors de la famille proche, Phoebe et Jessamyn Nash. Le teint cireux, des poches noires sous les yeux, Phoebe faisait peur à voir. Voûtée, elle ressemblait de dos à une vieillarde. Pitt avait déjà vu cette allure résignée chez des enfants maltraités : bien que terrifiés, ils ne prenaient même plus la peine de fuir, trop sûrs du coup à venir.

Jessamyn, c'était tout autre chose. Droite comme un I, le menton en l'air, même le voile noir lui tombant sur le visage ne parvenait pas à masquer son teint lumineux et l'éclat de ses yeux, rivés sur les branches d'ifs qui remuaient au fond, là où l'allée conduisait vers le porche du cimetière. Seules ses mains trahissaient son émotion : elle les serrait si fort que, n'étaient-ce les gants, les ongles auraient sûrement entamé la chair.

Les hommes étaient tous là. Pitt les examina un à un, fouillant sa mémoire pour en extraire ce qu'il savait sur eux, cherchant les causes, les inconséquences, tout ce qui déboucherait sur un début de réponse.

Fulbert avait été assassiné parce qu'il savait qui avait violé Fanny, puis Selena. Il n'existait tout de même pas un autre mobile, un autre secret dans Paragon Walk susceptible de mener jusqu'au meurtre ?

Était-ce Algernon Burnon ? Il ne fallait pas être spécialement fort pour donner un seul coup de couteau. Il se tenait près de la fosse béante, la mine grave et réservée. Très vraisemblablement, il n'avait pas eu beaucoup d'amitié pour Fulbert. C'était donc à Fanny qu'il songeait. L'avait-il aimée ? Quel que fût son chagrin, il l'abritait derrière une façade minutieusement façonnée depuis des générations. Un gentleman n'étalait pas ses sentiments en public. Il était malséant, efféminé, de faire montre de sa détresse. Un gentleman s'arrangeait même pour mourir avec dignité.

Qui avait décidé de ces longues fiançailles ? S'il avait éprouvé une passion aussi dévorante pour elle, n'aurait-il pas insisté pour avancer la date du mariage ? De nombreuses femmes de l'âge de Fanny, ou même plus jeunes, se mariaient ; cela n'avait rien de précipité ni d'inconvenant. En regardant le visage calme d'Algernon, Pitt eut du mal à croire qu'il fût habité par quelque ardeur ingouvernable.

A côté de lui se tenait Diggory Nash, près de Jessamyn, mais sans la toucher. Du reste, elle semblait avoir si peu besoin d'une main secourable qu'il eût été presque indiscret, impertinent, de lui en tendre une. Isolée dans son propre monde, elle ne prêtait aucune attention aux autres, pas même à son mari.

Savait-elle quelque chose sur Diggory qui leur aurait échappé ? Pitt le scruta à la dérobée de son refuge sous les ifs. Il avait un visage moins régulier qu'Afton, mais nettement plus chaleureux. Toute trace de rire avait disparu, mais les lignes restaient, ainsi qu'une certaine douceur dans les contours de la bouche... l'autorité d'Afton en moins, peut-être ? Était-il possible qu'une lubie, une vieille habitude de satisfaire ses penchants l'eussent conduit à se tromper de personne dans le noir, à violer sa propre sœur et à l'assassiner pour cacher sa méprise ?

Mais dans ce cas, ne se serait-il pas déjà trahi, depuis tout ce temps ? Assailli par la terreur et le remords qui auraient hanté sa solitude, l'auraient privé de sommeil, il aurait fini par commettre quelque acte insensé avant de sombrer. Quand Forbes avait interrogé les servantes, aucune n'eut à se plaindre du comportement de Diggory. Il y avait certes eu des avances, mais sans forcer le consentement des intéressées. Et les rares refus avaient été accueillis avec humour et résignation.

Non, selon toute vraisemblance, Diggory était exactement ce qu'il prétendait être.

Et George ? Pitt savait à présent pourquoi il s'était montré aussi évasif au départ. Il avait été simplement trop soûl pour se rappeler où il était allé... et trop gêné pour le reconnaître. Peut-être la frayeur lui servirait-elle de leçon, du moins vis-à-vis d'Emily ?

Freddie Dilbridge. En ce moment même, il lui tournait le dos, mais Pitt l'avait observé tandis qu'il remontait l'allée derrière le cercueil. Son visage anxieux reflétait la confusion plutôt que la peine. Si peur il y avait, c'était la peur de l'inconnu, de l'inexplicable, et non la peur ordinaire de quelqu'un qui sait précisément où est le mal et quelle en sera la rétribution.

Il y avait cependant quelque chose chez Freddie qui dérangeait Pitt. Il n'avait pas encore déterminé quoi. Les soirées orgiaques n'étaient pas une exception. Les gens qui s'ennuyaient, délivrés de la nécessité de gagner leur pain ou même de gérer leurs biens, des gens dépourvus d'ambition s'amusaient parfois à satisfaire leurs propres penchants, voire les tendances excentriques de leur entourage. Le voyeurisme n'était pas une nouveauté, qui s'accompagnait souvent d'un petit chantage moral, histoire de prouver qu'on était le plus fort.

Ce tableau correspondait bien à l'idée qu'il se faisait d'Afton Nash. Il sentait chez lui une cruauté, une propension à jouir de la fragilité d'autrui, surtout la fragilité sexuelle. Il était tout à fait capable de sacrifier aux goûts qu'il méprisait, pour le plaisir de savourer son propre sentiment de supériorité. Pitt n'avait jamais rencontré de personnage plus antipathique. Être victime de ses fautes, aussi ineptes fussent-elles, cela, il le comprenait. Mais se régaler et tirer profit de la faiblesse d'autrui ne suscitait chez lui pas la moindre once de compréhension.

Debout à la tête de la tombe, Afton fixait le pasteur d'un regard dur et sombre. Il est vrai qu'il avait enterré un frère et que sa sœur avait été assassinée en l'espace d'un court été. Se pouvait-il que, suprême hypocrite, il eût violenté et tué sa propre sœur, puis poignardé son frère pour garder le secret ? Était-ce la raison pour laquelle Phoebe se décomposait de terreur sous leurs yeux, glissant de l'extravagance vers la folie ? Seigneur miséricordieux, si c'était le cas, Pitt se devait de le démasquer, avec preuves à l'appui, et de le faire enfermer. Il n'était pas partisan de la pendaison. C'était pourtant chose courante, l'un des moyens mécaniques de la société de se purger de son mal ; néanmoins, il trouvait cela répugnant. Il en savait trop sur les crimes, sur la peur ou la folie qui les engendraient. Il avait vu et senti la misère noire, les morts et les maladies innombrables dues à la faim dans les quartiers pauvres, et il savait qu'il existait des assassins aux mains propres, une extermination à distance que la société du profit aveugle ne voyait même pas. On mourait de faim à cent mètres des morts par obésité.

Cependant, si jamais Afton était coupable, il était prêt à l'envoyer à la potence sans trop de scrupules.

Le Français, Paul Alaric, était là également, à supposer qu'il fût réellement français. Peut-être venait-il des colonies africaines ? Il était bien trop raffiné, trop ironique et subtil pour être originaire des grandes plaines venteuses et neigeuses du Canada. On sentait un très long passé derrière lui : Pitt l'imaginait mal appartenant au Nouveau Monde. Tout en lui évoquait des siècles de civilisation, des racines plongeant au cœur même d'une vieille culture, d'une histoire riche et obscure.

Sa tête brune baissée contre le vent qui forcissait, il était beau et distingué même dans ce cimetière. Son attitude était celle du respect pour le mort, de la courtoise observance des coutumes. Était-ce la seule raison de sa présence ici ? Pitt ne lui connaissait aucun lien avec Fulbert, hormis celui du voisinage.

Serait-ce lui, l'acteur principal ? Ce visage intelligent masquait-il un désir inassouvi, désir si impérieux qu'il l'avait poussé à agresser d'abord Fanny, puis une Selena plus que consentante ? Ou n'était-elle pas si consentante que cela, au moment des faits ?

Il ne pouvait se permettre de négliger cette éventualité-là ; son devoir consistait à tout envisager, même les hypothèses les plus improbables. Il n'arrivait pourtant pas à croire qu'Alaric cachait son jeu. A force d'étudier les gens, Pitt était devenu très bon juge : il avait découvert qu'il n'était pas facile de tromper un observateur attentif, quelqu'un qui écoutait chaque phrase, surveillait les yeux, les mains, les petites duperies flattant l'amour-propre, les menus signes de cupidité ou d'ambition, les preuves d'un égoïsme foncier, les regards fuyants, les insinuations abjectes.

Alaric était peut-être un séducteur, mais un violeur, sûrement pas.

Restait Hallam Cayley. De l'autre côté de la fosse, il fixait Jessamyn quand on commença enfin à pelleter la terre. Les lourdes mottes de glaise rebondissaient sur le couvercle avec un bruit creux, presque comme s'il n'y avait pas de corps au-dessous. Un à un, ils se détournaient et s'en allaient... l'usage avait été respecté. Maintenant, c'était aux fossoyeurs de finir : remplir l'excavation et tasser la terre. Une fine bruine flottait dans l'air, rendant les allées dangereusement glissantes.

Hallam marchait à côté de Freddie Dilbridge. Quand Pitt émergea de sous les ifs, pressant le pas pour ne pas les perdre de vue, il aperçut le visage de Hallam. On aurait dit un homme hanté par un cauchemar : les marques de petite vérole semblaient plus prononcées ; il était blême et en sueur. Ses yeux étaient bouffis ; même à distance, Pitt remarqua le tic nerveux qui lui agitait une paupière. Était-ce l'excès de boisson qui l'avait mis dans cet état, et si oui, quel tourment l'avait précipité là-dedans ? Ce n'était tout de même pas la perte d'une épouse qui l'avait dévasté à ce point-là ? D'après ce que Forbes et lui avaient appris en interrogeant voisins et domestiques, il s'agissait d'un mariage tout à fait banal, fondé sur une affection mutuelle, et non sur une passion ravageuse capable d'anéantir un homme sur son passage.

En fait, plus il y pensait, moins il trouvait cela plausible. Hallam s'était mis à boire depuis un an seulement, et certainement pas depuis le décès de sa femme. Qu'était-il arrivé il y a un an ? Jusque-là, Pitt n'avait rien découvert.

Il les avait enfin rattrapés. Se retournant brièvement, Hallam le vit. La peur convulsa ses traits, une peur funeste, comme s'il venait de passer devant sa propre tombe et qu'il avait lu son nom sur la stèle. Il hésita, les yeux rivés sur Pitt. A ce moment-là, Jessamyn parvint à sa hauteur, le visage figé, totalement dénué d'expression.

— Venez, Hallam, dit-elle doucement. Ne vous occupez pas de lui. Il est ici parce que c'est son métier. Ça ne veut strictement rien dire.

Elle parlait d'une voix atone ; à force de maîtrise, elle avait réussi à gommer toute trace d'émotion pour se donner la contenance désirée. Elle se tenait à distance, sans le toucher, au moins à un mètre de lui.

— Venez, répéta-t-elle. Ne restez pas là. Vous retardez tout le monde.

Il obéit à contrecœur, non pas qu'il eût envie de partir, mais parce qu'il n'avait plus rien à faire là.

Immobile, Pitt suivit des yeux leurs silhouettes de crêpe noir, sinuant dans l'allée humide en direction du porche avant de sortir dans la rue.

Hallam Cayley pouvait-il avoir violé Fanny ? Ce n'était pas impossible. Selon Emily, Fanny était quelqu'un de terne, d'insignifiant, vraiment pas de quoi inspirer une passion. Mais Pitt se rappelait le petit corps blanc sur la table de la morgue. Délicat, virginal, presque enfantin, ossature fine, teint clair. L'attrait résidait peut-être dans cette innocence. Elle n'aurait rien exigé ; ses propres sens étaient encore en sommeil : il n'y aurait pas eu d'attente à satisfaire, pas de comparaison possible avec d'autres amants, même pas de rêves, hormis les plus vagues et les plus limpides.

Jessamyn disait qu'elle avait été trop candide pour susciter l'intérêt, trop jeune pour être une femme. Mais fatiguée d'être considérée comme une enfant, Fanny s'était peut-être mise à raisonner en femme, tout en préservant l'image que les autres avaient d'elle. Le rayonnement de Jessamyn avait pu lui donner des idées. Avait-elle exercé ses charmes naissants sur Hallam Cayley, persuadée qu'elle ne courait aucun risque, jusqu'au soir où elle eut la preuve du contraire parce qu'elle était allée trop loin dans son jeu de séduction?

C'était tout à fait plausible. Plus plausible que la rencontre avec un domestique.

La seconde hypothèse, bien sûr, était qu'on l'avait prise pour quelqu'un d'autre, une servante. Parmi les bonnes et les filles de cuisine, plusieurs lui ressemblaient, sinon de visage, du moins de par leur constitution. Seule la tenue vestimentaire différait. Les doigts d'un homme obsédé auraient-ils senti dans l'obscurité la différence entre les soieries de Fanny et la cotonnade d'une servante?

Il n'en avait pas la moindre idée.

Mais le corps de Fulbert avait été découvert chez Hallam. Les domestiques l'avaient fait entrer — personne ne le niait —, mais pourquoi était-il venu, si ce n'était pas pour voir le maître de maison? Avait-il attendu le retour de Hallam, ainsi qu'il en avait l'intention, puis trouvé la mort à cause de ce qu'il savait? Ou était-ce un serviteur, un valet qui l'avait tué, toujours pour la même raison? L'un d'eux aurait très bien pu assassiner Fanny : c'était parfaitement envisageable.

Il n'oubliait pas que quelqu'un d'autre aurait pu entrer également. Il ne se serait pas fait ouvrir par un domestique ; n'importe quel domestique l'aurait dénoncé, trop content d'éloigner les soupçons de sa propre personne. Mais les murs du jardin n'étaient pas très hauts. Un homme moyennement agile pouvait les escalader sans difficulté. Ses habits en auraient gardé les traces : poussière de brique, taches de mousse. Il s'en serait débarrassé, mais il faudrait interroger les valets. Peut-être Forbes pourrait-il s'en charger à nouveau.

Évidemment, il y avait les portes de jardin, mais Pitt avait déjà constaté que celle de Hallam était toujours fermée à clé.

Il suivit les derniers membres du cortège dehors et tourna dans la rue pour regagner le poste de police. Il pensait que c'était Hallam. C'était possible ; c'était même peint sur son visage. Mais il n'avait pas suffisamment de preuves. Si Hallam niait, disant que quelqu'un avait suivi Fulbert et saisi l'occasion pour l'assassiner et abandonner le corps chez lui, Pitt ne pouvait l'accuser de mensonge. Et un dossier aussi maigre ne l'autorisait pas à arrêter un homme de son rang.

Faute de prouver la culpabilité de Hallam, la seule solution consistait à éliminer les autres hypothèses. Mais ce n'était qu'un pis-aller... qui ne le satisfaisait pas du tout.

Au poste de police, une question de détail avait trouvé sa réponse : pourquoi Algernon Burnon avait rechigné à donner le nom de la personne avec qui il prétendait avoir passé la soirée le jour de l'assassinat de Fanny. Forbes avait enfin réussi à l'identifier, une fille gaie et jolie qui, dans les hautes sphères, aurait reçu le nom de courtisane, mais compte tenu de sa clientèle, n'était qu'une vulgaire prostituée. Pas étonnant qu'Algernon eût préféré les regards vaguement suspicieux à la divulgation de son incartade, pendant que sa fiancée se débattait entre la vie et la mort.

Le lendemain, Pitt et Forbes retournèrent dans Paragon Walk, demandant discrètement par la porte de service à parler aux valets de chambre. Personne n'avait sur ses vêtements de taches de mousse ou d'humidité, pas plus que de traces visibles de poussière de brique, juste la poussière ordinaire d'un été sec. Il y avait bien eu un ou deux accrocs, mais rien d'extraordinaire. Certes, il était facile de dire qu'on s'était accroché au moment de monter en voiture, ou bien dans le jardin. Les roses avaient des épines ; il arrivait aussi que l'on s'agenouille dans l'herbe pour ramasser une pièce ou un mouchoir.

Pitt se rendit même dans le jardin de Hallam Cayley et demanda la permission d'examiner les murs de part et d'autre. Un valet extrêmement nerveux l'escorta pas à pas, l'air de plus en plus tendu et accablé, pendant qu'il cherchait en vain les marques d'une intrusion. Si quelqu'un avait escaladé ces murs dernièrement, il s'était servi d'une échelle garnie de tampons et posée de façon à ne pas écraser la mousse ou égratigner la moindre brique ; et il avait comblé les trous laissés par les pieds de l'échelle dans le sol. Une telle prévoyance semblait impossible. Comment aurait-il tiré ensuite l'échelle de son côté sans creuser de sillons dans la mousse au-dessus du mur ? Et, une fois l'obstacle franchi, où étaient passées les traces de l'échelle dans le sol ? Malgré la sécheresse, la terre du jardin était suffisamment molle et friable pour garder ce genre d'empreintes. Il fit un essai en posant son propre pied qui laissa une marque incontestable.

Il y avait une porte dans le mur du fond, derrière les trembles, mais elle était fermée : l'aide-jardinier qui avait la clé déclara qu'elle ne le quittait jamais.

Hallam était sorti. Pitt repasserait le lendemain pour lui demander s'il avait une autre clé et s'il l'avait prêtée ou donnée à quelqu'un. Mais ce n'était qu'une pure formalité. Il ne croyait pas un instant qu'une tierce personne fût passée par là pour retrouver Fulbert dans la maison de Hallam... et encore moins que ce fût une rencontre fortuite.

De retour chez lui, il ne dit rien à Charlotte. Il voulait oublier tout cela pour profiter de sa famille, de la paix rassurante de son foyer. Bien que Jemima fût déjà au lit, il la réclama et s'installa avec elle au salon. Ensommeillée, elle clignait des yeux, ne sachant pas très bien pourquoi on l'avait réveillée. Il lui parla de sa propre enfance dans une grande propriété à la campagne, comme si elle pouvait le comprendre. Assise en face d'eux, Charlotte souriait. Elle avait du linge à recoudre : il crut reconnaître l'une de ses chemises blanches. Se doutait-elle seulement pourquoi il se comportait de la sorte... pour chasser de ses pensées Paragon Walk et la journée qui l'attendait ? En tout cas, si elle le savait, elle eut la sagesse de ne pas le laisser paraître.

Au poste de police, il n'y avait rien de nouveau. Pitt demanda à parler à ses supérieurs pour les informer de ses intentions. S'il n'y avait pas d'autre explication, pas d'autre clé ouvrant la porte du jardin, si l'on n'avait vu personne entrer, il ne lui restait plus qu'à supposer que c'était quelqu'un de chez Cayley et interroger tout le monde dans cette optique-là, pas seulement les serviteurs, mais Hallam Cayley lui-même.

Bien que consternés, surtout par l'idée d'accuser Hallam, ils durent admettre que c'était forcément un membre de la maisonnée... très certainement l'un des valets.

Pitt ne chercha pas à discuter, ni à énumérer toutes les raisons pour lesquelles il pensait à Hallam. Car elles se fondaient principalement sur la déduction et la détresse de cet homme, l'horreur profonde peinte sur son visage. On lui aurait facilement rétorqué que c'étaient les affres de quelqu'un qui buvait trop sans pouvoir s'arrêter. Et il n'avait pas d'argument à leur opposer.

Il arriva à Paragon Walk en fin de matinée et se dirigea droit vers la maison. Après avoir sonné à la porte d'entrée, il attendit. Étrangement, personne ne vint. Il recommença, sans succès. Un problème domestique urgent aurait-il détourné le valet de pied de ses obligations ?

Il décida de faire le tour. Il y avait toujours quelqu'un dans la cuisine, à n'importe quelle heure du jour.

Il était encore loin de l'entrée de service quand il aperçut la fille de cuisine. A sa vue, elle poussa un glapissement et, se cramponnant à son tablier, le regarda avec des yeux ronds.

— Bonjour, dit-il, se forçant à sourire.

Clouée au sol, elle demeurait sans voix.

— Bonjour, répéta-t-il. Il n'y a personne à la grande porte. Puis-je passer par la cuisine ?

— Ils ont tous pris leur journée, fit-elle, essoufflée. Y a que Polly, la cuisinière et moi. Et Mr. Cayley n'est pas encore levé.

Pitt étouffa un juron. Cet abruti d'agent les aurait-il tous laissés filer... y compris l'assassin ?

— Où sont-ils allés ?

— Ben, Hoskins, c'est le valet de chambre, il est chez lui, là-haut. Moi, je l'ai pas vu aujourd'hui, mais Polly lui a monté un plateau avec une théière et des toasts. Albert, c'est le valet de pied, est chez Lord Dilbridge, je parie : il a le béguin pour leur femme de chambre. Quelque chose ne va pas, monsieur ?

Une vague de soulagement submergea Pitt. Cette fois, son sourire fut sincère.

— Non, pas vraiment. Mais j'aimerais entrer tout de même. Il faudrait qu'on réveille Mr. Cayley. J'ai une ou deux questions à lui poser.

— Oh non, monsieur ! Mr. Cayley... ben, il sera pas content. Il est pas en forme le matin.

Elle avait l'air anxieuse, comme si elle craignait qu'on lui reproche l'arrivée de Pitt.

— Peut-être. Mais c'est une affaire de police, et ça ne peut pas attendre. Écoutez, laissez-moi entrer et, si vous le préférez, je le réveillerai moi-même.

Bien que dubitative, elle finit par s'incliner devant l'autorité et le conduisit docilement à travers les cuisines vers la porte matelassée donnant sur le reste de la maison. Là, elle s'arrêta. C'était compréhensible.

— Très bien, fit Pitt calmement. Je lui dirai que je ne vous ai pas laissé le choix.

Il poussa la porte et pénétra dans le vestibule. Lorsqu'il arriva au pied des marches, un mouvement à peine perceptible, de deux ou trois centimètres d'amplitude, attira son attention, comme si quelque chose bougeait entre les balustres en bois.

Il leva la tête.

C'était Hallam Cayley. Pendu par le cou, il se balançait très doucement au bout de la ceinture de sa robe de chambre, fixée à la rampe de la balustrade du premier étage.

La surprise de Pitt ne dura qu'une fraction de seconde. Puis toute la situation lui apparut dans son effarante, tragique évidence.

Il gravit lentement l'escalier. De plus près, il ne faisait pas l'ombre d'un doute que Hallam était mort. Il avait le visage marbré, mais sans cette teinte violacée que provoque la suffocation. Il avait dû se rompre le cou en sautant dans le vide. Il avait eu de la chance. Vu sa corpulence, il aurait pu facilement casser la corde et atterrir un étage plus bas, les os brisés, mais vivant.

Incapable de le remonter seul, Pitt devait envoyer un domestique chercher Forbes, le médecin légiste, toute l'équipe. Il redescendit pesamment. Quelle triste et prévisible fin d'une histoire malheureuse ! Il n'en tirait nulle satisfaction, nul sentiment d'avoir résolu une affaire. Il repassa par la porte matelassée, dit simplement à la cuisinière et à la fille de salle que Mr. Cayley était mort et qu'elles devaient aller à côté et demander à l'un des serviteurs de faire venir la police, un médecin et le fourgon mortuaire.

Il y eut moins d'affolement qu'il ne s'y attendait. Peut-être, après la découverte du corps de Fulbert, n'était-ce pas vraiment une surprise pour elles. Peut-être n'étaient-elles plus en état de s'émouvoir.

Il remonta ensuite pour jeter un autre coup d'œil sur Hallam et voir s'il n'y avait pas une lettre d'explication ou d'aveux. Ce ne fut pas long : il la trouva dans la chambre, sur le bonheur-du-jour. A côté, il y avait encore l'encrier et le porte-plume. Elle était ouverte et ne portait aucune mention du destinataire :

C'est moi qui ai agressé Fanny. J'avais quitté la soirée de Freddie pour aller dans le jardin, puis dans la rue. Là, tout à fait par hasard, je suis tombé sur Fanny.

Cela avait commencé comme un flirt il y a quelques semaines. C'est elle qui l'entretenait. Je l'ai compris depuis : elle n'était pas consciente de ce qu'elle faisait, mais, à ce moment-là, je n'étais pas apte à réfléchir.

Je jure cependant que je ne l'ai pas tuée.

Du moins, je l'aurais juré le lendemain. Car le lendemain, j'étais aussi abasourdi que les autres.

Je n'ai pas non plus touché Selena. Ça, je l'aurais juré. Je ne sais même plus ce que j'ai fait ce soir-là. J'ai passé mon temps à boire. Mais je n'ai jamais aimé Selena : même ivre, je ne l'aurais pas prise par force.

J'ai pensé à tout ça jusqu'à en avoir le vertige. Je me suis réveillé en pleine nuit, glacé de terreur. Suis-je en train de perdre la raison ? Aurais-je poignardé Fanny sans même m'en rendre compte ?

Je n'ai pas vu Fulbert vivant le jour de son assassinat. Je n'étais pas là quand il est venu chez moi, et à mon retour, le valet m'a dit qu'il l'avait fait monter. Je l'ai trouvé dans la chambre verte, mais il était déjà mort, couché sur le ventre avec la blessure dans le dos. Dieu m'est témoin, je ne me souviens pas avoir fait ça.

Je l'ai caché, oui. J'étais terrorisé. Je ne l'ai pas tué, mais je savais qu'on allait m'accuser. Je l'ai fourré dans la cheminée. Le conduit est large, et je suis beaucoup plus grand que Fulbert. Bien que poids mort, il s'est révélé étonnamment léger quand je l'ai soulevé. Il n'a pas été commode de l'enfourner là-dedans, mais comme il y a des niches pour les ramoneurs, j'y suis enfin arrivé. Je l'ai enfoncé. Je croyais que si je fermais cette pièce, il pourrait y rester indéfiniment. Je n'avais pas songé au nettoyage de printemps, ni au fait que Mrs. Heath avait un passe-partout.

Peut-être que je suis fou. Peut-être que je les ai tués tous les deux, mais les ténèbres ou le mal qui me brouillent le cerveau m'empêchent de le savoir. Il y a deux êtres en moi : l'un tourmenté, solitaire, plein de regrets, ne connaissant pas l'autre moitié et hanté par cet autre cauchemardesque Dieu... ou plutôt le diable sait quoi. Un sauvage, un dément, tuant sans discernement.

La mort est la meilleure solution pour moi. La vie n'est rien que l'oubli dans la boisson des horreurs de cet autre moi-même.

Je suis navré pour Fanny, sincèrement navré. Ça, je sais que c'est moi.

Mais si je l'ai tuée, ou si j'ai tué Fulbert, c'était mon autre moitié, quelqu'un que je ne connais pas. Au moins, il mourra avec moi.

Pitt reposa la lettre. Il avait l'habitude de ces accès de pitié, de cette douleur sourde et profonde contre laquelle il n'existait pas de remède.

Il ressortit sur le palier. La police était déjà à la porte d'entrée. Il y aurait maintenant le long rituel de l'examen médical, de la fouille parmi ses effets personnels, de la consignation des aveux. Mais il n'avait pas l'impression d'avoir accompli quelque chose.

Ce soir-là, en rentrant, il en parla à Charlotte, non pour soulager sa conscience, mais parce que cela concernait Emily.

Pendant quelques instants, elle garda le silence, puis elle s'assit très lentement.

— Pauvre homme, souffla-t-elle. Pauvre âme égarée !

Il s'assit en face d'elle et, en la regardant, s'efforça de chasser Hallam et tout ce qui touchait à Paragon Walk de son esprit. Longtemps, ils restèrent ainsi sans mot dire, et il se sentit mieux. Il se prit à penser à ce qu'ils pourraient faire, maintenant que l'enquête était terminée et qu'il allait s'offrir un moment de répit. Jemima était assez grande pour ne pas s'enrhumer : ils pourraient faire une excursion en bateau, voire même pique-niquer sur la berge, si le temps le permettait. Voilà qui devrait plaire à Charlotte. Il l'imaginait déjà, les jupes étalées dans l'herbe, la chevelure brillant comme une châtaigne polie au soleil.

L'année prochaine, s'ils faisaient attention au moindre penny, ils pourraient même partir quelques jours à la campagne. Jemima serait alors en âge de marcher. Elle découvrirait toutes les merveilles — petites mares d'eau dans les pierres, fleurs sous les haies, nids d'oiseaux — que lui-même avait connues dans son enfance.

— Croyez-vous que c'est la mort de sa femme qui l'a conduit à la folie ?

La voix de Charlotte le tira de sa rêverie, le ramenant brutalement à la réalité.

— Comment ?

— La mort de sa femme, répéta-t-elle. Croyez-vous que, rongé par le chagrin et la solitude, il s'est mis à boire jusqu'à en devenir fou ?

— Je ne sais pas.

Il n'avait pas envie d'y penser.

— Peut-être. Il y avait de vieilles lettres d'amour parmi ses affaires. Apparemment, elles ont été lues et relues : pages écornées, une ou deux déchirures. Elles sont d'un caractère très intime, très possessif.

— Je me demande comment elle était. Elle est morte avant qu'Emily ne s'installe là-bas ; elle ne la connaissait donc pas. Comment s'appelait-elle ?

— Aucune idée. Elle n'a pas pris la peine de signer ses lettres. Elle devait les laisser à son intention un peu partout dans la maison.

Charlotte eut un petit sourire triste et crispé.

— C'est horrible, d'aimer quelqu'un aussi intensément, puis de le perdre. Sa vie a dû être brisée ce jour-là. J'espère, si je meurs, que vous garderez un souvenir de moi, mais pas de cette façon-là...

Cette idée, terrifiante, plongea la pièce dans une nuit noire, vide et immense, infinie, glacée comme la distance jusqu'aux étoiles. Pitt fut submergé de compassion pour Hallam. Il n'avait pas de mots pour l'exprimer, rien que la douleur.

Charlotte vint s'agenouiller devant lui et lui prit les mains avec douceur. Son visage était lisse, et il sentait la chaleur de son corps. Elle ne dit rien, ne chercha pas à le réconforter, mais la force qui émanait d'elle dépassait son entendement.

C'était quelques jours avant la visite d'Emily. Lorsqu'elle parut, dans un nuage de mousseline à pois, Charlotte pensa qu'elle ne l'avait encore jamais vue aussi rayonnante. Sa taille s'était notablement alourdie, mais elle avait un teint de pêche, et ses yeux brillaient d'un éclat nouveau.

— Tu es resplendissante ! déclara Charlotte spontanément. Tu devrais avoir des enfants tout le temps.

Emily grimaça affreusement, mais c'était pour rire, elles le savaient toutes les deux. S'installant sur une chaise de cuisine, elle réclama une tasse de thé.

— C'est fini, annonça-t-elle, péremptoire. Cette partie-là, du moins.

Charlotte se retourna lentement, ses propres pensées prenant forme au moment même où elle pivotait de l'évier vers la table.

— Tu veux dire que ça ne te réjouit pas non plus ? s'enquit-elle prudemment.

— Me réjouir ? répliqua Emily avec une moue. Mais de quoi, voyons ? Tu ne penses tout de même pas que c'est Hallam ? demanda-t-elle d'un ton incrédule, les yeux arrondis.

— Ce doit être lui, fit Charlotte, pensive, remplissant la bouilloire qui déborda dans l'évier sans qu'elle le remarque. Il a reconnu avoir agressé Fanny, et il n'y avait pas d'autre raison de tuer Fulbert...

— Mais ? repartit Emily.

— Je ne sais pas.

Charlotte ferma le robinet et vida l'eau en trop.

— Je ne vois pas ce qu'il y a de plus.

Emily se pencha en avant.

— Je vais te le dire ! Nous n'avons toujours pas découvert ce que Miss Lucinda a vu et ce qui se passe chez nous... or il se passe quelque chose. N'essaie pas de me convaincre que tout était lié à Hallam, parce que c'est faux. Phoebe a toujours aussi peur. C'est même pire, comme si la mort de Hallam n'était qu'une pièce de plus dans l'abominable tableau qu'elle voit. Elle m'a dit une chose très bizarre hier, ce qui explique en partie ma présence ici.

— Quoi ?

Charlotte cligna des yeux. Tout cela lui semblait à la fois irréel et inéluctable. Son vague sentiment de malaise cristallisa autour de cet instant.

— Qu'a-t-elle dit ?

— Que tout ce qui est arrivé a matérialisé le mal dans Paragon Walk et qu'il n'y a plus moyen de l'exorciser. Elle ose à peine imaginer la prochaine catastrophe qui va s'abattre sur nous.

— A ton avis, est-elle folle, elle aussi ?

— Pas du tout ! rétorqua Emily, catégorique. Du moins, pas dans le sens où tu l'entends. Elle est bête, certes, mais elle sait de quoi elle parle, même si elle refuse d'en dire davantage.

— Et comment allons-nous faire ? demanda Charlotte immédiatement.

Il ne lui serait pas venu à l'idée de renoncer aux investigations. Pour Emily aussi, la chose était évidente.

— A force d'écouter les uns et les autres, j'ai élaboré un plan.

Puisque c'était décidé, elle alla droit au but.

— Je suis pratiquement sûre que c'est en rapport avec les Dilbridge, en tout cas avec Freddie Dilbridge. J'ignore qui d'autre y est mêlé. Phoebe le sait, elle : c'est ce qui la terrifie. Dans une dizaine de jours, les Dilbridge organisent une garden-party. George n'est pas d'accord, mais j'ai bien l'intention d'y aller, et tu viendras avec moi. Nous nous éclipserons discrètement pour explorer la maison. Avec un peu de jugeote, on finira par trouver quelque chose. Le mal, s'il existe réellement, laisse des traces.

Peut-être découvrirons-nous ce qu'a vu Miss Lucinda ? A mon avis, ce doit être là-bas.

Le souvenir du cadavre calciné de Fulbert glissant hors de la cheminée revint, fulgurant, à la mémoire de Charlotte. Elle n'était pas près de recommencer à fouiller chez les autres à la recherche d'une réponse, mais d'un autre côté, elle ne pouvait se résoudre à laisser la question en suspens.

— Bien, dit-elle fermement. Et que vais-je mettre ?

10

Charlotte se rendit à la garden-party, le cœur en fête. Emily, elle-même au sommet de sa forme, lui avait offert une robe neuve, tout en dentelles et mousseline blanche, avec de minuscules nervures à l'empiècement. Elle avait l'impression d'être une pâquerette dans la brise d'un champ d'été, l'écume blanche d'un torrent de montagne, ineffable, éblouissante de limpidité.

Tout le monde était là, même les demoiselles Horbury, comme s'ils avaient résolu de reléguer les événements tragiques ou sordides au passé, de les oublier complètement l'espace d'un après-midi de canicule.

Habillée de vert printemps, couleur qui lui seyait le mieux, Emily rayonnait littéralement.

— Nous allons trouver ce que c'est, glissa-t-elle à Charlotte, s'emparant de son bras pour traverser la pelouse en direction de Grace Dilbridge. Je n'arrive toujours pas à déterminer si elle est au courant ou pas. J'ai écouté très attentivement toutes les conversations ces temps-ci : à mon avis, Grace préfère ne pas savoir ; elle s'arrange donc pour ne pas l'apprendre par inadvertance.

Charlotte se souvint des paroles de tante Vespasia, comme quoi Grace aimait à jouer les martyres. Si elle découvrait le secret, peut-être serait-elle trop atterrée pour continuer à y prendre plaisir. Après tout, si votre mari péchait, juste un peu plus ouvertement que la moyenne, on était censée souffrir avec élégance sous les regards compatissants de l'entourage. Votre position sociale n'était pas en péril. Mais si le péché en question sortait de l'ordinaire, frôlait l'inacceptable, alors on était obligée de réagir, voire de partir... et là, c'était une autre paire de manches. Une femme qui quittait son mari, quelles que fussent ses raisons, était non seulement dans le pétrin financièrement parlant, mais honnie par la bonne société. Les invitations cessaient, purement et simplement.

Elles avaient rejoint Grace Dilbridge à qui le violet, peu seyant, donnait une mine de papier mâché. C'était une couleur trop chaude pour une journée aussi suffocante. Il y avait des nuées de moucherons dans l'air : seule leur éducation empêchait les convives de les chasser d'un geste violent car ils provoquaient des démangeaisons et se prenaient fort désagréablement dans les cheveux.

— Quel plaisir de vous revoir, Mrs. Pitt ! dit Grace mécaniquement. Je suis ravie que vous ayez pu venir. Chère Emily, vous avez une mine splendide.

— Merci, répondirent-elles en chœur.

Et Emily enchaîna :

— J'ignorais que votre jardin était aussi grand. Il est vraiment superbe. Est-ce qu'il continue au-delà de cette haie ?

— Oh oui, il y a un chemin herbacé et une petite

roseraie, fit Grace avec un vague geste de la main. J'ai déjà pensé à planter des pêchers le long de ce mur orienté au sud, mais Freddie ne veut pas en entendre parler.

Emily donna un coup de coude à Charlotte, et cette dernière comprit qu'elle songeait au jardin d'hiver. Il devait être quelque part derrière cette haie.

— Ah bon? répliqua Emily avec un intérêt poli. Moi, j'adore les pêches. Si j'avais eu autant d'espace, j'aurais persisté. Il n'y a rien de tel qu'une pêche bien fraîche, en saison.

— C'est difficile, marmonna Grace, gênée. Freddie serait très fâché. Il me donne tant qu'il me jugerait la dernière des ingrates si je devais faire des histoires pour une broutille.

Cette fois, ce fut Charlotte qui, discrètement, poussa Emily du pied sous les volutes neigeuses de sa jupe. Il ne fallait pas insister trop lourdement pour ne pas trahir leur curiosité. Elles en avaient déjà appris suffisamment. Le jardin d'hiver était derrière cette haie, et Freddie ne voulait pas de pêchers à proximité.

Elles s'excusèrent donc, après avoir à nouveau assuré Grace qu'elles étaient tout à fait enchantées d'être là.

— Le jardin d'hiver! dit Emily sitôt qu'elles furent hors de portée de voix. Freddie ne tient pas à ce qu'elle aille cueillir ses pêches au mauvais moment. C'est là, je parie, qu'il organise ses soirées privées.

Mais Charlotte n'était pas d'accord.

— Les soirées, ce n'est rien, fit-elle lentement, à moins qu'il s'y passe des choses vraiment abominables. Non, ce qu'il faudrait savoir, c'est qui y va. Crois-tu que Miss Lucinda se rappelle tant soit peu clairement ce qu'elle a vu? Ou alors elle a tant brodé depuis que son témoignage n'a plus aucune valeur? Elle a dû raconter son histoire des dizaines de fois.

Emily se mordit la lèvre, ennuyée.

— C'est vrai, j'aurais dû la questionner au moment où c'est arrivé, mais elle m'exaspérait tellement, et j'étais si contente que quelqu'un lui ait flanqué la frousse, que je l'ai évitée délibérément. Je ne voulais pas non plus flatter sa vanité. Elle trônait dans sa chaise longue, tu comprends, avec ses sels, un coussin avec un dragon chinois dans son dos — c'est tante Vespasia qui me l'a dit —, et un pichet entier de citronnade. Elle recevait les visites comme une duchesse, et chacun avait droit à son histoire depuis le début. J'aurais tout simplement été incapable de rester polie avec elle. J'aurais éclaté de rire. Maintenant, je regrette de n'avoir pas su me maîtriser davantage.

Charlotte était mal placée pour la critiquer. Sans répondre, elle parcourut des yeux le jardin festonné de rosiers grimpants à la recherche de Miss Lucinda. Elle était sûrement avec Miss Laetitia, et toutes deux portaient toujours des couleurs identiques.

— Là-bas!

Emily lui effleura le bras, et elle se retourna. Cette fois, elles avaient opté pour un bleu myosotis, beaucoup trop juvénile pour elles. Et les touches de rose aggravaient encore le tableau : on eût dit une confiserie qui aurait tourné au soleil.

— Oh, Seigneur! fit Charlotte entre ses dents, étouffant un fou rire.

— On n'a pas le choix, rétorqua Emily sévèrement. Allez, viens !

Côte à côte, elles se dirigèrent nonchalamment vers les demoiselles Horbury, s'arrêtant en chemin pour complimenter Albertine Dilbridge sur sa robe et saluer Selena.

— Comment a-t-elle pris ça ? demanda Charlotte dès qu'elles se furent éloignées.

— Pris quoi ?

Pour une fois, Emily était désarçonnée.

— Hallam ! dit Charlotte impatiemment. Car c'est plutôt une déception, non ? Être assaillie dans un élan de passion incoercible par Paul Alaric, c'est assez romanesque, tout en restant répugnant, mais se faire malmener par Hallam Cayley, tellement soûl et malheureux qu'il ne savait même pas ce qu'il faisait, au point de ne plus s'en souvenir après, voilà qui est terrible.

Elle s'immobilisa : toute trace de dérision avait disparu de sa voix.

— ... et excessivement tragique.

— Oh !

Emily, visiblement, n'y avait pas pensé.

— Je n'en sais rien.

Mais son intérêt était éveillé, Charlotte s'en aperçut à son expression.

— Maintenant que j'y songe, elle s'arrange par tous les moyens pour me fuir, depuis. Une fois ou deux, j'ai cru qu'elle allait me parler, mais à la dernière minute elle se trouvait toujours une occupation plus urgente.

— D'après toi, elle savait depuis le début que c'était Hallam ?

Emily plissa le front.

— J'essaie d'être juste.

Selon toute apparence, cela lui demandait un effort.

— Je ne sais que penser. A mon avis, aujourd'hui ça n'a plus d'importance.

Charlotte n'était pas satisfaite. Un petit doute la tenaillait, une question restée en suspens. Elle se résolut cependant à l'abandonner momentanément. Elles approchaient des demoiselles Horbury, et elle devait se donner une contenance pour les interroger discrètement et avec élégance. Plaquant un sourire attentionné sur son visage, elle se jeta à l'eau sans laisser à Emily le temps de réagir.

— Quel plaisir de vous revoir, Miss Horbury!

Elle considéra Miss Lucinda d'un air impressionné.

— Comme j'admire votre courage, après une aventure aussi effrayante! Je commence seulement à comprendre ce que vous avez enduré. A force de mener une existence protégée, nous n'imaginons pas les horreurs qui nous entourent... pourtant, si nous savions!

Elle se reprocha son hypocrisie, d'autant plus vertement qu'elle jubilait intérieurement.

Miss Lucinda était trop empêtrée dans ses convictions pour reconnaître un retournement complet de veste. Se rengorgeant de satisfaction, elle fit penser à un pigeon ramier couleur pastel.

— Voilà qui est finement observé, Mrs. Pitt, répondit-elle d'un ton solennel. La plupart des gens ne se doutent pas des forces du mal qui sont à l'œuvre, et tellement près de nous!

— Tout à fait.

L'espace d'un éclair, Charlotte sentit son aplomb

la déserter. Croisant le regard pâle de Miss Laetitia, elle se demanda s'il pétillait de rire, ou si c'était juste un jeu de lumière. Elle prit une grande inspiration.

— Bien sûr, ajouta-t-elle, vous êtes mieux placée que nous pour le savoir. J'ai eu de la chance. Je ne me suis jamais retrouvée confrontée avec le mal en personne.

— Ça n'arrive pas souvent, ma chère, déclara Miss Lucinda, encouragée par ce regain d'intérêt. Et j'espère de tout cœur que ça ne vous arrivera jamais !

— Ah, mais moi aussi ! s'exclama Charlotte avec sentiment.

Elle fronça anxieusement les sourcils.

— Cependant, poursuivit-elle lentement, il y a la question du devoir. Le mal ne s'en ira pas parce que nous aurons décidé de ne pas le regarder en face.

Elle reprit son souffle et planta ses yeux dans les yeux ronds de Miss Lucinda.

— Je ne saurais vous dire combien j'admire votre conduite, votre détermination à aller au fond des choses.

Miss Lucinda rosit de plaisir.

— C'est très gentil à vous, et très sage. Je connais peu de femmes aussi sensées, surtout parmi les jeunes.

— A vrai dire, continua Charlotte, ignorant le coup de coude d'Emily, je vous admire d'être là aujourd'hui...

Baissant la voix, elle prit un ton de conspiratrice.

— ... compte tenu de ce qu'on raconte sur les soirées qui se donnent ici.

Se rappelant ses commentaires sur Freddie Dilbridge et ses réunions orgiaques, Miss Lucinda rougit et chercha une excuse pour justifier sa venue.

Charlotte se fit une joie de la lui fournir.

— Il faut avoir un énorme sens du sacrifice, fit-elle sobrement. Mais je comprends que vous soyez décidée à braver l'inconfort, voire le danger, pour élucider la nature de votre vision de cauchemar.

— Oui, oui, absolument, acquiesça Miss Lucinda, trop contente de saisir la perche. C'est le devoir de tout bon chrétien.

— Personne d'autre ne l'a vu ?

Enfin, Emily avait réussi à placer un mot.

— Si quelqu'un l'a vu, répliqua Miss Lucinda, lugubre, il s'est bien gardé d'en parler.

— Peut-être qu'il a eu trop peur ?

Charlotte tenta d'en venir au sujet qui l'intéressait.

— Ça ressemblait à quoi ?

Miss Lucinda fut prise de court. Elle avait oublié la réalité. A présent, elle s'efforça de la reconstituer.

— C'était une vision d'horreur, commença-t-elle en grimaçant. D'horreur absolue. Une figure verte, moitié homme, moitié bête. Avec des cornes sur la tête.

— Juste ciel, souffla Charlotte, dûment atterrée. Quel genre de cornes ? Comme une vache, une chèvre ou...

— Une chèvre, affirma Miss Lucinda instantanément. Recourbées en arrière.

— Et le corps ? Avait-il deux jambes comme un être humain ou bien quatre pattes comme un animal ?

— Deux, comme un homme. Et il s'est enfui en sautant par-dessus la haie.

— Par-dessus la haie ? répéta Charlotte, essayant de masquer son incrédulité.

— Oh, c'est juste une haie d'ornement, très basse.

Miss Lucinda était plus pragmatique qu'il n'y paraissait.

— J'aurais pu la sauter moi-même, quand j'étais petite. Mais naturellement, je ne l'aurais pas fait, ajouta-t-elle à la hâte.

— Je n'en doute pas, acquiesça Charlotte, luttant pour garder son sérieux.

L'image de Miss Lucinda bondissant par-dessus la haie du jardin était par trop savoureuse.

— Par où est-il parti ?

Miss Lucinda ne se méprit pas sur le sens de la question.

— Par ici, décréta-t-elle. Vers ce bout-là de la rue.

Voyant l'expression de Charlotte, Emily se précipita à sa rescousse avec force exclamations compatissantes et horrifiées.

Il leur fallut du temps pour se dégager sans paraître trop impolies et, lorsqu'elles y parvinrent, sous le prétexte de parler à Selena, Emily se tourna vers Charlotte, la tirant par la manche au cas où elles tomberaient sur Selena sans avoir eu l'occasion de converser en privé.

— Mais enfin, qu'était-ce ? siffla-t-elle. Je croyais au début qu'elle avait tout inventé, mais maintenant je suis sûre qu'elle a vraiment vu quelque chose. Elle ne ment pas. J'en mettrais ma main au feu.

Charlotte avait déjà son idée là-dessus.

— Quelqu'un qui s'était déguisé pour lui faire

peur, répondit-elle dans un souffle, afin de n'être pas entendue.

A deux ou trois mètres de là, Phoebe écoutait avec un pâle sourire le récit des malheurs de Grace.

— Pourquoi?

Emily adressa un sourire éclatant à Jessamyn qui passait, royale.

— Pour la dissuader de venir fouiner par ici?

— C'est ce qu'il faudra découvrir.

Charlotte ajouta un petit geste de salut.

— Je me demande si Selena est au courant, fit-elle à l'intention d'Emily.

— Allons voir.

Emily s'avança, et Charlotte fut obligée de suivre. Elle n'aimait toujours pas Selena, malgré l'admiration que lui inspirait son courage. Une pensée déplaisante lui vint à l'esprit : son antipathie ne tenait-elle pas essentiellement au fait que Selena avait accusé Paul Alaric d'être son agresseur? Charlotte espérait vivement que ce n'était pas le cas. Alaric était là cet après-midi. Elle ne lui avait pas encore parlé, mais elle savait précisément où il se trouvait, et qu'en ce moment même Jessamyn voguait négligemment dans sa direction parmi une écume de dentelle bleu outremer.

— Ravie de vous revoir, Mrs. Pitt, dit Selena avec froideur.

Son ravissement ne transparaissait guère dans sa voix, et son regard était aussi glacial et lointain qu'un fleuve en hiver.

— Et dans de plus heureuses circonstances, sourit Charlotte.

Franchement, elle devenait une parfaite hypocrite! Mais que lui arrivait-il donc?

Le visage de Selena se ferma.

— Je suis si contente pour vous que tout soit terminé, poursuivit Charlotte, aiguillonnée par un profond sentiment d'aversion. C'est dramatique, certes, mais au moins il n'y a plus rien à craindre : le mystère est résolu.

Et elle ajouta, aussi gaiement que la décence le permettait :

— On n'a plus à avoir peur les uns des autres. Tout est clair, tout s'explique... quel soulagement !

— J'ignorais que vous aviez peur, Mrs. Pitt.

La mine hostile de Selena laissait entendre que sa peur était totalement sans fondement, puisqu'elle ne courait aucune espèce de danger.

Charlotte saisit l'occasion.

— Bien sûr que si, et pour Emily aussi. Si une femme de votre rang et de votre éducation s'est fait molester, qui peut encore se croire en sécurité, voyons ?

Selena chercha en vain une manière de répondre qui ne fût pas trop ouvertement grossière.

— Et quel soulagement pour les gentlemen, continuait Charlotte, implacable. Ils ont été lavés de tout soupçon. Désormais, nous savons qu'il n'y avait point de coupable parmi eux. C'est bien triste et fâcheux que d'être obligé de suspecter ses propres amis.

Les doigts d'Emily lui meurtrissaient le bras ; secouée de rire, sa sœur dut simuler une crise d'éternuements.

— Quelle chaleur ! fit Charlotte, affable. On suffoque, vraiment. Ça ne m'étonnerait pas que le temps tourne à l'orage. J'adore les orages, pas vous ?

— Non, rétorqua Selena sèchement. Je trouve ça vulgaire. Excessivement vulgaire.

Emily éternua violemment, et Selena s'écarta. Algernon Burnon passant par là avec un sorbet à la main, elle en profita pour s'esquiver.

Emily émergea de sous son mouchoir.

— Tu es atroce! déclara-t-elle, ravie. Elle était dans ses petits souliers : je ne l'ai encore jamais vue comme ça.

En un éclair, Charlotte comprit ce qui la gênait chez Selena.

— C'est toi qui l'as vue la première après son agression, n'est-ce pas? demanda-t-elle gravement.

— Oui, pourquoi?

— Qu'est-il arrivé... exactement?

Emily parut interloquée.

— Je l'ai entendue hurler. Je suis sortie en courant et je l'ai vue. Je suis allée à sa rencontre et, naturellement, je l'ai ramenée à la maison. A quoi veux-tu en venir? Qu'y a-t-il, Charlotte?

— Comment était-elle?

— Comment? Comme une femme qui s'était fait attaquer! Sa robe était déchirée, et elle était tout échevelée...

— Déchirée comment? insista Charlotte.

Emily tenta de se le représenter mentalement. Sa main alla vers son épaule gauche, esquissant le geste d'arracher son propre corsage.

— Comme ça? fit Charlotte rapidement. Était-elle couverte de boue?

— De boue, non. De poussière probablement, mais je n'ai pas fait attention. Je n'avais pas la tête à ça.

— Mais tu m'as dit que, d'après elle, cela s'était passé dans l'herbe, du côté des massifs de rosiers.

— Il fait chaud et sec, riposta Emily en écartant les mains. Et puis, quelle importance ?

— Les parterres de fleurs sont arrosés régulièrement. J'ai vu les jardiniers le faire. Si on l'avait jetée à terre...

— Eh bien, ce n'était peut-être pas là ! C'était peut-être dans l'allée. Qu'essaies-tu de me dire ?

Emily commençait à comprendre.

— Emily, si j'avais déchiré ma robe et défait mes cheveux, puis couru en criant dans la rue, en quoi aurais-je eu l'air différente de Selena, telle qu'elle t'est apparue l'autre soir ?

Les yeux d'Emily étaient d'un bleu limpide.

— En rien, répliqua-t-elle tandis que tout s'éclaircissait.

— A mon avis, personne n'a agressé Selena, dit Charlotte, détachant soigneusement chaque mot. Elle a tout inventé pour attirer l'attention sur elle et prendre sa revanche sur Jessamyn. Seulement, Jessamyn a vu clair. C'est pourquoi elle a fait mine de la plaindre, sans que cela l'affecte le moins du monde. Elle savait très bien que Paul Alaric n'avait jamais touché à Selena.

— Pas plus que Hallam ?

De par l'intonation de sa voix, Emily avait répondu à sa propre question.

— Pauvre homme !

A nouveau, la tragédie l'emportait sur la farce : Charlotte ressentit le frisson glacé de la vraie terreur et d'une mort réelle.

— Pas étonnant qu'il ait perdu la tête. Il a juré qu'il n'avait pas attaqué Selena, et il n'a pas menti.

Une colère froide l'envahit, contre Selena et le mal qu'elle avait causé, même involontairement.

C'était cruel et égoïste de sa part. Selena était une femme gâtée; Charlotte aurait voulu la punir, du moins lui faire comprendre que quelqu'un connaissait la véritable version des faits.

Emily s'en rendit compte immédiatement. Elles échangèrent un regard : les explications étaient inutiles. En temps voulu, Emily ferait mesurer très précisément à Selena l'étendue de sa colère et de son mépris.

— Nous ne savons toujours pas ce qui se passe ici, reprit-elle au bout d'un moment. On a élucidé un petit mystère, soit, mais cela ne nous dit pas ce qu'a vu Miss Lucinda.

— On n'a qu'à demander à Phoebe.

— Crois-tu que je n'ai pas essayé ? lança Emily, agacée. Si c'était aussi facile, j'aurais déjà eu la réponse depuis plusieurs semaines !

— Oh, je sais bien qu'elle ne nous le dira pas intentionnellement, fit Charlotte sans s'émouvoir. Mais elle pourrait commettre un lapsus.

Docile, mais sans grand espoir, Emily l'escorta jusqu'à Phoebe qui sirotait une limonade en causant avec une inconnue. Il leur fallut dix bonnes minutes de plaisanteries innocentes avant que Phoebe ne fût entièrement à elles.

— Oh, mon Dieu, soupira Emily, quelle rabat-joie ! Un mot de plus sur sa santé, et je vais devenir grossière.

Charlotte saisit aussitôt la perche.

— Elle ne connaît pas sa chance, dit-elle en regardant Phoebe. Si elle avait dû traverser les mêmes épreuves que vous, elle n'aurait pas fait tant d'histoires pour quelques nuits blanches.

Elle hésita, ne sachant comment formuler sa question sans paraître trop indiscrète.

— Quand on a vécu un drame et que les soupçons s'orientent sur un membre de votre propre famille, ce doit être un véritable cauchemar !

Le visage de Phoebe respirait une candeur non feinte.

— Oh, je n'étais pas trop inquiète. Je savais que Diggory n'était pas capable de tant de cruauté. Il n'est pas méchant pour un sou, comprenez-vous. Et j'étais sûre que ce n'était pas Afton.

Charlotte était abasourdie. S'il existait sur terre un homme foncièrement cruel, c'était bien Afton Nash. Elle l'aurait suspecté quel que fût le crime, mais de tous les crimes, le viol semblait le mieux correspondre à son tempérament.

— Comment pouvez-vous en être sûre ? demanda-t-elle sans réfléchir. Lui aussi est resté seul à un moment de la soirée.

— Je...

A sa stupéfaction, Phoebe rougit jusqu'à la racine des cheveux.

— Je...

Elle cligna des paupières ; ses yeux s'emplirent de larmes, et elle regarda ailleurs.

— J'étais convaincue que ce ne pouvait pas être lui... c'est... c'est ce que j'ai voulu dire.

— Mais vous êtes au courant que quelque chose ne tourne pas rond ici !

Emily profita de l'occasion et du silence soudain de Charlotte.

Phoebe la contempla, les yeux agrandis, tandis que la question fatidique s'imposait à son esprit.

— Vous savez ce que c'est ? souffla-t-elle.

Emily hésita entre mentir et avouer son ignorance. Finalement, elle opta pour un compromis.

— En partie, oui. Et j'entends le combattre ! Vous nous aiderez, n'est-ce pas ?

C'était un coup de maître. Charlotte la couva d'un regard admiratif.

Phoebe lui prit le bras et le serra à lui arracher une grimace.

— Oh non, je vous en supplie, Emily ! Vous ne savez pas ce que vous faites. Le danger n'est pas écarté. Il y a d'autres périls, plus grands encore, à venir. Croyez-moi !

— Raison de plus pour se battre !

— On ne peut pas ! C'est trop énorme, trop terrifiant. Il faut juste porter une croix, dire ses prières matin et soir et ne pas sortir après la tombée de la nuit. Il ne faut même pas regarder dehors. Restez chez vous et ne cherchez pas à savoir. Faites ce que je vous dis, Emily, et vous serez peut-être épargnée.

Charlotte aurait voulu poursuivre, mais sentir une telle peur lui fendait le cœur. Elle posa la main sur le bras d'Emily.

— Voilà un excellent conseil, déclara-t-elle, ravalant son émotion. Si vous voulez bien nous excuser, nous devons parler à Lady Tamworth. Nous ne l'avons même pas encore saluée.

— Bien sûr, murmura Phoebe. Mais faites très attention à vous, Emily ! Souvenez-vous de ce que je vous ai dit.

Emily sourit faiblement et se dirigea à contrecœur vers Lady Tamworth.

Ce fut seulement au bout d'une demi-heure qu'elles parvinrent à s'éclipser derrière les rosiers et à se glisser discrètement dans le jardin privé. Elles se retrouvaient dans le chemin herbacé qui aboutissait à une autre haie, plus haute et totalement impénétrable.

— Et maintenant ? s'enquit Charlotte.

— Il faut aller de l'autre côté. Il y a sûrement un passage ou une porte quelque part.

— J'espère qu'elle n'est pas fermée.

Charlotte était contrariée. Si tel était le cas, elles ne pourraient pas aller plus loin. Curieusement, cette idée ne l'avait pas effleurée plus tôt, car elle-même ne fermait jamais ses portes à clé.

Elles marchaient côte à côte, scrutant le feuillage épais jusqu'à ce qu'elles tombent sur la porte, pratiquement masquée par la verdure.

— On dirait qu'elle n'est pas utilisée ! s'exclama Emily, incrédule. Ce n'est pas possible.

— Attends une minute.

Charlotte l'examina de plus près, se penchant sur les gonds.

— Elle s'ouvre de l'autre côté. Ce doit être tout débroussaillé, pour qu'elle puisse pivoter. Essaie.

Emily poussa. La porte ne bougea pas.

Le cœur de Charlotte se serra. Elle était fermée à clé.

Tirant une épingle de sa chevelure, Emily l'introduisit dans la serrure.

— Tu n'y arriveras pas.

Charlotte ne cachait pas sa déception.

Sans se préoccuper d'elle, Emily continua à tâtonner. Elle sortit l'épingle, la redressa, la replia à une extrémité de sorte à former une boucle et essaya de nouveau.

— Là, fit-elle avec satisfaction, appuyant doucement sur le battant qui pivota sans bruit.

Charlotte n'en croyait pas ses yeux.

— Où as-tu appris ça ?

Emily eut un grand sourire.

— Ma gouvernante garde toujours les clés sur elle, même quand elle va se coucher, et j'ai horreur de devoir faire appel à elle pour accéder à ma propre armoire à linge. Je trouve cette astuce plutôt amusante, non ? Allez, viens, on va voir ce qu'il y a de l'autre côté.

Elles franchirent la porte sur la pointe des pieds et la refermèrent derrière elles. Au premier coup d'œil, ce fut décevant : juste un grand pavillon planté au milieu de sentiers pavés séparés par de petits compartiments d'herbes aromatiques. Elles en firent le tour, mais ne trouvèrent rien d'autre.

Emily s'arrêta, dégoûtée.

— Pourquoi fermer la porte à clé, voyons ? s'enquit-elle, irritée. Il n'y a rien ici.

Charlotte se pencha pour toucher une plante. Elle broya une feuille entre ses doigts : celle-ci exhala une odeur amère et poivrée.

— Je me demande si ce n'est pas une drogue, fit-elle, songeuse.

— Sottises ! riposta Emily. L'opium provient du pavot qu'on cultive en Turquie, en Chine et je ne sais où encore.

— Il en existe d'autres.

Charlotte ne désarmait pas.

— Il a une drôle de forme, ce jardin, je veux dire la disposition des pierres. Cela a dû exiger un travail fou.

— Ce n'est qu'une étoile. Moi, je ne trouve pas ça très beau. C'est assez inégal.

— Une étoile !

— Oui, les autres branches sont là, et derrière le jardin d'hiver. Pourquoi ?

— Combien y en a-t-il en tout ?

Une idée commençait à germer dans l'esprit de Charlotte, le souvenir d'une affaire que Pitt avait traitée voilà plus d'un an, et d'une cicatrice qu'il avait mentionnée.

Emily compta.

— Cinq. Pourquoi ?

— Cinq ! C'est donc un pentacle !

— Si tu veux, répliqua Emily, nullement impressionnée. Et alors ?

— Emily...

Charlotte se tourna vers elle. Effrayant, le tableau prenait forme.

— Le pentacle est une figure qu'on utilise quand on pratique la magie noire. C'est peut-être ce qui se passe ici, au cours de leurs fameuses soirées !

Elle se rappelait maintenant la cicatrice dont Pitt avait parlé, sur le corps de Fanny... sur la fesse. L'endroit de la moquerie suprême.

— Voilà pourquoi Phoebe est terrorisée. Elle pense qu'à force de jouer ils ont fini par conjurer de vrais démons.

Emily plissa le front.

— Magie noire ? dit-elle, incrédule. Là, tu vas un peu trop loin. Je n'y crois même pas.

Mais cela tombait sous le sens et, plus Charlotte y réfléchissait, plus cela lui semblait évident.

— Tu n'as aucune preuve, ajouta Emily. Tout ça parce que le jardin est en forme d'étoile ! Beaucoup de gens aiment les étoiles.

— Tu en connais ?

— Non... mais...

— Il faut qu'on entre là-dedans, dit Charlotte en fixant le jardin d'hiver. C'est ce que Miss Lucinda a vu, quelqu'un affublé d'une tenue rituelle, avec des cornes vertes.

— C'est ridicule !

— Les gens qui s'ennuient se livrent parfois à des actes ridicules. Regarde tes amis de la haute société !

Emily lui lança un regard oblique.

— Tu ne crois pas à la magie noire, hein, Charlotte ?

— Je ne sais pas... et je ne veux pas savoir. Mais ce n'est pas forcément leur cas.

Emily capitula.

— Alors allons jeter un coup d'œil là-dedans, si tu penses que nous y trouverons le monstre de Miss Lucinda.

Elle traversa la première le parterre de plantes aromatiques et sortit son épingle, mais ce ne fut pas nécessaire. La porte n'était pas fermée à clé. Elle s'ouvrit facilement, sur une vaste pièce rectangulaire avec un tapis noir et les murs drapés de tissu noir orné de dessins verts. Le soleil entrait à flots par la verrière du toit.

— Il n'y a rien.

Emily avait l'air déçue. Dire qu'à moitié convaincue elle était venue jusqu'ici !

Charlotte se faufila à l'intérieur. Lentement, elle écarta les rideaux de velours. A mi-chemin, elle découvrit un espace derrière eux et vit les robes noires et les cagoules. Elles étaient brodées de croix écarlates à l'envers, symbole de la moquerie, comme la croix de Fanny. Charlotte comprit immédiatement leur signification : c'était comme si elles étaient toujours vivantes. Le mal en elles persistait, même après que leurs utilisateurs étaient partis, ayant réintégré leur apparence ordinaire et leur vie de tous les jours. Combien d'entre eux portaient cette même croix sur la fesse ?

— Qu'est-ce que c'est ? demanda Emily derrière elle. Qu'as-tu trouvé ?

— Des habits, répondit Charlotte tout bas. Des déguisements.

— Et le monstre de Miss Lucinda ?

— Non, il n'y est pas. Ils n'ont pas dû le garder.

Emily était pâle ; son regard s'était troublé.

— Crois-tu que ce soit réellement de la magie noire, le culte de Satan et tout le bazar ?

Confrontée à la réalité dans toute son absurde laideur, elle tentait encore de se convaincre que ce n'était pas vrai.

— Oui, dit Charlotte doucement, touchant une cagoule. Vois-tu une autre explication à tout cela ? Et le pentacle, et les herbes aromatiques ? Je comprends pourquoi Phoebe porte une croix et passe son temps à l'église. Et pourquoi elle considère qu'on ne se débarrassera pas du mal, maintenant qu'il est là.

Emily ouvrit la bouche, mais les mots ne vinrent pas. Elles se dévisagèrent longuement.

— Que peut-on faire ? demanda Emily finalement.

Avant que Charlotte ne pût répondre, il y eut du bruit à l'entrée, et elles se figèrent, horrifiées. Elles avaient oublié que quelqu'un pouvait venir. Aucune excuse au monde ne justifiait leur présence ici. Elles avaient ouvert la porte dans la haie délibérément. Il leur eût été impossible de se perdre. Et personne ne croirait qu'elles ne savaient pas ou ne comprenaient pas ce qu'elles avaient découvert !

Très lentement, elles se retournèrent vers la porte.

Une silhouette noire se découpait à contre-jour dans la lumière du soleil. C'était Paul Alaric.

— Eh bien! fit-il à mi-voix, avançant dans leur direction avec un sourire.

Charlotte et Emily s'étaient rapprochées jusqu'à ce que leurs corps se touchent. Les doigts d'Emily s'enfonçaient comme des serres dans le bras de Charlotte.

— Vous l'avez donc trouvé, observa Alaric. Quelle imprudence, de vous être aventurées ici... seules!

Il avait l'air de s'en amuser.

Au fond d'elle-même, Charlotte avait toujours su que c'était de l'inconscience, mais la curiosité l'avait emporté sur le sens du danger, faisant taire les avertissements de la raison. En regardant Alaric, elle chercha à tâtons la main d'Emily. Était-ce lui, le chef, le grand sorcier? Cela expliquait pourquoi Selena avait jugé crédible qu'il eût pu l'attaquer... ou pourquoi Jessamyn savait que ce n'était pas lui. Peut-être que le maître des cérémonies était une femme... Jessamyn elle-même? Les hypothèses les plus effarantes se bousculaient dans sa tête.

Alaric venait vers elles, toujours souriant, mais avec un léger pli entre les sourcils.

— On ferait mieux de partir, dit-il avec douceur. C'est un lieu infiniment déplaisant et, pour ma part, je ne tiens pas à être surpris ici par l'un de ses habitués.

— S-ses habitués? bégaya-t-elle.

Il eut un rire rauque.

— Bonté divine, vous me prenez pour l'un d'entre eux! Vous me décevez, Charlotte.

L'espace d'un instant insensé, elle se sentit rougir.

— Si ce n'est pas vous, qui est-ce? demanda-t-elle avec défi. Afton Nash?

La prenant par le bras, il la conduisit à l'air libre, Emily sur leurs talons. Il tira la porte et s'engagea sur le sentier parmi les plantes aromatiques.

— Non, Afton est trop frigide pour ce genre de choses. Son hypocrisie à lui est bien plus subtile que ça.

— Qui alors ?

Persuadée que ce ne pouvait pas être George, elle ne craignait pas la réponse.

— Oh, Freddie Dilbridge, fit-il avec assurance. La pauvre Grace ferme laborieusement les yeux, prétendant que ce sont là de simples excès charnels.

— Et qui d'autre ?

Charlotte marchait à côté de lui, laissant Emily derrière sur le sentier.

— Selena, certainement. Et Algernon, dirais-je. La pauvre petite Fanny, avant qu'elle ne meure... du moins, je le pense. Phoebe est au courant, bien sûr — elle n'est pas aussi naïve qu'elle en a l'air —, et Hallam l'était aussi. Fulbert savait également, d'après ce qu'il disait, même si on ne l'avait jamais invité à participer.

Tout concordait.

— Et que font-ils ? interrogea-t-elle.

Il esquissa une moue, triste et un peu méprisante.

— Pas grand-chose, ils jouent à se faire peur et s'imaginent qu'ils conjurent des démons.

— A votre avis, ce n'est pas... réel ?

Elle hésitait à poser cette question dans le jardin ensoleillé, sous la haie dont le feuillage bruissait au-dessus de leurs têtes. La chaleur devenait de plus en plus oppressante ; le ciel s'était légèrement voilé. Les moucherons étaient partout.

— Non, ma chère, répondit-il, la regardant droit dans les yeux. Non, je ne le pense pas.

— Phoebe, si.
— Oui, je sais. Elle se figure qu'un jeu puéril et quelque peu pervers a soudain fait surgir de véritables esprits qui se déchaînent sur Paragon Walk, semant la folie et la mort venues du royaume des ténèbres.

Son expression placide, désabusée, semblait reléguer ces phénomènes-là au chapitre de l'hystérie.

Elle fronça les sourcils.
— La magie noire, ça n'existe donc pas ?
— Ah, mais si.

Il poussa la porte dans la haie et s'effaça pour les laisser passer.
— Bien sûr que ça existe. Mais pas ici.

Ils réémergèrent dans l'atmosphère paisible et colorée de la garden-party. Personne ne les avait vus se détacher de la haie et longer le chemin herbacé. Miss Laetitia écoutait dûment Lady Tamworth pérorer sur les effets pernicieux d'une mésalliance, pendant que Selena échangeait des propos enflammés avec Grace Dilbridge. Tout était calme : on eût dit qu'elles s'étaient absentées pour quelques instants seulement. Charlotte dut se secouer pour se rappeler ce qu'elle venait de voir. Freddie Dilbridge, debout nonchalamment avec un verre à la main, tout près des rosiers... vêtu d'une robe noire, une cagoule sur la tête, présidant à une cérémonie nocturne au centre du pentacle : il faisait mine d'évoquer les démons, célébrait peut-être une messe noire, dénudait la virginale Fanny pour marquer son corps d'une croix tordue. Comme il était difficile de deviner les pensées qui grouillaient derrière le masque ! Désormais, elle aurait le plus grand mal à être polie avec lui.

— Ne dis rien ! l'avertit Emily.

— Je n'en avais pas l'intention, siffla Charlotte. De toute façon, il n'y a rien à dire.

— J'avais peur que tu ne cherches à démontrer combien c'est néfaste.

— C'est peut-être justement ce qui leur plaît !

Et, ramassant ses jupes, Charlotte virevolta en direction de Phoebe et Diggory Nash. Afton se tenait derrière eux. En se rapprochant, elle se rendit compte, bien qu'il leur tournât le dos, qu'ils étaient en plein milieu d'une conversation fort désagréable.

— ... une espèce de sotte qui se monte la tête toute seule, disait Afton hargneusement. Elle n'a qu'à rester chez elle et se trouver une occupation utile.

— Facile à dire quand il ne s'agit pas de toi.

Diggory grimaça, méprisant.

— Aucun risque de ce côté-là ! rétorqua Afton, haussant un sourcil sarcastique. Il faudrait être un violeur très malin pour s'attaquer à moi.

Diggory lui décocha un regard chargé de dégoût.

— Il faudrait surtout avoir perdu tout espoir. Personnellement, je préfère le chien.

— Alors, si le chien est violé, on saura où chercher, répondit Afton froidement, mais sans surprise apparente. Tu as de curieuses fréquentations, Diggory. Tu commences à avoir des goûts dépravés.

— Au moins, j'ai des goûts, repartit Diggory. J'ai parfois l'impression que tu t'es ratatiné au point de ne plus rien ressentir du tout. Ça ne m'étonnerait guère que tous les signes de vie te répugnent et que tu considères comme malpropre tout ce qui te rappelle que tu as un corps.

Afton s'écarta imperceptiblement.

— Il n'y a rien de malpropre en moi, rien qui m'empêche de me regarder en face.

— Tu as donc l'estomac plus solide que moi. Ce qui se passe dans ton cerveau me glace d'effroi. A te voir, j'en viens à croire aux histoires de « morts vivants » si populaires de nos jours, ces cadavres qui quittent leur sépulture.

Afton leva les mains, paumes vers le haut, comme pour soupeser les rayons du soleil.

— Tu es trop inattentif, comme toujours, Diggory. Si j'étais un de tes « morts vivants », le soleil m'aurait desséché.

Il sourit lentement, avec dérision.

— Ou n'as-tu pas lu jusque-là ?

— Ne sois pas aussi primaire.

La voix de Diggory était lasse, agacée.

— Je parlais de ton âme, pas de ta chair. J'ignore si c'est le soleil qui t'a desséché, ou la vie, tout simplement. En tout cas — j'en donnerais ma main à couper —, il s'est passé quelque chose !

Sur ce, il se dirigea vers un plateau de pêches et de sorbets. Phoebe hésita un instant et le suivit. Alors seulement Afton s'aperçut de la présence de Charlotte. Son regard froid parut la transpercer.

— Votre franc-parler vous aurait-il encore valu de vous retrouver toute seule, Mrs. Pitt ?

— C'est possible, riposta-t-elle avec une égale froideur. Mais personne d'autre n'a eu l'indélicatesse de me le faire remarquer. La solitude, ce n'est pas toujours déplaisant, vous savez.

— Vous nous rendez visite fréquemment, semble-t-il. Avant cette affaire du violeur, vous ne vous intéressiez pas à nous. Cela vous émoustille peut-être ? Comme une sorte de frisson, une extravagance : on se complaît dans les émotions, on rêve de passion, de violence, de reddition sans culpabilité, hein ?

Il promena son regard de sa poitrine jusqu'à ses cuisses.

Charlotte frémit comme s'il avait posé les mains sur elle et le toisa avec une profonde répulsion.

— A vous entendre, les femmes aiment se faire violer, Mr. Nash. C'est monstrueusement arrogant, une illusion pour nourrir votre vanité et excuser votre conduite, et c'est entièrement faux. Un violeur n'a rien de magnifique. C'est un être pathétique, réduit à prendre par la force ce que d'autres obtiennent spontanément. Si ces gens-là ne causaient pas autant de mal, on les plaindrait presque. Car c'est... c'est une forme d'impuissance!

Le visage d'Afton se figea, mais ses yeux brûlaient d'une haine farouche, aussi primitive que la naissance ou la mort. N'était-ce ce jardin civilisé, avec ses conversations protocolaires, le tintement des verres, les rires polis, il l'aurait mise en pièces, se serait jeté sur elle avec un couteau pointu qu'il aurait enfoncé jusqu'à la garde pour l'éventrer...

Elle tourna les talons, malade de peur, mais pas avant qu'il n'eût surpris la lueur de compréhension dans ses yeux. Pas étonnant que la pauvre Phoebe ne l'eût jamais considéré comme un violeur potentiel. Et maintenant que Charlotte savait elle aussi, il ne le lui pardonnerait pas jusqu'au tombeau.

Elle s'éloigna à l'aveuglette, consumée par sa découverte. Les soieries retombaient mollement dans l'air immobile. Les peaux satinées étaient constellées de minuscules moucherons noirs. Il faisait de plus en plus chaud. Les conversations allaient bon train autour d'elle, mais elle n'entendait qu'un brouhaha.

— Vous prenez les choses trop à cœur. C'est stupide, certes, et pas très reluisant, mais il ne faut pas que ça vous affecte, ni vous ni votre sœur.

C'était Paul Alaric qui lui tendait un verre de citronnade; il avait l'air soucieux, mais son œil pétillait comme toujours d'un humour caché.

Elle se souvint du jardin d'hiver.

— Ça n'a rien à voir, dit-elle en secouant la tête. Je pensais à tout autre chose, quelque chose de réel.

Il lui offrit la citronnade et, de sa main libre, chassa un moucheron qui allait se poser sur sa joue.

Elle prit le verre et, se tournant légèrement, croisa le regard malveillant de Jessamyn Nash. Cette fois, elle sut presque par avance ce que c'était : rien de très compliqué, juste de la jalousie pure et simple parce que Paul Alaric l'avait touchée, parce qu'il se préoccupait d'elle et qu'il était sincère.

Charlotte éprouva une envie irrépressible de fuir tout cela, la politesse qui masquait les rancœurs, le jardin étouffant, les bavardages futiles et les haines rentrées.

— Où est la tombe de Hallam Cayley? demanda-t-elle à brûle-pourpoint.

Alaric ouvrit des yeux étonnés.

— On l'a enterré dans le même cimetière que Fulbert et Fanny, à un quart d'heure d'ici. Ou, plus précisément, à l'extérieur... les suicidés n'ont pas droit à la terre consacrée.

— Je voudrais aller le voir. Croyez-vous qu'on va s'en apercevoir si je cueille quelques fleurs au portail en sortant?

— J'en doute. Pourquoi, ça vous gêne?

— Pas du tout.

Charlotte lui sourit, reconnaissante qu'il se fût

abstenu de commentaires évidents ou de critiques à son encontre.

Elle ramassa quelques pâquerettes, quelques dahlias et trois ou quatre lupins à longue tige, déjà un peu flétris, mais encore colorés, et s'engagea dans la rue en direction de l'église. C'était moins loin qu'elle ne l'avait cru, mais la chaleur était proprement suffocante. Le ciel était bas et lourd, et l'air pullulait de petits insectes.

Le cimetière était désert. Elle franchit le porche à l'abri des regards et suivit l'allée entre les sépultures avec leurs anges sculptés et leurs plaques commémoratives, jusqu'aux ifs et au-delà, dans l'espace réservé à ceux que l'on enterrait sans la bénédiction de l'Église. Sur la tombe toute fraîche de Hallam, la terre portait encore des traces de bouleversement.

Charlotte la contempla pendant plusieurs minutes avant de déposer ses fleurs. Elle n'avait pas pensé à apporter un récipient, et il n'y avait rien de prévu à cet effet. Peut-être estimait-on que personne n'irait porter des fleurs à quelqu'un comme Hallam.

Elle regardait la glaise sèche et dure, songeant à Paragon Walk, à la bêtise, aux souffrances inutiles et à la solitude.

Plongée dans ses réflexions, elle entendit soudain des pas et leva la tête. Jessamyn Nash sortait de l'ombre des ifs, un bouquet de lis dans les bras. Reconnaissant Charlotte, elle hésita, les traits pincés, l'œil presque noir.

— Que faites-vous ici ? demanda-t-elle tout doucement, se dirigeant vers Charlotte.

Elle brandissait son bouquet, et Charlotte surprit l'éclair argenté d'une paire de ciseaux dans sa main.

Sans savoir pourquoi, elle eut peur, comme si, surgie de l'atmosphère électrique, la foudre s'était abattue à ses pieds. Jessamyn s'arrêta en face d'elle, de l'autre côté de la tombe.

Charlotte regarda ses fleurs.

— Je... j'étais juste venue apporter ceci.

Jessamyn, qui avait suivi son regard, leva lentement un pied et les écrasa, pesant de tout son poids, jusqu'à les réduire en bouillie et les étaler sur la terre dure comme de la pierre. Puis elle dévisagea Charlotte et, calmement, laissa tomber ses lis au même endroit.

Au-dessus d'elles, le tonnerre crépita sourdement, et les premières grosses gouttes de pluie atterrirent sur leurs robes.

Charlotte voulut lui demander pourquoi elle avait fait cela. Les mots se formaient clairement dans sa tête, mais elle ne trouvait plus sa voix.

— Vous ne le connaissiez même pas! fit Jessamyn entre ses dents. Comment osez-vous venir ici avec des fleurs? Vous n'êtes qu'une intruse. Allez-vous-en!

Les pensées de Charlotte tourbillonnaient, désordonnées et fulgurantes comme des éclairs. En regardant les lis sur la tombe, elle se souvint des paroles d'Emily: Jessamyn ne donnait rien, même quand elle n'en voulait plus. Elle préférait détruire ce qui lui avait appartenu plutôt que de le laisser à quelqu'un d'autre. Emily parlait des robes.

— En quoi cela vous dérange-t-il que je fleurisse sa tombe? demanda-t-elle le plus posément possible. Il est mort.

— Cela ne vous donne aucun droit.

Jessamyn avait pâli et ne semblait même pas remarquer la pluie qui tombait dru à présent.

— Votre place n'est pas à Paragon Walk. Retournez d'où vous venez. N'essayez pas de vous incruster parmi nous.

Mais les idées se concrétisaient, se précisaient dans l'esprit de Charlotte. Toutes sortes de questions rentraient enfin dans l'ordre, trouvant leurs réponses. Le couteau, pourquoi Pitt n'avait pas relevé de traces de sang dans la rue, le désarroi de Hallam, Fulbert... toutes les pièces s'emboîtaient, même les lettres d'amour découvertes chez Hallam.

— Elles n'étaient pas de sa femme, dit-elle tout haut. Elle ne les a pas signées parce que ce n'est pas elle, mais vous qui les avez écrites.

Les sourcils de Jessamyn dessinaient deux arcs parfaits.

— Mais de quoi parlez-vous, voyons ?

— Des lettres d'amour adressées à Hallam, que la police a trouvées. Elles étaient de vous ! Hallam était votre amant. Vous deviez avoir la clé de la porte du jardin. C'est comme ça que vous vous rendiez chez lui, et c'est ainsi que vous êtes entrée le jour où Fulbert a été tué. Évidemment, personne ne vous a vue !

Jessamyn fit la moue.

— C'est complètement idiot ! Pourquoi aurais-je tué Fulbert ? C'était un petit misérable, certes, mais il ne méritait pas la mort.

— Hallam a avoué le viol de Fanny...

Jessamyn grimaça, presque comme si elle avait reçu une gifle.

Charlotte s'en aperçut.

— Vous ne l'avez pas supporté, n'est-ce pas, que Hallam désire une autre femme au point de la prendre par force, surtout l'innocente, l'insipide petite Fanny ?

Elle improvisait maintenant, mais elle ne pensait pas se tromper.

— Vous l'avez usé par votre possessivité et, quand il a tenté de reprendre ses distances, vous vous êtes accrochée à lui, le poussant à chercher refuge dans la boisson !

Elle inspira profondément.

— Bien sûr qu'il ne se rappelait pas avoir tué Fanny ; il n'y avait pas de couteau et pas de sang sur la route. C'est vous qui l'avez tuée ! Lorsqu'elle est arrivée, titubante, dans votre salon et vous a raconté ce qui s'était passé, vous avez donné libre cours à votre rage et à votre jalousie. On vous avait écartée, rejetée au profit de votre insignifiante petite belle-sœur. Vous avez pris le couteau — peut-être même, tout bêtement, celui qui était dans la coupe de fruits sur le buffet — et vous l'avez poignardée, là, sous votre propre toit. Vous étiez couverte de sang, mais ça, c'était normal ! Et vous avez juste lavé le couteau pour le remettre dans les fruits. Personne n'y a prêté attention. C'était tellement facile.

« Et puisque Fulbert, avec ses yeux de fouine, vous connaissait trop bien, vous avez décidé de le supprimer lui aussi. Peut-être vous a-t-il menacée, et vous l'avez défié d'aller voir Hallam, sachant que vous pouviez le surprendre en passant par-derrière. Étiez-vous informée que Hallam était sorti ce jour-là ? Sûrement, oui.

« Quelle n'a pas été votre stupeur quand on n'a pas retrouvé le corps ! Vous avez compris que Hallam avait dû le cacher et vous avez assisté à sa déchéance, tourmenté comme il l'était par la crainte de sombrer dans la folie.

Jessamyn était aussi blanche que les lis sur la

tombe, et elles étaient trempées toutes les deux ; leurs mousselines légères leur collaient à la peau tel un linceul.

— Vous êtes très maligne, répondit Jessamyn lentement, mais vous n'avez aucune preuve. Si vous en parlez à la police, je dirai que vous êtes jalouse à cause de Paul Alaric. Vous n'avez rien à faire ici.

Son visage se durcit.

— Je le sais ! Malgré vos grands airs, vos robes vous viennent d'Emily. Vous cherchez à vous faire une place parmi nous. Et vous me dites tout ça par dépit, parce que je vous ai percée à jour.

— La police me croira sans difficulté !

Charlotte se sentit soudain forte et furieuse contre Jessamyn qui n'avait cure des souffrances occasionnées.

— L'inspecteur Pitt est mon mari, voyez-vous. Vous ne vous en êtes pas rendu compte ? Et puis, il y a les lettres d'amour. Écrites de votre main. Et c'est très dur de nettoyer le sang sur un couteau. Il s'infiltre dans les fissures entre la lame et le manche. Tout cela, ils vont le trouver, une fois qu'ils sauront où chercher.

L'expression de Jessamyn changea enfin. L'albâtre impavide céda la place à la haine. Elle brandit les ciseaux et se jeta sur Charlotte, qu'elle manqua d'un pouce tandis que son pied glissait sur la glaise détrempée.

Galvanisée, Charlotte pivota et se précipita à travers l'herbe drue et les énormes racines en direction des ifs, puis dans le cimetière. Ses vêtements mouillés flottaient et s'enroulaient autour de ses jambes. Elle savait que Jessamyn était derrière elle. La pluie tombait à verse, ruisselant en torrents jaunes sur la terre craquelée. Elle sautait par-dessus les tombes, se prenait les pieds dans les fleurs et se cognait au marbre humide des dalles. Un ange en plâtre surgit devant elle, lui arrachant un cri involontaire.

Une fois seulement elle se retourna pour voir Jessamyn à quelques mètres d'elle. Les ciseaux étincelaient ; ses cheveux couleur de blé lui cascadaient sur les épaules.

Charlotte était couverte de bleus, les jambes éclaboussées de boue, les bras meurtris par les pierres aux angles pointus. A un moment, elle tomba, et Jessamyn était presque sur elle quand elle se releva péniblement, haletante, en sanglots. Si au moins elle pouvait atteindre la rue, il y aurait bien quelqu'un là-bas, normal et sain d'esprit, qui lui viendrait en aide.

Elle y était presque, se retournant une dernière fois pour s'assurer qu'elle avait distancé Jessamyn, quand elle se heurta à quelque chose de dur, et une paire de bras se referma autour d'elle.

Elle hurla : dans son imagination, elle vit déjà les ciseaux lui taillader la chair, comme avec Fanny et Fulbert. Et elle se débattit à coups de poing, à coups de pied.

— Arrêtez !

C'était Alaric. A bout de souffle, l'espace d'une longue seconde, elle ne sut si elle avait plus peur de lui que de Jessamyn.

— Charlotte, dit-il doucement, c'est fini. Vous avez commis une sottise en venant ici toute seule, mais maintenant c'est fini... terminé.

Très lentement, elle fit volte-face et regarda Jessamyn, trempée et maculée de boue.

Jessamyn lâcha les ciseaux. Elle ne pouvait se battre contre eux deux, ni se cacher plus longtemps.

— Venez !

Alaric enlaça Charlotte par les épaules.

— Vous voilà dans un triste état ! Je crois que nous devrions appeler la police.

Charlotte se surprit à sourire. Oui, allez chercher la police... allez chercher Pitt ! Avant toute chose... allez chercher Pitt !

*Achevé d'imprimer par Elsnerdruck
à Berlin*

N° d'édition : 2806
Dépôt légal : septembre 1997
Nouveau tirage : février 1998
Imprimé en Allemagne